James

Percival Everett

James

tradução
André Czarnobai

todavia

para Danzy

O caderno de Daniel Decatur Emmett

Na cidade, outro dia, me chamou a atenção,
Primeiro ouvi o barulho, depois veio a visão
Guardas-noturnos dizendo com toda celeridade,
Que o Velho Dan Tucker estava na cidade
Sai pra lá, sai pra lá
Velho Dan Tucker, sai pra lá
Você tá muito atrasado e perdeu a hora do jantar.

Pelo campo vinham juntos um porco e um cordeiro,
O segundo diz: "Porco, não podes ir mais ligeiro?"
Vamos! Vamos! Querido, já ouço o lobo a uivar,
Ai, meu Deus, noutro canto, é o cachorro a ladrar
Sai pra lá, sai pra lá
Velho Dan Tucker, sai pra lá
Cê tá muito atrasado e perdeu a hora do jantar.

Minha lâmina afiada,
De marca tão renomada,
Ovelha debulha aveia, Tucker o milho a debulhar
Vou fazer a sua barba assim que essa água esquentar
Sai pra lá, sai pra lá
Velho Dan Tucker, sai pra lá
Cê tá muito atrasado e perdeu a hora do jantar.

Como o gaio-azul no ninho da andorinha
Querendo salvar sua alma passarinha
O Velho Tucker chama a toca da raposa de sua
Botando-a com seus nove filhotes no olho da rua
Sai pra lá, sai pra lá
Velho Dan Tucker, sai pra lá
Cê tá muito atrasado e perdeu a hora do jantar.

Na cidade, outro dia, fui numa reunião,
Pra ouvir Velho Tucker ministrar o seu sermão,
Todo mundo bebeu, mas apenas eu, sozinho
É que mostrei ao Velho Tucker de sua casa, o caminho
Sai pra lá, sai pra lá
Velho Dan Tucker, sai pra lá
Cê tá muito atrasado e perdeu a hora do jantar.

<u>O Nego Doce</u>

Dei um pulo em Sandy Hook uma noite dessas aí,
Dei um pulo em Sandy Hook uma noite dessas aí,
Dei um pulo em Sandy Hook uma noite dessas aí,
E o cara mais quente do pedaço era um tal Nego Doce
O Nego Doce é um respeitado intelectual,
O Nego Doce é um respeitado intelectual,
Ele toca o seu banjo e berra até passar mal.

Cê já viu um ganso voando sobre o mar,
Cê já viu um ganso voando sobre o mar,
Cê já viu um ganso voando sobre o mar,
Ah, o jeito que ele voa é bonito pra danar,
Mas, quando o ganso resolve abrir seu bico poderoso,
É um glu-glu-glu terrível, um glu-glu-glu horroroso.

Se eu fosse o presidente desse Estados Unido,
Se eu fosse o presidente desse Estados Unido,
Se eu fosse o presidente desse Estados Unido,
Eu abria seus portão tudo aberto, tudo abrido,
E os que eu não gostasse, riscava os nome da agenda,
Mandava embora pra longe, volta pro mar, oferenda.

Peru na palha

Eu vinha, um dia, descendo uma estrada,
Com a turma exausta e uma carga pesada,
Estalei meu chicote e o escravo que ia comandando
Endireitou o corpo e disse: "Vamos logo, vamos andando".

(Refrão)

Peru na palha, peru na forragem
De noite folia, de dia engrenagem
Retorce, torce, gira sem falha
E canta essa música, "Peru na palha".

Resolvi buscar leite e não sabia ordenhar
De uma cabra tentei essa bebida tirar
Um macaco sentado num montinho ali
Piscou pra sogra e fez ela sorrir.

(Refrão)

Peru na palha, peru na forragem
De noite folia, de dia engrenagem
Retorce, torce, gira sem falha
E canta essa música, "Peru na palha".

A mosca-varejeira

Quando eu era mais novo, todo dia eu esperava
Pelo meu sinhozinho, e o seu prato eu lhe dava,
Pra matá a sua sede, a garrafa lhe alcançava
E a mosca-varejeira para longe eu espantava.

Jimmie debulha o milho, mas eu não ligo,
Jimmie debulha o milho, mas eu não ligo,
Jimmie debulha o milho, mas eu não ligo,
Meu sinhozinho se foi.

E quando, no final do dia, ele cavalgava
Eu, com minha vassourinha, o acompanhava,
Seu cavalo ficava sem eira nem beira
Quando picado pela mosca-varejeira.

(Refrão)

Um dia, pela fazenda, cavalgando,
Viu um enxame de moscas se aproximando
Por medo de ser picado, por essa besteira
Enxergou o próprio diabo na mosca-varejeira.

(Refrão)

O cavalo correu, saltou, empinou
Dentro de uma vala meu sinhozinho jogou
Depois de morto concluiu-se, de toda maneira,
Que quem o matara era a mosca-varejeira.

(Refrão)

Sob um pé de caqui, seu corpo descansou
E as últimas palavras que ele nos deixou:
"Debaixo dessa pedra, minha morada derradeira,
Jaz aqui uma vítima da mosca-varejeira".

Parte um

I.

Aqueles bostinhas estavam escondidos bem ali, no meio da grama alta. A lua ainda não estava bem cheia, mas brilhava, e estava às costas deles, de modo que eu conseguia enxergá-los claramente, como se estivesse de dia, ainda que fosse noite profunda. Vaga-lumes piscavam contra o pano de fundo escuro. Enquanto esperava na porta da cozinha da sra. Watson, mexi com o pé num degrau solto da escada, sabendo que ela me pediria para consertá-lo amanhã. Eu estava ali esperando que ela me desse uma travessa do pão de milho que tinha feito usando a receita da minha Sadie. Esperar é grande parte da vida de um escravo, esperar e esperar para poder esperar mais um pouco. Esperar por ordens. Esperar por comida. Esperar pelo fim dos tempos. Esperar pela justa e merecida recompensa cristã no final disso tudo.

Aqueles garotos brancos, o Huck e o Tom, estavam me observando. Eles viviam envolvidos em algum jogo de faz de conta no qual eu era ou o vilão, ou a presa — de qualquer maneira, sem dúvida, seu brinquedo. Ficaram ali, saracoteando no meio das pulgas e dos mosquitos e dos outros insetos que picam, mas não fizeram nenhum progresso na minha direção. Sempre compensa dar aos brancos o que eles querem, de modo que fui até o meio do quintal e gritei para a noite:

"Quem qui tá aí nesse iscuro desse jeito?"

Eles cochicharam, bem bobos, rindo. Esses garotos não seriam capazes de chegar de surpresa por trás de um homem mesmo que ele fosse cego e surdo e uma banda estivesse tocando. Eu preferia perder meu tempo contando vaga-lumes do que esquentando a cabeça com eles.

"Bom, acho qui vô incostá essa minha carcaça véia nessa varanda e isperá pra ouvi esse barui di novo. Deve di sê um demônio ou uma bruxa isso daí. Eu vô é ficá bem aqui qui aqui tá siguro." Sentei no último degrau e me escorei numa pilastra. Estava cansado, então fechei os olhos.

Os garotos sussurraram, empolgados, entre si, e eu conseguia ouvi-los perfeitamente, como um sino batendo numa igreja.

"Será que ele já dormiu?", perguntou Huck.

"Acho que sim. Ouvi dizer que os crioulo são capaz de dormir rápido assim", disse Tom, estalando os dedos.

"Shhhh", disse Huck.

"Acho que a gente devia amarrá ele", falou Tom. "Vamo amarrá ele naquela pilastra da varanda que ele tá encostado."

"Não", disse Huck. "E se ele acorda e abre um berreiro? Daí vão descobri que eu tô aqui na rua e não na minha cama, que é onde eu devia tá."

"Tá bem. Mas sabe duma coisa? Eu tô precisando dumas vela. Vô me embrenhá ali na cozinha da sra. Watson e pegá umas pra mim."

"E se cê acordá o Jim?"

"Eu num vô acordá ninguém. Nem trovão acorda um crioulo dormindo. Tu num sabe de nada? Nem trovão, nem raio, nem leão rugindo. Ouvi uma história dum crioulo que ficô dormindo durante um terremoto."

"Como cê acha que é um terremoto?", perguntou Huck.

"É tipo quando seu pai acorda no meio da noite."

Os garotos vieram se esgueirando desengonçadamente, engatinhando apoiados nos punhos e joelhos, e não foram nada discretos pisando nas tábuas reclamonas da varanda e entrando pela porta holandesa da cozinha da sra. Watson. Fiquei ouvindo os dois fuçando nas coisas lá dentro, abrindo portas, gavetas e armários. Mantive os olhos fechados e ignorei um mosquito que pousou no meu braço.

"Agora sim", disse Tom. "Só vô pegá três."

"Cê num pode simplesmente saí pegando as vela da velha", disse Huck. "Isso é roubo. E se botarem a culpa no Jim?"

"Tá bom, vô deixá aqui esses cinco centavo pra ela. Tá mais que bom. Nunca vão achá que foi um escravo. De onde que um escravo vai tirá cinco centavo? Agora vamo dá no pé antes que ela aparece aí."

Os garotos retornaram à varanda. Imagino que não tivessem a menor ideia da barulheira que estavam fazendo.

"Cê devia deixá um bilhete também", disse Huck.

"Num precisa isso tudo", disse Tom. "Os cinco centavo já tá de bom tamanho."

Eu sentia os olhos dos garotos se voltando para mim. Permaneci estático.

"Que que cê tá fazendo?", perguntou Huck.

"Vô pregá uma peça no velho Jim."

"Cê vai é acordá ele, isso sim."

"Fecha a matraca."

Tom parou atrás de mim e pegou a aba do meu chapéu na altura das minhas orelhas.

"Tom", Huck protestou.

"Shhh." Tom tirou o chapéu da minha cabeça. "Eu só vô pendurá esse chapéu velho dele nesse prego velho aqui."

"Pra que fazê isso?", perguntou Huck.

"Quando ele acordá, vai pensá que foi uma bruxa. Eu só queria tá aqui pra vê!"

"Beleza, tá lá no prego, agora vamo", disse Huck.

Alguém se movimentou dentro da casa e os garotos saíram correndo, viraram num canto na velocidade máxima e sumiram deixando para trás uma nuvem de poeira. Eu ainda ouvia o som de seus passos diminuindo ao longe.

Agora havia alguém na porta da cozinha. "Jim?" Era a sra. Watson.

"Sinhora?"

"Você estava dormindo?"

"Não, sinhora. Eu tô bem cansado, mas num tô drumindo."

"Você esteve na minha cozinha?"

"Não, sinhora."

"Alguém esteve na minha cozinha?"

"Não qui eu tenha visto, sinhora." Isso até que era verdade, uma vez que meus olhos tinham estado fechados o tempo todo.

"Num vi ninguém entrando na sua cozinha."

"Bem, aqui está o pão de milho. Pode dizer pra Sadie que eu adorei a receita dela. Mas fiz algumas mudanças. Sabe, pra deixar mais refinado."

"Sim, sinhora, vô dizê pra ela, sim."

"Você viu o Huck por aí?", ela perguntou.

"Vi mais cedo."

"Há quanto tempo?"

"Tem um tempo", eu disse.

"Jim, eu vou te fazer uma pergunta, agora. Você esteve na biblioteca do juiz Thatcher?"

"Se eu tive na onde?"

"Na biblioteca."

"A sinhora diz aquela sala cheia de livro?"

"Isso."

"Não, patroa. Eu já vi esses livro dele, mas nunca entrei lá drento. Por causa de que qui a sinhora tá me preguntando?"

"Ah, é que alguns dos livros estavam fora das prateleiras."

Eu ri. "E que qui eu ia fazê cum livro?"
Ela também riu.

O pão de milho estava enrolado num pano fino, e eu precisava ficar trocando ele de mãos porque estava quente. Cheguei a pensar em dar uma provadinha, porque estava com fome, mas queria que Sadie e Elizabeth fossem as primeiras a comer. Quando atravessei a porta, Lizzie veio correndo até mim, farejando o ar como um cão de caça.

"Que cheiro é esse?", ela perguntou.

"Creio que esteja falando do pão de milho", eu disse. "A sra. Watson usou a receita especial de sua mãe e, de fato, está cheirando muito bem. Ela me alertou, entretanto, para o fato de que fez algumas alterações."

Sadie veio até mim e me deu um beijo na boca. Acariciou meu rosto. Ela era macia e seus lábios também eram, mas as mãos eram tão ásperas quanto as minhas, de trabalhar no campo, embora ainda fossem delicadas.

"Vou devolver essa toalha pra ela amanhã, sem falta. Os brancos sempre lembram desse tipo de coisa. Acho que ela chega a separar um tempo do dia para contar toalhas, colheres e copos e coisas assim."

"É a mais pura verdade. Lembra aquela vez que eu esqueci de recolher o ancinho para dentro do barraco?"

Sadie tinha o pão de milho no bloco de madeira — um toco de uma árvore, na verdade — que utilizávamos como mesa. Começou a fatiá-lo. Serviu uma porção para Lizzie e uma para mim. Dei uma mordida, e Lizzie também. Olhamos um para o outro.

"Mas o cheiro é tão bom", disse a criança.

Sadie cortou uma lasquinha e pôs na boca. "Misericórdia, o talento dessa mulher é não cozinhar, isso sim."

"Preciso comer?", perguntou Lizzie.

"Não precisa, não", disse Sadie.

"Mas o que você vai dizer quando ela perguntar?", eu quis saber.

Lizzie pigarreou. "Sinhá Watson, eu nunca tinha cumido um pão di mio tão bão na minha vida!"

"Melhor 'nunca qui'", eu disse. "Essa seria a forma gramaticalmente incorreta correta."

"Eu nunca qui tinha cumido um pão di mio tão bão na minha vida!", ela disse.

"Muito bem", eu disse.

Albert apareceu na porta do nosso barraco. "James, você vem?"

"Prontamente. Sadie, tudo bem por você?"

"Pode ir", ela disse.

Saí de casa e fui caminhando até uma grande fogueira ao redor da qual os homens estavam sentados. Fui cumprimentado e me sentei. Falamos um pouco sobre o que havia acontecido a um fugitivo de uma fazenda próxima. "Sim, deram uma boa surra nele", disse Doris. Doris era homem, mas isso não pareceu importar para os senhores de escravo que o batizaram.

"Esses caras todos vão acabar no inferno", disse o Velho Luke.

"O que aconteceu hoje com você?", Doris me perguntou.

"Nada."

"Alguma coisa deve ter acontecido", disse Albert.

Eles estavam esperando que eu fosse lhes contar uma história. Aparentemente eu era bom nisso, em contar histórias. "Nada, exceto pelo fato de eu ter sido transportado até New Orleans. Fora isso, não aconteceu nada."

"Você o quê?", disse Albert.

"Isso mesmo. Sabe, pensei que eu ia tirar um bom cochilo por volta do meio-dia e, quando dei por mim, estava parado, de pé, no meio de uma rua movimentada, cheia de carroças puxadas por mulas e esse tipo de coisa ao redor."

"Você é maluco", disse alguém.

Percebi que Albert estava me dando o sinal de alerta para a presença de brancos nas proximidades. Em seguida, ouvi uma movimentação desengonçada vinda do mato e soube que eram aqueles garotos.

"É o qui eu tava dizendo procês, primeiro achei meu chapéu pindurado num prego. 'Num ponhei meu chapéu lá', pensei cá cumigo. 'Cumé qui foi pará lá?' Na hora pensei: isso é coisa di bruxa. Vê eu num vi, mas foi elas, sim. E foi uma dessas bruxa, essa qui pegô meu chapéu, qui mi mandô lá pra Niu Orlins. Cês bota fé?" A mudança em minha dicção alertou a todos para a presença dos garotos brancos. Desse modo, minha performance para os meninos acabou estabelecendo as bases da minha história. E ela havia se tornado menos uma história, uma vez que o principal, agora, era fazer uma apresentação para os garotos.

"Mas num mi diga", disse Doris. "Num dá pra brincá cum essas bruxa."

"Ah, mas num dá memo", disse outro homem.

Conseguíamos ouvir os meninos rindo. "Daí qui eu tava lá em Niu Orlins e iscuta só", eu disse. "Do nada, me apareceu um curandeiro. Ele disse: 'Que qui cê tá fazendo aqui nessa cidade'. E eu disse pra ele qui eu num tinha a menó ideia. E aí cês sabe o que qui ele me disse? Cês sabe o que qui ele me disse?"

"Que qui ele te disse, Jim?", perguntou Albert.

"Ele disse qui eu, Jim, era um ômi livre. Ele disse qui ninguém nunca jamais ia me chamá de criôlo di novo."

"Misericórdia, meu Senhor", gritou Skinny, o ferreiro.

"Aquele demônio me disse qui eu pudia comprá o qui eu quisesse ali na rua. Qui eu pudia tomá um uísque si eu quisesse. Que qui cês acha?"

"Uísque é a bebida do diabo", disse Doris.

"Tanto faz, tanto feiz", eu disse. "Num fazia diferença. Ele disse qui eu pudia bebê si eu quisesse. E qualqué outra coisa qui eu quisesse tomém. Mas tanto faz, tanto feiz."

"E pro causa di quê?", perguntou um homem.

"Primeiro pro causa di que eu tava naquele lugá porque o demônio tinha me mandado pra lá. Num era verdade, era só um sonho. E segundo pro causa di que eu num tinha dinheiro. Só isso memo. Daí o demônio estalô os dedo e me mandô di volta pra casa."

"E por causa di que qui ele feiz isso?", perguntou Albert.

"É qui se você num tivé dinheiro, não tem como cê se metê em encrenca em Niu Orlins, num importa se é di verdade ou se é di sonho", eu disse.

Os homens riram. "Pódi crê, foi isso qui me disseram tomém", disse um homem.

"Escuta", eu disse. "Acho qui eu tô ouvindo um desses demônio ali no mato. Me dá uma tocha aí pra eu alumiá ali. Bruxa e demônio num gosta di fogo queimando perto deles. Eles começa a derretê tipo mantega na grelha."

Todos nós rimos ouvindo os garotos brancos saírem correndo a toda velocidade dali.

Depois de haver pisado naquelas tábuas que tinham rangido na noite anterior, eu sabia que a sra. Watson me pediria para reforçá-las com pregos e consertar o degrau solto. Esperei até o meio da manhã para não acordar nenhum branco. Eles podiam dormir até a hora que quisessem e sempre reclamavam de terem acordado cedo demais, não importava o quanto já fosse tarde.

Huck saiu de dentro da casa e ficou me olhando durante alguns minutos. Veio na minha direção daquele jeito que sempre vinha quando estava com alguma coisa na cabeça.

"Por que qui cê num tá brincando cum seu amigo?", perguntei.

"Quem, o Tom Sawyer?"

"Acho qui esse aí, é."

"Acho que ele ainda tá dormindo. Ele provavelmente passou a noite em claro, roubando bancos e trens e essas coisa."

"Ele faz isso aí, é?"

"Diz que. Ele tem dinheiro, daí compra livro e passa o tempo todo lendo sobre aventura. Às veiz eu não sei se acredito muito nele, não."

"Como assim?"

"Tipo, ele achô uma caverna, e aí a gente foi lá e se juntou com uns outro menino, só que quando a gente chegô lá ele já quis ser o chefe."

"Ah, é?"

"E tudo porque ele lê esses livro."

"E isso te faz meio qui perdê as estribeira?", perguntei.

"Por que as pessoa dizem isso? 'Perdê as estribeira?'"

"Bom, Huck, o qui eu acho é qui si um cavalo tá cum as estribeira, cê consegue montá ele di boa, mas si ele perde..."

"Tendi."

"Acho qui às veiz cê tem que aturá seus amigo. Eles vai fazê o qui eles tem di fazê."

"Jim, você lida com as mula e conserta as roda das carroça e agora cê tá aqui arrumando a varanda. Quem te ensinô essas coisa tudo?"

Parei e fiquei olhando para o martelo em minha mão, depois o girei. "Essa é uma pregunta das boa, Huck."

"E aí, quem foi?"

"A necessidade."

"Quê?"

"Cessidade", me corrigi. "Cessidade é quando cê tem qui fazê uma coisa sinão."

"Sinão o quê?"

"Sinão te levam pro tronco e te dão de chicote ou te levam rio abaixo pra te vendê. Mas cê num tem qui se preocupá cum essas coisa."

Huck olhou para o céu. Ficou refletindo um pouco sobre aquilo. "É bonito dimais quando a gente olha pro céu e num tem nada lá, só o azul. Já ouvi dizê que tem vários nome diferente pros azul diferente. E pros vermelho e pras outra cor também. Como cê chamaria esse azul aí?"

"Azul-turquesa", eu disse. "Tu já viu uma pedra turquesa?"

"Tem razão, Jim. Parece turquesa memo, só num é brilhante."

Concordei com a cabeça. "É por isso qui a gente num pode ficá prestando atenção só no brilho das coisa."

"Azul-turquesa", disse Huck, mais uma vez.

Ficamos sentados ali mais um tempo. "Que mais tá te cozinhando por drento?", perguntei.

"Acho que a sra. Watson é maluca."

Não falei nada.

"Ela tá sempre falando de Jesus e de oração e essas coisa. Só tem Jesus naquela cabeça. Ela me disse que as oração é pra me ajudá a ser mais generoso c'o mundo. Mas que diabo isso qué dizê?"

"Oia a boca suja, Huck."

"Cê tá parecendo com ela agora. Eu num vejo vantage nenhuma em rezá pedindo uma coisa só pra não ganhá e aí aprendê uma lição sobre não ganhá o que eu pedi. Não faz sentido nenhum. Dá na mesma rezá praquela tábua ali."

Concordei com a cabeça.

"Cê tá balançando a cabeça porque cê concorda ou porque cê não concorda?"

"Só tô balançando a cabeça, Huck."

"Só tem maluco em volta de mim! Sabe o que que o Tom Sawyer fez?"

"Me conta, Huck."

"Ele nos obrigô a fazê um pacto de sangue, e se algum de nós contá os segredo do nosso bando, aí a gente mata a família inteira da pessoa. Não parece coisa de louco?"

"Como qui se faz pacto de sangue?", perguntei.

"Precisa cortá a mão com uma faca e apertá as mão de todo mundo que fez a mesma coisa. Sabe como é, pra misturá os sangue tudo junto. Daí é que nem se todo mundo fosse irmão."

Olhei para as mãos dele.

"Só que a gente usou cuspe. O Tom Sawyer disse que dava na mesma, e como é que a gente ia roubá um banco com as nossas mão tudo cortada? Um moleque chiô e disse que ia contá tudo e o Tom Sawyer fez ele calá a boca cuma moeda de cinco centavo."

"E cê num tá mi contando esses segredo agora?", perguntei.

Huck fez uma pausa. "Cê é diferente."

"Por causa di que eu sô um escravo?"

"Num é isso."

"Intão é o quê?"

"Cê é meu amigo, Jim."

"Puxa, brigado, Huck."

"Cê num vai contá pra ninguém, né?" Ele ficou me encarando ansiosamente. "Mesmo se a gente for lá roubá um banco. Cê não vai contá pra ninguém, né?"

"Eu sei guardá segredo, Huck. Posso guardá os seu tomém."

A sra. Watson veio até a tela da porta e chiou: "Cê ainda não arrumou aquele degrau, Jim?".

"Na verdade, já arrumei sim, sinhá Watson", eu disse.

"Que milagre você ter conseguido com esse moleque aí buzinando no seu ouvido. Huckleberry, volte já para dentro de casa e vá arrumar sua cama."

"Mas eu vô bagunçá tudo de novo essa noite", disse Huck. Ele enfiou as mãos dentro dos bolsos do calção e foi andando até lá, como quem sabe que acaba de ter passado do limite.

"Não me faz ir até aí fora", ela disse.

"Te vejo depois, Jim." Huck entrou rápido na casa e passou correndo pelo lado da sra. Watson como se estivesse desviando de uma pancada.

"Jim", disse a sra. Watson, olhando para trás, para dentro da casa, procurando por Huck.

"Sinhora?"

"Ouvi dizer que o pai do Huck está de novo pela cidade."

Ela passou andando por mim e ficou olhando para a estrada. Concordei com a cabeça. "Sim, sinhora."

"Fica de olho no Huck", ela disse.

Eu não sabia exatamente o que ela estava me pedindo para fazer. "Sim, sinhora." Guardei o martelo de volta na caixa. "Patroa, no que qui é pr'eu ficá di ôio zatamente?"

"E cuida para ele não se meter muito com aquele menino Sawyer."

"Pro causa di que a sinhora tá me falando isso tudo?"

A velha olhou para mim, e depois para a estrada, e depois para o céu. "Não sei, Jim."

Fiquei analisando as palavras da sra. Watson. O tal do Tom Sawyer não representava um perigo real para Huck, era mais como se fosse um diabinho sentado em seu ombro sussurrando besteira. Agora, o pai estar de volta era uma história totalmente diferente. O homem podia estar sóbrio ou podia estar bêbado que, em qualquer dessas duas condições, aplicava surras repetidamente no pobre garoto.

2.

Naquela noite eu me sentei com Lizzie e outras seis crianças no nosso barraco para dar uma aula de linguagem. Aquilo era indispensável. Para mover-se de forma segura neste mundo, é necessário o domínio da linguagem, a fluência. Os mais novos sentaram-se no chão de terra batida e eu, em um de nossos dois banquinhos caseiros. O buraco no teto puxava a fumaça do fogo que queimava no meio do casebre.

"Papai, por que temos que aprender isso?"

"Os brancos esperam que a gente fale de determinada maneira, e não os decepcionar só nos ajuda", eu disse. "Os únicos que sofrem quando eles se sentem inferiores somos nós. Talvez seja melhor dizer 'quando eles não se sentem superiores'. Então vamos fazer uma pausa e revisar os fundamentos."

"Nunca faça contato visual", falou um garoto.

"Isso mesmo, Virgil."

"Nunca fale primeiro", disse uma garota.

"Você está certa, Fevereiro", eu disse.

Lizzie olhou para as outras crianças e, depois, de novo para mim. "Nunca aborde nenhum assunto diretamente quando estiver conversando com outro escravo", ela disse.

"E como chamamos isso?", perguntei.

Todos juntos, eles responderam: "Simbolizar".

"Excelente." Eles ficaram orgulhosos de si mesmos, e deixei aquela sensação perdurar. "Vamos praticar um pouco de tradução situacional. Primeiro, uma coisa extrema. Você vem andando pela rua e vê que a cozinha da sra. Holiday está pegando fogo. Ela está no quintal, de costas para a casa, alheia ao que acontece. Como você avisa para ela?"

"Fogo, fogo", disse Janeiro.

"Direto. E está quase certo", falei.

Rachel, a mais jovem de todas, com cinco anos, comprida e magrinha, disse: "Misericórdia, sinhá! Oia lá".

"Perfeito", respondi. "Por que esse é o jeito certo?"

Lizzie ergueu a mão. "Porque precisamos deixar que os brancos identifiquem o problema."

"E por que isso?", perguntei.

Fevereiro explicou: "Porque eles precisam saber de tudo antes de nós. Porque eles precisam identificar todas as coisas".

"Bom, muito bom. Vocês estão todos muito afiados hoje. Beleza, vamos imaginar, agora, que seja um incêndio de gordura. Que ela tenha esquecido um pedaço de toucinho no fogão. A sra. Holiday está prestes a jogar água em cima. O que você diz? Rachel?"

Rachel ficou parada um instante. "Sinhá, água vai piorá tudo!"

"Sim, isso é verdade, mas qual o problema em falar desse jeito?"

Virgil disse: "Você está dizendo que ela está fazendo a coisa errada".

Concordei com a cabeça. "Então, o que você deve dizer?"

Lizzie olhou para o teto e foi falando enquanto ia elaborando. "Quer eu pegue um pouco de areia?"

"Abordagem correta, mas você não traduziu."

Ela assentiu. "Deus du céu, sinhá patroa, a sinhora qué qui eu pego areia?"

"Excelente."

"É difícil dizer 'qué qui eu'." Quem falou isso foi Glory, a mais velha das crianças. "Esse monte de *i* e *e*."

"Verdade", eu disse. "Mas tudo bem se atrapalhar um pouquinho. Aliás, fica até melhor. A sinhora qué-qué qui-qui-eu pego areia, sinhá Holiday?"

"Mas e se eles não entenderem?", perguntou Lizzie.

"Tudo bem. Deixe que se esforcem para compreender você. Pode falar enrolado, às vezes, só para lhes dar a satisfação de dizerem para você não falar enrolado. Eles gostam de nos corrigir e ficar pensando que somos burros. Lembrem: quanto mais eles decidirem que não querem nos ouvir, mais poderemos conversar uns com os outros quando estivermos perto deles."

"Por que Deus fez as coisas desse jeito?", perguntou Rachel. "Com eles sendo os senhores e nós sendo os escravos?"

"Deus não existe, criança. A religião existe, mas o Deus deles, não. A religião deles diz que nós seremos recompensados no final. Todavia, aparentemente, não diz nada sobre o castigo deles. De todo modo, quando estivermos perto deles, nós acreditamos em Deus. 'Ai, meu Deus Nosso Sinhô, como nóis credita.' A religião é apenas uma ferramenta de controle que eles usam e à qual aderem quando lhes convém."

"Mas deve existir alguma coisa", disse Virgil.

"Desculpe, Virgil. Talvez você tenha razão. Pode ser que exista alguma força superior, crianças, mas não é o Deus branco deles. De todo modo, quanto mais a gente fala sobre Deus e Jesus e sobre o céu e o inferno, melhor eles se sentem."

Todas juntas, as crianças disseram: "E quanto melhor eles se sentirem, mais seguros estaremos".

"Fevereiro, traduza essa frase."

"Quanto mais mió eles si senti, mais seguro nóis vai tá."

"Muito bem."

Huck me pegou quando eu estava descarregando sacas de ração de galinha da carroça e levando até o galpão que ficava nos fundos da casa da viúva Douglas. Ele estava pensando atentamente sobre alguma coisa e eu via que queria conversar.

"Que qui cê tá pensano, Huck?"

"Em rezá", ele disse. "Cê reza?"

"Sim, sinhô, eu rezo o tempo todo."

"Pra que qui cê reza?", ele perguntou.

"Eu rezo pra tudo qui é coisa. Uma veiz eu rezei praquela mocinha, a Fevereiro, miorá quando ela tava aduentada."

"E funcionou?"

"Oia, ela tá mió agora." Sentei-me na carroça e olhei o céu. "Uma veiz eu rezei pra chuvê."

"E funcionou dessa vez?"

"Chuveu memo, pode apostá. Num foi na mema hora, mas uma hora chuveu."

"Então como cê sabe que foi Deus quem fez?"

"Certeza num tenho, não. Mas num é Deus quem faiz tudo? Quem mais que ia fazê chuvê?"

Huck pegou uma pedra, ficou olhando para ela na mão durante um tempo e, depois, arremessou contra um esquilo sentado num galho bem alto de um ulmeiro.

"Qué sabê que qui eu acho?"

Huck olhou para mim.

"Eu acho qui cê reza é pras pessoa qui tá perto e qui qué qui cê reze. Reza pra sinhá Watson e pra viúva Douglas te ouvi, e aí pede pra Jesus o que cê sabe que elas qué. Isso vai facilitá tua vida."

"Pode ser."

"Aí de veiz em quando cê pede uma vara de pescá ou uma coisa dessa só prelas bronqueá contigo."

Huck concordou com a cabeça. "Faz sentido. Jim, cê acredita em Deus?"

"Ôxi, mas é craro! Si num tivesse Deus, cumé qui ia tê essa vida maraviosa qui a gente tem? Agora, vai lá brincá um pouco."

Fiquei olhando enquanto Huck corria pela rua e sumia da minha vista virando a esquina, bem na frente do casarão do juiz Thatcher. O Velho Luke apareceu às minhas costas quando eu estava prestes a colocar a última saca sobre o ombro.

"Você me assustou", eu disse.

"Desculpe por essa." Ele tomou impulso e sentou o corpo pequeno na caçamba da carroça. "O que o pestinha queria?"

"Ah, esse garoto é legal", falei. "Ele só está tentando entender como as coisas funcionam. Acho que como todos nós."

"Você ouviu falar do irmão McIntosh, lá de St. Louis?"

Sacudi a cabeça.

"Um homem livre. Pele clara que nem a sua. Ele se meteu numa briga nas docas e a polícia veio e o pegou. Ele perguntou o que iam fazer com ele por ter brigado. Um dos policiais disse que provavelmente iriam enforcá-lo. O irmão acreditou nele. Por que não acreditaria? Então ele puxou a faca e cortou os dois."

Um branco veio andando até nós e, por algum motivo, ficou examinando o cavalo que estava preso à carroça. Luke parou de falar. Procuramos não fazer contato visual com o homem. Nós estávamos conversando, então tínhamos que continuar conversando.

"Conta mais", pedi para Luke.

"Cê qui manda. Os cara arrastaram o negrão prum beco e já sapecaru uma coronhada bem nos beiço dele. Depois, enfiaru tanta porrada nele que o bichinho ficô até branco. Deram tanta porrada que ele espumô qui nem sabão."

Concordei com a cabeça.

"Ei", gritou o branco.

"Sinhô?", eu disse.

"Este cavalo aqui é da sra. Watson?"

"Não, patrão. A carroça é qui é da sinhá Watson, mas o cavalo é da viúva Doglas."

"Cê acha que ela me venderia esse cavalo?"

"Isso num sei dizê, patrão."

"Pergunta pra ela quando você a vir", ele disse.

"Sim, sinhô, pode deixá cumigo."

O homem olhou para o cavalo mais uma vez, separou os lábios do animal com os dedos e depois saiu andando.

"O que você acha que um idiota desses quer com um cavalo? Ele não sabe coisa nenhuma de cavalo", comentou Luke. "Essa criatura tem cem anos de idade e mal consegue puxar a carroça quando está totalmente vazia."

"Os brancos adoram comprar", disse Luke.

"E aí, o que aconteceu com o McIntosh?", perguntei.

"Eles o acorrentaram a um carvalho, fizeram uma pilha de gravetos aos seus pés e o queimaram vivo. Ouvi dizer que ele gritava implorando para que alguém atirasse nele. Mas os homens disseram que atirariam na primeira pessoa que tentasse aliviar seu sofrimento."

Senti meu estômago revirando, embora aquela não fosse tão diferente de tantas outras histórias que eu já tinha ouvido. Mesmo assim, o dia pareceu ficar mais quente, e percebi que estava todo grudento de suor. "Que jeito terrível de morrer", eu disse.

"Imagino que não exista um jeito bom", falou Luke.

"Aí eu já não sei."

"Como assim?", perguntou Luke.

"Quer dizer, morrer todos nós vamos. Talvez nem todos os jeitos de morrer sejam ruins. Talvez exista um jeito de morrer que me satisfaça."

"Que loucura isso que você está falando."

Eu ri.

Luke balançou a cabeça. "Mas essa não foi a pior parte. Pessoas negras morrem todos os dias; você sabe disso. A pior parte foi que o juiz disse a um júri popular que aquilo foi um ato coletivo e que, portanto, não recomendava o indiciamento de ninguém. Ou seja, se tem um monte de gente fazendo uma coisa, não é mais crime."

"Meu Deus", falei. "Escravidão."

"Exatamente", disse Luke. "Se um monte deles te matarem, todo mundo é inocente. Chuta qual era o sobrenome do juiz."

Fiquei esperando.

"'Bárbaro.'"

"Você acha que algum dia a gente vai conseguir ir para um lugar como St. Louis ou New Orleans?", perguntei a ele.

"Só quando nóis chegá no céu", ele disse, dando uma piscadela.

Começamos a rir e então avistamos um branco vindo pela estrada. Não tinha nada que irritasse mais um homem branco do que uma dupla de escravos rindo. Suspeito que temessem que estivéssemos rindo deles, ou, então, simplesmente detestavam a ideia de que pudéssemos estar nos divertindo. Qualquer que fosse o caso, demoramos para ficar em silêncio e, dessa forma, chamamos sua atenção. Ele nos ouviu e veio andando em nossa direção.

"Que que cês estão aí de risadinha que nem duas garotinha?", perguntou.

Eu já tinha visto aquele homem antes, mas não o conhecia. Ele estava tentando posar de homem perigoso. Aquilo ao mesmo tempo me deu mais e menos medo dele.

"Nóis tava pensando si num era verdade", disse Luke.

"Se não era verdade o quê?", perguntou o homem.

"Nóis tava pensando si num era verdade qui as rua di Niu Orlins é tudo di oro mesmo, qui nem as pessoa diz", disse Luke, e olhou para mim.

"E si num é verdade qui quando chove as rua fica tudo alagada de uísque. Eu nunca bebi uísque, não, sinhô, mas parece bom pra daná!" Me virei para Luke. "Num acha, Luke?"

Foi nesse ponto que achei, por um segundo, que ele tinha se dado conta de que estávamos tirando um sarro da cara dele, mas ele só deu uma tremenda gargalhada e falou: "Parece bom pra daná porque é bom pra daná mesmo, meninos". Ele saiu andando e uivando.

"Ele vai encher a cara agora, não tanto porque ele quer, mas porque a gente não pode", eu disse.

Luke deu uma risadinha. "Então, se eu o flagrar, mais tarde, cambaleando por aí e fazendo papel de bobo, será um exemplo de ironia proléptica ou de ironia dramática?"

"Pode ser de ambas."

"Isso sim é que seria irônico."

3.

A neve na primavera pegou todo mundo de surpresa. A sra. Watson me fez cortar lenha o dia inteiro, para que ela tivesse o suficiente para durar semanas. Mas não havia muita madeira, e ela nem sequer sugeriu que eu ou qualquer outro escravo pudesse levar um pouco para casa. Recolhemos o que pudemos do chão e derrubamos secretamente algumas árvores menores perto de onde morávamos. Essa madeira estava verde, é claro, e soltava muita fumaça, e era difícil de mantê-la acesa, mas fornecia algum calor. Consegui esconder alguns pedaços de lenha curtida debaixo da varanda da sra. Watson. Eu voltaria à noite para pegá-los. Os escravos idosos, April e Cotton, precisariam deles. Certas pessoas talvez chamassem o que eu estava fazendo de roubar. Eu também, mas não estava particularmente preocupado com isso. Tinha dado o meu suor fazendo aquilo e até cheguei a tirar a camisa, apesar do frio que fazia.

"Quanta madeira", disse Huck. Ele me deu um susto. "Te assustei?", perguntou.

"Acho qui um pouco, sim. Di onde qui cê tá vindo?"

"Acabo de vender todas as minhas posses para o juiz Thatcher. Ele me deu esse dólar aqui por tudo."

Soltei um assobio. "Um dólar inteirinho. Num sabia que cê tinha tant'assim."

Rachei mais um pouco de lenha e peguei Huck me observando.

"Tu tá gostando da escola?"

"Acho que dá pra dizê qui eu tô me acostumando."

"Eu ia gostá di aprendê umas coisa." Rachei mais alguns troncos.

"Sabe que cê num é muito mais escuro que eu?"

"Mas sô iscuro suficiente."

"Por que você é escravo?"

"Porque minha mãe era iscrava."

"E o seu pai?", ele perguntou.

"Num divia di sê. Mas isso num importa. Se eles discobre qui uma pessoa da sua família é de cor, cê tomém é de cor. Não importa como é que cê é."

"Tô vendo uns rastro na neve", disse Huck.

"Imagino que vá tê um monte de rastro na neve. É onde os pessoal deixa os rastro deles tudo."

"Um dos rastro tinha uma cruz na ferradura."

"Como assim cruz?"

"Tipo cruz de Jesus — esse tipo de cruz."

"Eu num esquentaria muito cum isso não", eu disse. Não gostava de ver o garoto preocupado daquele jeito. Eu sabia o que ele estava pensando.

"Então, cê também acha que é ele." Ele estava falando do pai. "Cê também acha que ele voltô."

"Eu num disse nada disso."

"Mas cê pensô. Eu sei que cê pensô. Que qui ele qué, Jim? Cê sabe das coisa."

Enfiei a mão no bolso e puxei uma bola de pelos do rabo de uma mula que eu sempre reservava para as crianças brancas. "Tu sabe que qui é isso aqui?" Ergui o braço para que os raios do sol a atingissem.

"O quê?"

"É uma bola de pelo da barriga dum touro. Tu sabe que qui ela é intão?"

O menino fez que não com a cabeça. "Mágica", falei a ele. "Essa bola de pelo aqui é mágica e ela fala cumigo."

Encostei a bola na orelha. "Olhaí, tô ouvino. Ela tá falano. Tá dizendo que o seu pai tem dois anjo às volta dele aqui neste mundo, um é preto e o outro é branco. Cada um diz uma coisa diferente pra ele. Um é bom e um é ruim, e ele num sabe qual dos dois ouvi. Ele não sabe o qui fazê. Ficá ou parti. Essa bola aqui é pra sabê, mas eu num sei."

"Isso num ajudô em nada."

"Peraí, a bola tá falando di novo."

Huck tentou ouvir junto comigo.

"Sim, sim. Ela tá dizendo que vai ficá tudo bem. Que cê vai si machucá, mas qui depois vai ficá tudo bem. Vai tê duas muié às suas volta. Cê vai se casá cuma muié pobre e depois cuma muié rica. E num importa o que cê faça, fica longe das água. Esse ribeirão aí pode sê o seu fim."

"Ela disse isso tudo?"

Fiz que sim com a cabeça. "Agora ela drumiu."

A sra. Watson apareceu na porta. "Huck", ela disse, "entre já e vá se lavar para a janta." Ela olhou para mim. "Menino, mas você ainda não acabou com essa lenha?"

"Tá uma bagunça, patroa."

"Bom, agora pode parar, está fazendo muito barulho. Minha cabeça está doendo."

"Sim, sinhora."

Luke me alcançou em minha caminhada de volta para casa. "Mais devagar, para que este velho possa te acompanhar", ele disse.

Seguimos sem dizer nada durante algum tempo. Eu sabia que andava muito calado, mas não conseguia evitar. Chutei uma pedra.

"O que está te incomodando?", perguntou Luke.

"Nada", eu disse.

"Está preocupado com os pedaços de madeira que escondeu debaixo da varanda?"

"Você viu isso?"

"Vi."

"Não, eu não estou preocupado com a madeira."

"Está preocupado com aquele garoto", disse Luke. Quando olhei para ele, ele completou: "Huck. Aquele garoto, Huck".

"Bom, ele tem um pai bêbado que não o deixa em paz."

"E o que você tem com isso? É problema dos brancos."

Balancei minha cabeça. "Ele é só uma criança."

"Sim, uma criança livre." Ele apontou para mim. "Tem alguma coisa aí com esse garoto. Alguma coisa entre você e ele."

"Ele tem muitos problemas", eu disse. "Mas, por mais triste que isso seja, eu ainda sou apenas um escravo e não posso fazer nada para ajudá-lo."

4.

O frio fora de época persistiu, e me vi afanando madeira não apenas para April e Cotton como também para a minha família e mais algumas outras. Eu estava terrivelmente preocupado de darem falta da madeira, e esse medo se materializou numa tarde de domingo. Sadie veio falar comigo.

"O que aconteceu?", perguntei.

Ela olhou para fora, pela porta do barraco, olhou para a menina de nove anos e depois para mim. "O que você vai fazer?", ela perguntou.

"Do que você está falando?"

"Ouvi a sra. Watson conversando com o juiz Thatcher."

"E?"

Sadie deu uma fungada.

Pus o braço ao seu redor. "Acalme-se."

Nada poderia ter me preparado para o que ela disse em seguida. Ela disse: "A sra. Watson disse para o juiz Thatcher que vai vender você para um homem em New Orleans".

"O que isso quer dizer?", Lizzie perguntou. "Papai, o que isso quer dizer?"

Andei até a porta e olhei para fora.

"Jim?", disse Sadie.

"Papai?"

"Ela disse todos nós ou só eu?", perguntei.

"Só você, Jim", ela se lamentou. "O que você vai fazer? Eles vão nos separar e nós nem vamos saber onde você está."

"O quê?" Lizzie ficou ofegante.

"Não, eles não vão", eu disse. Peguei um pedaço grande de tecido e o estendi.

"O que você está fazendo?", perguntou Sadie.

Coloquei pão e carne seca no tecido e enrolei. "Eles não podem me vender se eu não estiver aqui."

"Você não pode fugir", disse Sadie. "Você sabe o que eles fazem com os fugitivos."

"Eu vou me esconder. Vou me esconder na Ilha Jackson. Eles vão pensar que eu fugi para o norte, mas eu estarei aqui. Depois eu penso em alguma coisa."

"Você não pode fazer isso. Eles vão te encontrar com toda certeza. E aí vão te tratar como um fugitivo. Eles talvez até..." Ela parou.

"Até o quê?", Lizzie perguntou.

"Bom, eu vou ficar lá até decidir o que fazer", eu disse. Ajoelhei-me, olhei para Lizzie, dei nela um abraço bem forte. "Escutem, tudo ficará bem. Tá bom? Você me ouviu, querida?"

Ela chorou.

Levantei-me e beijei Sadie. "Não conte para ninguém para onde eu fui. Você não pode contar nem para o Luke."

"Tá bem."

"Ouviu isso, Lizzie?", eu disse.

"Sim, papai."

Fui andando até a porta.

"Papai?"

"Eu estou bem, meu amor." Senti a mão de Sadie repousando em meu ombro. Beijei-a. "Eu vou voltar para te buscar."

Deixei minha família e me embrenhei na mata. Talvez fosse uma idiotice tentar fugir sob a luz do dia, mas eu não sabia quando eles viriam atrás de mim. Não corri. Correr é uma coisa que um escravo jamais deve fazer, a menos, claro, que esteja fugindo. Ninguém me viu passando pelo quintal dos fundos da viúva Douglas e descendo o barranco íngreme até o rio. Fiquei esperando ali, debaixo de um recuo do terreno. Eu não podia me aventurar na água durante o dia. Tinha muitos barcos de passageiro e de carga, além de gente pescando ao longo das margens. Eu estava tão apavorado quanto furioso, mas onde um escravo pode descarregar sua raiva? Nós podíamos sentir raiva uns dos outros; éramos humanos. Mas a verdadeira fonte de nossa raiva tinha de passar incólume, ser engolida, reprimida. Eles queriam separar minha família e me mandar para New Orleans, onde eu estaria ainda mais distante da liberdade e, provavelmente, nunca mais as veria novamente.

No final do dia, eu estava sendo comido vivo pelos mosquitos. Puxei um toco de madeira da terra e o coloquei dentro da água gelada e lamacenta. Fui empurrando e batendo pernas atrás dele, sabendo que a forte correnteza do Mississippi me levaria rio abaixo. Eu mal conseguia enxergar a ilha no escuro e torcia para não ser carregado para longe dela pela água. Por sorte, nenhum barco de passageiros jamais navegava pelo canal entre a margem e a ilha. Mas não dava pra ter certeza de que nenhum pestinha fosse passar remando uma canoa ou uma balsa.

Finalmente consegui avistar a ilha, porém senti um puxão na perna. Simplesmente não conseguia me livrar daquele empecilho. Como não acredito em monstros do rio, rapidamente entendi que havia ficado preso na linha de pesca de alguém. Foi difícil me desvencilhar, e, por um breve instante, pensei que não conseguiria chegar à ilha, ou me afogaria, ou as duas coisas. Mas, no fim das contas, acabei dando sorte. Quando consegui finalmente soltar a linha, acabei puxando três bagres grandes que poderia comer naquela noite, o que foi uma boa, porque eu havia arruinado meu pão. Além disso, poderia reutilizar aquela linha e aqueles anzóis. Foi bom pensar nisso, pois me distraiu do quanto eu estava exausto. Cheguei à praia rochosa da ilha e me deitei de costas, com os peixes em cima do peito. Foi o cheiro dos peixes que me acordou. Conforme minha exaustão foi desaparecendo, comecei a tremer incontrolavelmente. Estava congelando, mas não havia nada que eu pudesse fazer a respeito daquilo. Lutei para tirar meu casaco ensopado e todo o resto das roupas. Puxei minha faquinha do bolso e limpei os peixes. Cortei as cabeças e as joguei fora porque não suportei ficar olhando para a cara deles. Não podia correr o risco de acender uma fogueira no meio do escuro. Eu os cozinharia e comeria pela manhã. Precisava me secar, e me aquecer, e dormir um pouco. Enfiei-me no meio das árvores, longe do vento, e me cobri com algumas folhas. Pus meu casaco molhado por cima da matéria vegetal e fechei os olhos. O peso da peça de roupa me fez, ao menos, imaginar que eu estava mais quente.

Nasceu a manhã e me enfiei em minhas roupas agora secas, porém congelantes. O casaco continuava molhado, então o estendi sobre um arbusto. Comecei a saltitar para me aquecer, esperando que o sol subisse o bastante para que eu pudesse usar o meu pedaço de vidro para acender uma fogueira. Ouvi um farfalhar vindo das árvores. Parecia um humano, de modo que parti do princípio de que era um humano branco.

"Quem qui tá aí no mato? Tu é um fantasma? Fica longe di mim, seu incosto!"

"Jim? É você, Jim?" Era Huck.

"Pelamordedeus, cê quase que me mata de susto."

"Que cê tá fazendo aqui?", perguntou o garoto.

"Pra cumeçá, congelando", eu disse. "Que qui cê tá fazendo aqui nesta ilha? E pro causa di que qui cê tá todo insanguentado?"

"Eu me matei", disse o garoto.

Olhei-o de cima a baixo. "Tu num fez um trabaio muito bão, não."

"Bom, a sra. Watson, aquele juiz maldito e o meu pai acham que eu tô morto e é isso que importa. Eles acham que eu fui assassinado."

"Pro que qui eles acha isso?", perguntei.

"Eu matei um porco e espalhei o sangue por toda a cabana do meu pai. Fiz uma bagunça lá pra parecê que teve uma briga."

Na minha cabeça, comecei a somar as coisas. Huck supostamente havia sido assassinado e eu havia fugido. De quem eu achava que eles suspeitariam de ter cometido aquele crime hediondo?

"Mas o que você tá fazendo aqui, Jim?"

"M'iscondendo."

"Por quê?"

"Bom, eu tô m'iscondendo pro causa di que a sinhá Watson tá cuma ideia di mi levá rio abaixo e mi vendê. E agora..." Sacudi a cabeça.

"E agora o quê?"

"E agora pro causa di que eu matei ocê. Pelo menos é o que eles vai achá." Olhei em seus olhos. "Tu pricisa voltá."

"Num posso", disse Huck. "O papai vai me matá com toda certeza."

"Pior que pódi sê memo." Olhei, por entre as árvores, para o canal que havíamos cruzado. "Misericórdia, meu Sinhô."

"Qual era o seu plano, Jim?"

"Eu ia ficá morando aqui na ilha um tempinho, mas agora eles vai procurá o assassino e o corpo."

"Como assim a sra. Watson vai te levá rio abaixo e te vendê?"

"Eu sô iscravo, Huck. Ela pódi mi vendê si ela quisé. E pelo jeito ela qué. Eu tive que fugi pra ela num fazê isso."

"Mas cê tem família."

"Isso num qué dizê nada quando a gente é iscravo."

Huck sentou-se e ficou pensando naquilo.

O sol estava alto, tostando as árvores e cortando um pouco do frio. Olhei para os bagres. "Pelo menos café da manhã nóis tem", eu disse. "Cê tem um fosfo aí?"

"Não."

"Então vô usá meu vrido mágico", eu disse. Peguei no bolso o fundo redondo de uma garrafa que havia encontrado muito tempo atrás.

"Mágico?"

"Mágico", repeti. "Pega a luz do sol e mistura tudo e concentra e transforma as coisa tudo em fogo."

Fomos até uma pequena clareira e eu usei o vidro para começar o fogo num pouco de musgo seco, deixando o garoto acrescentar uns gravetos. Mais alguns tocos de madeira e a coisa acendeu bem. A sensação do fogo era boa. Provavelmente era má ideia, mas não tiramos a pele do último peixe.

"Eu tenho um pouco de pão", disse Huck.

"O meu perdi na água. Mas acho que a carne vai secá legal." Olhei para os peixes. "Acho que aquela pele ali vai queimá, hein?"

"O papai come a pele toda."

"Hmmm."

Fiquei olhando a fumaça subir. Pareceu se dispersar bastante antes de chegar à copa das árvores.

Huck gostou do peixe. "Como você pescou?"

"Num pesquei", eu disse. "Eu me inrolei na linha duma outra pessoa, e eles já tinha sido pescado."

"Que sorte", ele disse.

Concordei com a cabeça.

"Num acredito que a sra. Watson vai te vendê. Qué dizê, ela gosta d'ocê."

"Acho que ela gosta mais de dinheiro. A maioria das pessoa gosta mais de dinheiro do que qualqué outra coisa. Os branco, pelo menos."

"Eu não", disse Huck. "Eu disse pro juiz ficar com todo o dinheiro que eu achei."

"Quanto cê imagina que achô?"

"Milhares", disse Huck. "Dinheiro só traz problema. Cê num acha, Jim?"

"Num sei. Eu nunca tive dinheiro."

Huck concordou com a cabeça.

Ouvimos um estrondo e nos jogamos no chão. Fomos rastejando até a borda da mata e vimos um barco de passageiros passando. O juiz Thatcher e sua filha, Bessie, estavam na popa. A tia de Tom Sawyer, Polly, estava debruçada numa das laterais. Um homem que eu nunca tinha visto estava preparando um pequeno canhão para dar mais um tiro. Ele acendeu o pavio e o ar estalou com mais uma explosão. A bola caiu na água.

"Por que eles estão fazendo isso, Jim?"

"Eles tão tentando fazê cum qui o corpo suba pra cima da água."

"Seria engraçado se um outro corpo subisse", ele disse.

"Hilário", eu disse.

"Quê?" Ele olhou para mim.

"Eu disse 'ih, pare, ó'."

"Como assim?"

"Quê? Oia lá", falei.

O garoto virou-se novamente e ficamos assistindo ao homem na proa jogar alguma coisa na água. Fiquei aliviado de ter conseguido redirecionar sua atenção. Em toda a minha vida, havia sido a primeira vez que eu cometia um deslize de linguagem. Aquilo só podia ser um sinal do quanto eu estava transtornado e agitado.

"O que é aquilo?", perguntou Huck.

"Acho qui é uma fatia de pão com pouco de mercúrio."

"E pra que serve?"

"É pra encontrá o cadavre."

"E funciona?"

"Os branco acredita num monte di coisa qui eu num intendo. Eles são as pessoa mais estuperticiosa do mundo."

"'Supersticiosa', cê qué dizê."

"Isso que eu disse." Ficamos assistindo ao barco desaparecer numa curva. "Eles acha memo que cê tá morto." Enquanto eu dizia aquelas palavras, a onda de medo me atingiu mais uma vez. Teria sido melhor eu ter me afogado no rio ou congelado durante a madrugada. Uma coisa era certa: eu tinha que me assegurar de que Huck não virasse o cadáver que eles estavam procurando. Melhor ainda: tinha que me assegurar de que eu não virasse o cadáver que eles estavam procurando.

5.

Jogamos uma linha de pesca numa pequena enseada e pegamos um monte de bagres para comer, e até uma ou outra perca. Também encontramos muitas amoras e groselhas. As groselhas estavam azedas, mas, misturadas com as amoras, ficavam muito boas. O clima melhorou, e estávamos vivendo tão bem que fiquei imaginando se Sadie, Lizzie e eu poderíamos sobreviver aqui. Mas teríamos que estar sempre correndo, como fugitivos, nos escondendo por aí. Já era bem ruim ser escravo, mas ser escravo fugitivo era ainda pior. Ser escravo fugitivo se escondendo bem debaixo do nariz dos brancos seria intolerável.

Huck parecia feliz, entretanto, sentindo-se a salvo do pai. Encontramos uma caverna grande perto do centro da ilha e ali estávamos seguros o bastante para acender fogueiras durante a noite.

"Jim", disse o garoto uma noite, "por que cê acha que o meu pai me odeia tanto?"

"Acho qui eu num sei não, Huck. Que qui cê acha?"

"Eu sei que ele num gosta da minha cabeça."

"Quê?"

"Bom, do meu cabelo. Ele num gosta. Tá sempre me puxando pelos cabelo pra me dá tapa."

"Hmmmmmpf."

"Ele diz que eu tenho bico de viúva. Eu nem sabia o que qui era isso. A sra. Watson que me contô quando eu perguntei, e ela disse que um monte de gente tem isso. É quando o seu cabelo forma uma ponta, que nem se fosse uma flecha." Ele puxou os cabelos para trás e me mostrou. "Puxa, Jim, a sua cabeça é igualzinha. Puxa o seu cabelo pra trás."

"É mesmo?" Toquei meu cabelo. "Acho qui é. Que qui cê acha que qué dizê tê pico de viúva? Será que traiz sorte?"

"Pra mim, com certeza, num trouxe", disse Huck.

Após um breve silêncio, peguei Huck me olhando.

"Que foi?", perguntei.

"Quando cê é escravo, tem que fazê tudo que o seu dono manda?"

"Tudo qui ele diz", respondi. "E na hora qui ele diz, tomém. Se ele diz 'pula', eu digo 'qui altura?'. Se ele diz 'cospe', eu digo, 'onde?'"

"Como é que uma pessoa pode sê dona de outra?"

"É uma boa pregunta, Huck."

"Oia o que eu achei." Huck me mostrou uma pele de cobra. Ele a trouxe para perto de mim, e fiquei me esquivando dela.

"Dá azar pegá uma pele di cobra assim", eu disse. "E si a cobra voltá pra pegá as roupa dela?"

"Quem é o supersticioso agora?"

"Num é stupesticisão, é bom senso."

Huck riu. "Quais superstições cê conhece, Jim?"

"Num passá dibaixo di escada. Essa eu conheço. Mas eu num credito nela, não."

"Então cê passaria debaixo de uma escada."

"Não, sinhô. Num é siguro passá dibaixo di escada, mas tomém num traiz má sorte. Gato preto diz que dá azar. Gato branco tudo bem, mas gato preto é ruim."

"E quando cê vê uma coruja durante o dia?"

Eu mal conseguia prestar atenção no que ele dizia. Estava preocupado com Sadie e com Lizzie. "Coruja?", eu disse. "De dia? Misericórdia, isso aí sim é coisa ruim. Qué dizê qui alguém vai si incontrá com o criadô." Deu pra ver que ele tinha ficado satisfeito com a minha resposta. "Mas isso num qué dizê qui eu sô stupestiçoso. Só qué dizê qui eu tenho bom senso, qui nem eu falei."

Huck riu.

"Bom, mas qué sabê duma coisa? Vai chuvê pra daná amanhã, intão é mió a gente estocá um pouco di cumida e si prepará pra ficá bem dus incolhidinho."

"Por que cê acha que vai chovê?"

"Eu vi um monte di falcão avuando por aí. Eles gosta di caçá antes da chuva. E eu vi as furmiga fazendo umas pilha perto das toca delas."

"Como elas sabe que vai chovê?", perguntou o garoto.

"Elas faz parte da natureza, e o clima tomém faz parte da natureza, e essas parte tudo conversa umas co'as outra."

"As pessoa não faz parte da natureza?"

"Si faz, não é da parte boa. O resto da natureza quase num fala mais nada com os ser humano. Acho qui até tenta de vez em quando, mas as pessoa não iscuta. Di todo modo, vem uma chuvarada aí."

Fiquei olhando a exaustão tomar conta de Huck. Sua cabeça tombou de lado e rapidamente ele dormiu. Saí da caverna e recolhi muita madeira. Teríamos de manter aquela fogueira acesa. Não haveria sol para nos ajudar a começar uma nova. Eu estava falando sério sobre a chuva. Conseguia senti-la em minhas juntas.

Minha previsão não apenas estava correta como acabou se revelando tremendamente subestimada. Foi uma chuva torrencial, bíblica. Nossa praia praticamente desapareceu. Consegui tirar nossa linha de pesca da água, senão ela teria se perdido para sempre. Que uma enchente viria depois disso era a conclusão inescapável. A única dúvida era o tamanho. O rio subia e subia, cobrindo a maior parte da Ilha Jackson. Raios acendiam as nuvens por dentro, iluminando o céu por vários segundos. Huck temia que um tornado pudesse estar se formando, mas falei para ele que os ventos estavam soprando numa rotação que não favorecia esse tipo de acontecimento. O que eu disse foi: "O vento qui tá soprano é o contrário di tornado". Não fazia o menor sentido, mas apaziguou os medos do garoto. Então ele apontou.

Eu olhei. Uma casa vinha flutuando pelo canal, em nossa direção. Era uma visão apavorante. Era final de tarde, e estava escuro, sem sol, de modo que era difícil de enxergar, mas era uma coisa monumental. A casa ficou presa no meio de algumas árvores e Huck e eu tivemos a mesma ideia. Provisões. Arrastamos a canoa de Huck da caverna até a água e fomos remando até lá. Foi muito difícil. Amarramos o barco numa árvore e entramos na casa por uma janela quebrada. Fomos avançando com dificuldade em meio à água por dentro da casa destruída, com roupas boiando por todo lado. A casa havia se acomodado num ângulo bem severo, de modo que chegar até os armários da cozinha foi quase como uma escalada. Huck abriu um deles e soltou um guincho irônico, imitando um porco, quando encontrou um pedaço de toucinho cortado em fatias finas. Eu me virei e vi uma bota entre o fogão e a parede, e logo ficou evidente que a bota estava conectada a uma perna.

"Que foi?", perguntou Huck.

"Pega o toucinho e volta para a canoa", eu disse.

Huck congelou e ficou me encarando.

"Faiz o qui eu disse!"

Inclinei-me e consegui dar uma boa olhada no rosto do homem. Era um branco e estava mortinho da silva. Seu rosto estava todo retorcido e deformado e morto. Fiquei olhando para o rosto por um tempo, e minhas mãos começaram a tremer, não porque ele estava morto, mas porque eu estava ali enquanto ele estava morto. Um homem branco morto. Fiquei examinando seu rosto. Todos os brancos eram iguais, de certa maneira, como os ursos, ou as abelhas, especialmente quando estavam mortos.

"Ele tá morto?", Huck perguntou.

"Volta praqueli barco!"

"Quem é? Cê conhece?"

"Eu num conheço, não. Agora vai. Cê não pricisa vê essas coisa."

"Num sô bebê, não, Jim."

"Mas é quasi como si fosse — agora vamo saí daqui. Pega umas roupa aí e vamo saí pela janela."

Enquanto ele ia juntando peças de roupa nos braços, vi um maço de papéis enfiado num canto de uma prateleira. Havia também um frasco de tinta. Enfiei tudo nas minhas calças.

Depois que saímos pela janela e estávamos tentando puxar a canoa até nós, Huck me perguntou por que eu estava falando daquele jeito esquisito dentro da casa.

"Que qui cê tá falando? Puxa logo esse barco. Essa casa vai si soltá dessas arve."

Assim que começamos a remar, a casa fez exatamente isso, produzindo um estrondo monumental.

"Uaaau", disse Huck. "Oia só pra isso."

A casa desapareceu rapidamente.

"Ele tava morto, Jim?"

"Sim, ele tava morto."

"Quem era?"

Eu não disse nada. Segui remando por entre as árvores e, por fim, desembarcamos no solo lamacento.

"Quem era ele, Jim? Eu nunca tinha visto uma pessoa morta."

"Eu nunca qui tinha visto ele."

De volta à nossa caverna, ficamos escutando a tempestade. Talvez tenhamos ouvido um raio atingir uma árvore. O trovão nos abalou muito. Comemos um pouco de toucinho cru. Não era uma delícia, mas, quanto mais mastigávamos, maior ele ficava, e isso satisfez nossa fome.

"Quem será que ele era?", disse Huck.

"Traiz azar ficá pensando assim nos morto", eu disse a ele. "Cê já tá cheio di má sorte aí depois di tê mexido co'aquela pele de cobra."

"Esse toucinho tá horrível", disse Huck.

"Tá memo", eu disse.

Porém seguimos mastigando.

"Cê já ouviu aquela de nunca botá um espelho de frente proutro espelho?", perguntou Huck. Olhei para seus olhos infantis e pensei em Lizzie. Fiquei imaginando o quanto ela estaria temendo por mim naquele momento e detestei a ideia dela sentindo medo. Percebi que detestava aquilo porque eu conhecia muito bem esse sentimento, o experimentava noite e dia. Ri sozinho sem saber por quê.

"Que foi?", perguntou o garoto.

Eu não podia usar a palavra *ironia* com ele. "É meio ingraçado, né não?"

"O quê?"

"A gente aqui, mastigando esse toucinho horrível, eu um fugitivo e ocê um menino morto. Tu sabe qui eles vão pensá que fui eu quem te matô."

"Num tinha pensado nisso", disse Huck. "Nunca sonhei que ia te colocá numa encrenca. Por que cê ia querê me matá?"

"Isso num importa pros branco."

"Eu não gosto dos branco", ele disse. "E oia que eu sô um deles."

"Parecê, parece mesmo."

Um relâmpago iluminou o lado de fora, na boca da caverna e, em seguida, outro trovão nos assustou. A tempestade estava bem em cima de nós. Eu tinha acertado sobre o clima, mas não havia refletido o suficiente para me dar conta de que, talvez, nós não fôssemos os únicos naquela ilha tentando encontrar um lugar seco. Sem olhar, estiquei o braço para trás para pegar mais um graveto para a fogueira e senti uma dor espetando minha mão. Dei um grito e um pulo.

"Jim", gritou Huck.

A cascavel que estava pendurada na minha mão caiu no fogo, mas conseguiu serpentear para fora e fugir para a chuva.

"Ela te picou?"

"Acho qui sim." Fui andando até a boca da caverna e me ajoelhei no chão. Peguei minha faca, fiz um corte sobre a picada, dei uma boa sugada e cuspi o sangue. Depois, joguei um pouco de barro por cima. "Pega aquele trapo e amarra aqui."

"Que qui isso vai fazê?", perguntou Huck.

"Ispero qui a lama chupa o veneno. Aperta cum força."

"Cê acha que vai funcioná?"

"Amanhã, pelo menos um di nóis dois vai sabê."

6.

Meu rosto ficou inchado e dormente, e eu não sentia mais as mãos e os pés, mas o local da picada doía muito. Eu nunca havia me sentido tão fraco. Se tivesse comido uma refeição de verdade, teria vomitado tudo. Minha cabeça estava girando, o mundo estava girando, e eu não sabia se era por causa do veneno ou da ansiedade. Fiquei deitado, estático, percebendo, primeiro, o estado de preocupação de Huck e, em seguida, entrando numa espiral de delírio, como se fosse um redemoinho. Eu ardia de febre e os calafrios eram quase interessantes. Vi Sadie e Lizzie. Elas estavam de pé em cima de uma doca de madeira, pegando vegetais de um barquinho e os empilhando dentro de grandes cestos de palha. Depois, eu estava na biblioteca do juiz Thatcher, um lugar onde havia passado muitas tardes enquanto ele estava ausente trabalhando ou caçando patos. Conseguia ver os livros na minha frente. Eu os havia lido secretamente, mas, dessa vez, neste delírio febril, era capaz de lê-los sem o temor de ser descoberto. Eu me perguntava, toda vez que entrava lá escondido, o que os brancos fariam com um escravo que tinha aprendido a ler. O que fariam com um escravo que tinha ensinado outros escravos a ler? O que fariam com um escravo que sabia o que era uma hipotenusa, o que significava *ironia*, como se soletrava *retaliação*. Eu estava ardendo de febre, recobrando e perdendo a consciência, focando e refocando no rosto de Huck.

François-Marie Arouet de Voltaire pôs um graveto grosso na fogueira. Seus dedos delicados seguraram aquele pedaço de madeira pelo que pareceu ser muito tempo.

"Temo que a madeira tenha acabado", eu disse. "Mas está tudo bem, porque eu já estou bem quente. Quente até demais." Ele esticou o braço mais uma vez e revolveu um pouco as madeiras em brasa. Olhou para os seus dedos enegrecidos. "Eu sou como você", ele disse.

"Como assim?"

Ele limpou as mãos nas calças, deixando marcas. "Você não deveria ser escravo", Voltaire disse, suspirando. Ele sentou-se ao meu lado, esticou o braço para sentir a temperatura de minha testa com o dorso da mão e, em seguida, elaborou mais um pouco o que diria. "Assim como Montesquieu, eu acredito que somos todos iguais, independente de nossa cor, língua ou costumes."

"Você acha, é?", perguntei.

"Todavia, é preciso levar em conta que o clima e a geografia podem ser fatores significativos para determinar o desenvolvimento humano. Não é que suas características físicas o tornem desigual, mas sim que elas simbolizam diferenças biológicas, coisas que ajudaram você a sobreviver em lugares quentes e desolados. São fatores como estes que impedem que você atinja a forma mais aperfeiçoada do ser humano que encontramos na Europa."

"Sério?"

"Os africanos podem ser facilmente treinados para seguirem os mesmos costumes dos europeus, é claro. Eles podem se tornar mais do que já são, naturalmente, e aprender hábitos e habilidades que permitirão que se tornem iguais."

"Ah, é?"

"Igualdade é isso, Jim. É a *capacidade* de se tornar igual. Da mesma maneira que um homem negro na Martinica pode aprender a falar francês e, dessa forma, se tornar francês, ele também pode adquirir as habilidades da igualdade e, dessa forma, se tornar igual. Mas estou me repetindo."

"Eu te odeio", eu disse, em meio à febre e aos calafrios. "Você percebeu, é claro, que fui picado por uma cobra. E tudo para você me aparecer desse jeito no meu delírio."

"Bom, sim, mas todos os homens são iguais. É isso que estou dizendo. Mas até você precisa reconhecer a presença do, vamos chamá-lo assim, do diabo nos humanos africanos." Voltaire ajustou sua postura e colocou as mãos sobre o fogo.

"Você está dizendo que somos iguais, mas também inferiores", eu disse.

"Estou detectando um tom de desaprovação em sua fala", ele disse. "Escute, meu amigo, eu estou do seu lado. Sou contra a instituição da escravidão. De qualquer tipo. Você sabe que sou um abolicionista de primeira hora."

"Obrigado?"

"De nada."

"Você não acredita que os seres humanos são inerentemente ruins?", perguntei.

"Não acredito. Se fossem, matariam assim que começassem a andar."

"Como você explica a escravidão? Por que o meu povo é sujeitado a isso, tratado com tamanha crueldade?"

Voltaire deu de ombros.

"Deixa eu tentar uma coisa aqui", eu disse. "Você acredita, assim como Raynal, nas liberdades naturais, e que todos nós as possuímos em virtude de sermos humanos. Porém, quando essas liberdades são submetidas a pressões sociais e culturais, elas se transformam em liberdades civis, e estas dependem de hierarquia e situação. Cheguei perto?"

Voltaire estava rabiscando alguma coisa num papel. "Isso foi bom, muito bom. Poderia repetir mais uma vez?"

"Jim? Jim?" Era Huck.

"Huckleberry?"

"Cê tá bem?"

Consegui focar um pouco no garoto. "Acho qui num tô mais tão quente." Dei uma olhada para a boca da caverna e vi a luz do dia. "Acho que vô vivê."

"Cê fala umas coisa muito esquisita quando tá dormindo."

"Ah é?"

Huck fez que sim com a cabeça. Ficou me olhando desconfiado.

"Que qui eu disse?"

"Quem é Raynal?"

Lembrei algumas partes do meu sonho, fiquei me perguntando o quanto eu teria falado em voz alta. "Um iscravo qui eu conheci lá atraiz."

"O que *hierarquia* qué dizê?"

"Quê?", eu disse. "Essa palavra nem ixiste."

"Cê que disse. E um monte de outras palavra. Nem parecia você falando. Cê tá possuído, Jim?"

"Misericórdia! Acho qui pode sê. Qui coisa. A cobra é o diabo, né, não? Tomara qui ela não tenha enchido meu sangue de demônio." Fiquei olhando às minhas voltas na caverna. "Cadê meu vrido da sorte?" Encontrei o vidro redondo e levantei-o, para que o garoto o visse.

"Meu vrido da sorte vai mi protegê."

Eu ainda estava fraco e fiquei lustrando o vidro como desculpa para fugir das perguntas de Huck.

"Cê tava falando muito esquisito."

"Tô sentindo calafrio di novo." E eu estava mesmo.

"Toma, bebe uma água." Huck me alcançou a lata velha que estávamos usando para beber.

"Gradicido, Huck."

"Vô vê se a tempestade acabô com todas as frutinha."

"Faiz isso. Eu vô drumi mais um cadinho. Cuida co'as cobra." Enquanto o garoto desaparecia em meio à luz brilhante do lado de fora, percebi, novamente, o quanto estava mal. Naquele momento, tive a impressão de que não morreria, mas não estava claro se ficaria feliz com esse fato. Minha cabeça estava rodopiando e eu sentia muita dor. Estava nauseado e seguia febril. Tentei ficar de pé, mas meus membros estavam dormentes e se recusando a cooperar. Na verdade eu estava com medo de adormecer novamente por temer que Huck pudesse voltar e ouvir meus pensamentos antes de eles passarem pelo meu filtro de escravo. E eu tinha ainda mais medo de novas conversas imaginárias improdutivas com Voltaire, Rousseau e Locke sobre escravidão, raça e, acima de tudo, albinismo. Que mundo estranho, que existência estranha, esta, na qual um igual precisa defender a igualdade de um outro igual, na qual um igual precisa ocupar uma posição que permita a articulação desse argumento, na qual o outro não possa fazer essa defesa em favor de si próprio, na qual se pressuponha que esse argumento deverá ser escrutinado por aqueles iguais que não concordam com ele.

Meus calafrios retornaram e pensei mais uma vez que poderia morrer. Comecei a suar e fiquei deitado, imóvel, por mais algumas horas, até que Huck voltou.

"Jim, tudo bem co'cê?"

"Já tive mió."

"Achei umas amora que num tava distruída", ele disse, desembrulhando um pedaço de pano para me mostrar. "Também botei a linha na água, pra gente tê peixe pra noite."

"Foi muito grande o aguaceiro? A água já baixô?"

"Não qui eu tenha visto", disse o garoto. "A gente tá bem longe da costa agora."

"Talveiz a água teja correndo rápido demais pra pegá bagre."

"Cê parece miozinho", disse Huck. Ele revirou as brasas na fogueira e colocou alguns gravetos para alimentá-la.

7.

Passei mal uns dois dias. A febre foi baixando e, lentamente, meu apetite retornou. Isso, por si só, já seria um feito e tanto, uma vez que tudo que tínhamos para comer eram bagres e bagas. Por fim, me aventurei a preparar algumas armadilhas para coelhos.

Finalmente conseguimos pegar um coelho e nos preparamos para o que nos pareceu um verdadeiro banquete.

"Que bom que cê num morreu", disse Huck.

"Mas eu tô filiz dimais cum isso tomém, rapaiz." Fiquei olhando fixamente para o fogo. "Morrê ia estragá toda essa farra."

"Que foi, Jim?"

"Tô aguniado co'a minha família", eu disse. "Eu sei qui elas tá aguniada cumigo tomém. Cê vai tê que ir lá vê si elas tão bem."

"Eu num posso ir lá. Eu tinha que tá morto!"

"Ia sê bom dimais pra mim si não tivesse", eu disse. Dei uma olhada nas roupas que ele havia recolhido, na pressa, da casa engolida pela água. "E si cê botasse aquele vistido e fizesse di conta que era minina?"

"Eu num pareço menina."

"Si tivesse naquele vistido, ia parecê. Tu podia amarrá os cabelo pra traiz qui nem as minina branca faiz."

"Não."

"Eu priciso sabê si a minha família tá bem."

"Acho que eu também tinha que dá uma espiada pra vê como que tão as coisa por lá. Que nome que eu devia usá? De menina."

"Um bem simples", eu disse.

"Que tal 'Mary'?"

"É um nome du bom."

"E o meu sobrenome? Que tal 'McGillicuddy'?"

"Cê sabe soletrá isso?"

Huck olhou para os pés. "Não."

"Um bem simples", eu disse, de novo.

"'Williams'?"

"Issaí."

Huck tirou as roupas e colocou o vestido. Seu rosto jovem era efeminado o bastante para que ele fosse tomado por uma menina, de relance. Mas ele não passaria em uma inspeção mais cuidadosa. Sua postura era toda errada.

"Que tal eu tô?", ele perguntou.

"Endireita essas costa, num fica todo corcunda qui nem urso."

"Tipo assim?"

Fiz que sim com a cabeça.

"Minha nossa, eu preciso dizer", ele falou, num falsete que, na verdade, era mais grave do que sua voz normal. "Meu bom senhor, como faz calor neste lugar."

"Tu é pra sê uma minina, não uma véia."

"Isso num vai dá certo", disse o garoto.

"Craro qui vai."

Embora ainda fraco, ajudei Huck a tirar a canoa de dentro da caverna e levá-la até o rio. A inundação havia recuado considera-velmente, mas estava claro que o continente havia adquirido novos contornos. Por conta dessa mudança, foi difícil sabermos exatamente onde Huck deveria desembarcar. Fizemos uma estimativa, mas, à medida que ele foi remando, foi ficando cada vez mais claro que chegar sequer perto do local que havíamos escolhido seria muito improvável. Eu fiquei observando-o por muito pouco tempo antes de me arrastar de volta até a caverna e a fogueira.

Pela primeira vez na minha vida, eu tinha papel e tinta. Estava fora de mim de alegria. Encontrei um graveto reto, esculpi uma ponta nele e fiz um entalhe numa lateral. Pus o papel em meu colo, mergulhei o graveto na tinta e escrevi o alfabeto. Reproduzi as letras como eu as havia visto nos livros, de forma lenta e desajeitada. Depois, escrevi as minhas primeiras palavras. Eu queria ter certeza de que elas eram minhas mesmo, e não alguma coisa que eu havia lido num livro na biblioteca do juiz. Escrevi:

Me chamam de Jim. Ainda preciso escolher um nome para mim.
 De acordo com as pregações religiosas dos brancos que me capturaram, eu sou uma vítima da Maldição de Cam. Meus supostos senhores brancos não são capazes de assumir sua crueldade e ganância, de modo que precisam recorrer àquele frade dominicano mentiroso para obter sua justificativa religiosa. Porém, não deixarei que essa condição me defina. Não permitirei que eu, ou minha mente, se afogue no medo e no ultraje. Serei ultrajado, naturalmente. Todavia, o meu real interesse é em como estas marcas que estou fazendo nesta página podem significar alguma coisa. Se elas podem ter um significado, então a vida pode ter significado, portanto eu posso ter um significado.

8.

Eu estava mais do que feliz de ter enviado Huckleberry em sua missão no continente. Meu prazer em vê-lo ir tinha três motivos. Se ele fracassasse e fosse descoberto, era possível que fosse acusado de ter me ajudado a fugir, em vez de eu ser visto simplesmente como fugitivo. E talvez eu não fosse mais suspeito de sua morte e/ou sequestro, sendo que o castigo por qualquer das duas coisas seria tortura e morte. Por fim, se Huck conseguisse voltar sem ser detectado, ele poderia me trazer as muito desejadas e necessitadas notícias sobre as condições de minha família.

Fiquei orgulhoso pela maneira como ele usou toda a força em seu corpinho para remar contra a correnteza. A neblina da manhã já havia sido quase toda incinerada quando ele pisou em terra firme. Eu mal conseguia vê-lo amarrando seu barco a uma árvore e cobrindo-o com folhagem. Ele subiu o barranco todo atrapalhado em seu vestido e desapareceu. Voltei para a caverna, comi um pouco de peixe seco e tirei um cochilo, durante o qual não sonhei.

Eu sabia, por experiência própria, que a picada da cobra provavelmente não me mataria. Minha maior preocupação era com o local da picada — com o ferimento, não com a peçonha. As perfurações gêmeas haviam cicatrizado sem nenhum inchaço.

Esse alívio permitiu que eu dormisse. O fato de que estivesse dormindo tanto era levemente perturbador, mas eu seguia melhorando. Me sentia mais forte toda vez que acordava. Forte o bastante para ficar impaciente. Coletei madeira e mantive o fogo aceso. Peguei os bagres presos na linha, comi um pouco e pendurei um pouco sobre o fogo, cortado em tiras, para secar. Fiquei imaginando que eu teria de me esgueirar pelo meio do mato, com ou sem o Huck, durante algum tempo. Tornei-me nervoso e vigilante após o segundo dia. Usei mais folhagem para esconder a entrada da caverna e fiz um banquinho para me sentar, de onde eu podia observar o lado de fora. Não que tivesse a menor ideia do que faria caso avistasse alguém se aproximando. O garoto tinha levado a canoa, de modo que passei algumas horas trançando galhos, mas aquilo não era uma balsa de verdade. Uma balsa de verdade teria de ser construída na beira d'água, mas eu não podia correr esse risco.

Fiquei refletindo sobre a ideia de contar a Huckleberry que o corpo que eu tinha visto dentro daquela casa alagada era o de seu pai. Imaginei que, sabendo disso, talvez ele voltasse a se sentir seguro na casa da sra. Watson. Pra falar a verdade, eu não sabia por que tinha guardado aquilo só para mim. Talvez, temendo ou não por ele, eu tenha ficado preocupado que a tristeza pudesse tomar conta do garoto caso seu pai, odiado ou não, tivesse morrido. Fiquei refletindo com egoísmo sobre como uma reação negativa de Huck poderia me afetar, mas só senti culpa por isso brevemente. Agora que eu havia guardado essa informação comigo por tantos dias, talvez ele ficasse furioso. Talvez me traísse e provocasse a minha captura.

Perto do final do terceiro dia, observei uma coluna de fumaça do outro lado da ilha. Foi uma visão aterrorizante. Podiam ser pescadores ou caçadores, mas fiquei louco para descobrir o que estava acontecendo por lá. Eu tinha visto sinais da presença de porcos selvagens, mas eles eram abundantes no continente. Por aqui eu só tinha visto mesmo pássaros, cobras, esquilos e coelhos. Fiquei tenso e comecei a pensar em que direção eu correria se visse alguém, ou, melhor, se alguém me visse. Ouvi passos triturando o tapete de folhas mortas da floresta e estava prestes a empreender minha fuga quando a voz de Huck surgiu em meio às árvores.

"Jim", ele me chamou, mas não muito alto.

"Tô aqui", eu disse.

"A gente tem que sair daqui", ele disse.

"Eu sei." Apontei para a fumaça.

"Eu que fiz esse fogo. Achei que tinha uns homem me seguindo, então acendi esse fogo lá pra despistá."

"Muito bem pensado", eu disse.

"Deixei a canoa no pontal sul."

"Cê tem certeza qui eles tão vindo?"

"Eles tava atrás de mim, isso é o que eu sei. Acho que eles tava me seguindo. Mas certeza-certeza eu num tenho."

"Acho qui a gente tem que saí, então. Num vamo arriscá."

Recolhi nossa comida enquanto Huck tirava o vestido e colocava as calças e a camisa. Eu queria ouvir seu relato, mas teria de esperar.

Atravessamos a ilha pelo meio para permanecermos escondidos. Nem toda a água da enchente havia escoado, de modo que nos vimos andando com água limosa pelos joelhos. Eu não tinha a menor dúvida de que precisaríamos tirar sanguessugas um do outro. Huck estava levantando muito as pernas porque elas eram curtas, mexendo demais a água. Fiquei imaginando que aquele movimento todo poderia alertar as cobras boca-de--algodão. Fiquei mais esperando do que imaginando, na verdade. Congelamos quando ouvimos vozes ecoando por entre as árvores. Nós carregávamos nossa comida e esparsos utensílios sobre a cabeça.

"É mió cê pará com essa barulheira aí, Huck."

"É, acho que sim."

"Cê sabe quem qui são?"

"Não, Jim. Eu nem sei se eles tão atrás de nóis."

"Eu é qui num quero discubri."

Encontramos a canoa e a empurramos para a água. Começamos a tremer, porque não subimos no barco, mas ficamos na água, para não chamar atenção. Logo estaríamos longe da margem, sendo levados pela correnteza.

9.

Subimos na canoa e nos deitamos. Perguntei ao garoto se ele estava bem e ele disse que estava com frio. Eu disse para tirar suas roupas molhadas e se cobrir com o pano que eu havia usado para embrulhar o peixe seco. Tirei minha camisa e a torci o máximo que pude.

"Cê viu minha família?", perguntei.

"De longe", ele disse. "Parecia tudo bem. Elas tavam triste."

"Que mais qui cê viu? Que qui cê discubriu?"

Contar sua história o ajudaria a se distrair do frio que sentia e do mal que estava passando. "Primeiro eu cheguei na praia, uma pequeninha, que fica atrás da casa do Stinson, sabe? Onde tem aquelas videira cobrindo a cerca."

"Sei ondi qui é."

"Tá, daí tinha uma muié num barraco. Num sei se ela é Stinson ou não. Ela era alta, quase da sua altura. Pra falá a verdade, ela parecia um homem. Ela tinha umas mãozona. Acho qui eu porque tava todo moiado e enlameado que ela me chamô pra perto. Ela me chamô de 'minina'. Cê acredita?"

"Chamô, é?"

"Mas eu num sei si ela acreditô mesmo. Ela ficava me oiando. Só que gostava de falá, e ela me disse que os pessoal tava procurando meu assassino. Ela não disse 'meu assassino', ela disse 'os assassino do Huck'. Ela contou que as pessoa primeiro culpô o meu pai e quase enforcô ele."

"Mas num enforcaro", eu disse.

"Não. Como cê sabe?"

"Parpite."

"Daí ela disse que eles acharam que ocê tinha me matado."

Meu coração parou.

"Eu fiquei achando que ela sabia que tava falando comigo. Só que aí eles voltô a achá que tinha sido o meu pai. Acho que foi porque ele fugiu da cidade e ninguém mais viu ele. Tem uma recompensa de duzentos dólar pela cabeça dele." Ele fez uma pausa.

"Qui foi?"

"E tem uma de trezentos dólar pela sua."

Não falei nada.

"Eu fui escondido pra cidade tentando encontrá o Tom Sawyer. Achei que talvez ele pudesse ajudá a gente. Só que todos os menino tava trancando dentro de casa porque tinha um assassino de menino à solta. Pelo menos foi o que eu entendi."

"Cê ouviu conversa di alguém?"

"Eu ouvi o juiz Thatcher falando com um sujeito, mas eles tava falando o que eu já tinha ouvido daquela muié."

"Mas cê num falô cum nenhum iscravo?"

Ele fez que não com a cabeça. "Eu dormi no galpão da sra. Watson uma noite. Entrei escondido na cozinha e peguei umas vela e uns fosfo pra nóis. Peguei um queijo, só que eu perdi. Daí eu não conseguia achá a canoa. Tinha escondido ela no celeiro daquela muié, mas fiquei achando que ela sabia que eu tava lá. Quando eu achei o barco e entrei na água, vi uns homem me seguindo. Pelo menos eu acho que eles tava me seguindo."

"Como qui tava minha muié?"

"Eu te disse, triste."

"E a minha minininha?"

"Triste."

Deitei-me de costas, olhando para o céu que eu não conseguia ver, e fiquei pensando em tudo aquilo. Eu voltaria para buscar minha família, prometi a mim mesmo.

Chegamos até a costa e nos escondemos no meio do mato. Na manhã seguinte, comemos um pouco da nossa comida. Bagas e bagre. Guardamos o peixe seco e os biscoitos que Huck havia roubado. Sempre de olho nos barcos que passavam pelo rio, construímos uma balsa simples, com uma cobertura, e a amarramos ao nosso barco.

"A gente viaja di noite", eu disse a ele. "E a gente pode pescá, comê e discansá di dia."

"Parece uma boa." Huck virou o peixe que estava assando num espeto suspenso sobre o fogo. "Posso te perguntá uma coisa?"

"Craro."

"Por que cê acha que meu pai me odeia?"

"*Odeia* é meio forte", eu disse.

"Como cê falaria, então?"

"É, qui nem cê falou, memo."

"Ele também te odeia", falou Huck.

"Craro qui ele mi odeia, eu sô iscravo."

"Por que ele tem que te odiá só porque ocê é escravo?"

"Porque o mundo é desse jeito, Huck."

"Não, ele tem um ódio todo especial docê."

Concordei com a cabeça.

O sol se pôs e, com a neblina, consideramos ser um bom momento para zarparmos. O Mississippi é mais rápido do que parece. É por isso que ele é assustador. Você começa a navegar pelos afluentes, achando que é um rio calmo, e aí, quando desemboca nele, vê que é uma outra história. Por causa da enchente recente, precisávamos nos afastar bastante das margens para não acabarmos presos em meio aos destroços e da vegetação. Isso deixava tudo ainda mais angustiante. Os barcos de passageiros não conseguiam nos enxergar; não que fossem desviar caso nos vissem. E, frequentemente, ainda que fizessem muito barulho, não conseguíamos identificar, no meio daquela neblina, onde estava a embarcação até que ela estivesse muito perto. As ondas que esses barcos levantavam em sua passagem nos balançavam loucamente, mais ainda por conta do nosso esconderijo, que deixou nosso barco assimétrico e mais pesado na parte de cima. Perdíamos muito tempo tirando a água do barco com as únicas duas latinhas que tínhamos. Era um trabalho exaustivo.

A neblina se dissipou e conseguimos enxergar as luzes dos barcos de passageiros navegando pelo rio. Também vimos a Fourmile Island. A ilha parecia não ter fim, e foi aí que percebi o quanto eu estava longe da minha família. Então Huck deu um grito, e eu olhei para trás e vi um enorme barco de passageiros às nossas costas. Ele devia estar com algum problema nos motores, porque não fazia barulho. Remamos na direção da margem o mais forte que conseguimos. Eu sentia o repuxo da água nos segurando.

"Vai, Huck! Tem qui remá cum força!"

"Tô tentando!", ele gritou.

Nosso barco começou a inclinar perigosamente na direção do navio e em seguida, como se quisesse nos livrar daquele apuro, ele se endireitou. Olhei para Huck, e ele também sabia o que estava por vir. A onda. Nos agarramos à nossa criação da melhor maneira que pudemos, não só para evitar que ela tombasse, mas também que se despedaçasse. A onda nos atingiu, uma parede de água. Perdemos parte do nosso abrigo. A água nos encharcou por completo e nos sacudiu com violência. Segurados com apenas uma das mãos, começamos a tirar a água do barco enlouquecidamente.

"Cê acredita em Jesus?", gritou Huck.

"Craro", eu disse. "Mas será qui num é mió cê pedi pra ele ajudá nóis? Acho qui ele num vai dá muita bola pras vontade dum iscravo."

O navio já estava longe, mas continuávamos tirando água do nosso barco. Balançávamos com menos força, agora.

"Tu rezô pro Nosso Sinhô?", perguntei.

"Num deu tempo", disse Huck. "Mas a gente conseguiu do mesmo jeito."

"Acho qui sim."

10.

Seguimos descendo o rio por alguns dias. Depois que Saverton ficou para trás, não havia mais muito para se ver. Ainda assim, nós viajávamos à noite e procurávamos o que comer durante o dia. Tentamos usar uma linha de pesca algumas vezes, mas Huck quase puxou uma boca-de-algodão para dentro do barco, de modo que desistimos. O rio se bifurcou e estreitou, e decidimos que poderíamos viajar um pouco durante o dia também. Esse plano não durou muito tempo. Acabamos caindo de volta num amplo canal e avistamos alguns homens apontando para nós do convés de um barco de passageiros de pequeno porte. Isso nos encheu de medo e nos mandou de volta para o escuro.

Uma noite, enquanto a fogueira queimava, Huck perguntou: "Por que cê num me deixa te levá pro outro lado do rio? Em Illinois cê vai sê um homem livre".

Eu já tinha pensado nisso, mas, de alguma forma, me pareceu que me deixaria ainda mais distante da minha família. A escravidão não reconhecia fronteiras imaginárias. Eu precisava de dinheiro. "Pensei nisso, Huck. Mas nóis é amigo, eu num posso ti abandoná." E eu estava falando sério. Huck era apenas um menino.

Huck concordou com a cabeça. "Cê sabe pra onde que a gente tá indo?"

"Num faço ideia. Mas a gente tá a caminho."

***

A noite caiu e nós zarpamos. Cerca de uma hora depois, veio uma tempestade que começou a nos jogar pra lá e pra cá como se fôssemos um brinquedinho dentro d'água. Havia relâmpagos estalando ao sul, mas a chuva estava claramente vindo em nossa direção.

"Que qui cê acha?", perguntei.

"Num sei."

"Ficá na água com raio num é boa ideia."

"Oia!", ele disse. Ele apontou.

À nossa frente, havia um barco a vapor encalhado num banco de areia. Estava inclinado num ângulo de uns quarenta e cinco graus, mais ou menos. Huck remava para a frente, enquanto eu usava o meu remo como um leme, fazendo o melhor que podia para nos desviar.

"Que qui cê tá fazendo, Jim?"

"Num é boa ideia entrá ali."

"Claro que é. Vai sabê o que a gente vai encontrá? Pode ter até um tesouro! Ouro, prata e diamante e essas coisa. De repente a gente encontra até uma lâmpada com um gênio."

"Num tem nada capaiz di matá um iscravo mais rápido do que dá um pouco di oro pra ele. E esse gênio, cum certeza, num vai atendê nenhum pidido dum iscravo."

"Talvez tenha comida, tipo umas lata de feijão e tal. Mais toucinho."

Era um bom argumento, mas, mesmo assim, fiz que não com a cabeça.

"Bom, eu vou entrar nele."

Eu me rendi e o ajudei a remar em direção à carcaça do barco. Quando chegamos mais perto, pudemos ver que ele não estava inteiramente atolado no banco de areia, e sim preso a uma árvore enorme. Huck nos amarrou a uns arbustos perto da margem.

Parei na parte traseira do barco, onde a roda-d'água jazia imóvel e morta. Um dos raios da roda, quebrado, apontava para o céu, e outro, para a margem ao longe. O nome do barco estava escrito na popa.

"Que qui diz aí?", perguntei.

"*Walter Scott*", disse Huck.

"Quem será qui é?"

"É o nome do barco, Jim."

"Ah."

"Cê não vai subi?", ele perguntou.

"Eu vô é ficá bem aqui. Vigiando."

"Boa ideia", disse Huck. "Aí cê dá um assobio de alerta caso alguém ou algum perigo estiver se aproximando."

Fiquei olhando enquanto Huck escalava aquele convés escorregadio. Depois, me agachei debaixo do casco emborcado para me proteger da chuva.

Por causa do vento, minha proteção não protegia praticamente nada. Eu estava muito encharcado. Tentava pensar, mas não conseguia. Então Huck veio derrapando pelo convés e caiu dentro d'água. Estava tremendo.

"A gente tem que saí daqui", ele disse. "Nós tem que saí daqui. Vamo logo, Jim."

"Que qui foi, Huck? Qual qui é o poblema?", perguntei, enquanto rumávamos para o lugar onde havíamos amarrado nosso barco.

Antes que ele pudesse responder, vimos que nossa embarcação havia se desfeito e seus pedaços estavam boiando, ao longe, no rio. "Acho que eu amarrei muito mal as coisa tudo", disse o garoto. "A gente tem que se escondê. A gente precisa."

"Por quê?"

"Tinha uns ladrão lá dentro do barco. Eles tava dividindo o roubo e um deles tava dizendo que tinha que matá um outro camarada. Eu num vi esse. Num sei onde tá esse um."

"Eu ti disse pra não entrá lá, num disse?" Balancei a cabeça.

"Bom, agora num dá mais pra voltá atrais."

Ouvimos vozes graves vindas do *Walter Scott*. Puxei Huck para o meio do mato. Ficamos olhando os homens colocando as coisas que haviam roubado dentro de um esquife. Então veio uma onda grande, levantou o *Walter Scott* e o jogou de volta com um baque seco. Um raio iluminou o céu e um trovão fez tudo tremer. A tempestade havia nos alcançado. Os homens entraram de volta no barco de passageiros. Eu sabia que tínhamos que sair dali. Nosso barco já era. Quando olhei para Huck, percebi que ele estava pensando a mesma coisa que eu. Fomos andando escondidos pela vegetação até chegar bem perto e, então, saímos correndo em direção ao esquife dos ladrões. Desamarrei a corda e a correnteza nos puxou para o meio do rio em questão de segundos. Outra onda gigante ergueu e jogou os destroços do navio com força mais uma vez. Os ladrões foram correndo até o convés. Nós não conseguíamos vê-los, mas os ouvimos gritando e xingando. Peguei os remos e não os usei para muita coisa a não ser impedir que o barco virasse, o que já dava muito trabalho.

O céu foi se desencrespando e a tempestade, agora, estalava ao nosso norte, seus trovões meros rugidos ao longe. Conduzi o barco até a margem, não porque o dia estivesse nascendo, mas porque eu estava exausto. Nos embrenhamos no meio do mato e nos deitamos de costas. Estávamos completamente encharcados, mas não chovia.

Quando o dia clareou, resolvemos examinar o saque, como Huck chamava. O garoto estava muito empolgado com aquela aventura toda. Eu admirava aquilo, tinha até inveja, para falar a verdade, poder sentir-se daquele jeito neste mundo, sem ter medo de acabar enforcado ou algo ainda pior.

No fim das contas, os ladrões não estavam muito interessados em comer, uma vez que não havia nenhuma comida entre os itens roubados. Havia joias, roupas, charutos. E livros. Tive de esconder meu entusiasmo com a descoberta dos livros. Sobre o valor monetário deles eu nada sabia, mas seu valor intelectual ficou imediatamente claro para mim.

Havia, entre eles, exemplares do *Tratado sobre a tolerância* e *Cândido, ou o otimismo*, de Voltaire, e o *Discurso sobre a origem e os fundamentos da igualdade entre os homens*, de Rousseau. Eram livros que eu tinha visto nas estantes do juiz Thatcher e estava louco para ler. Também havia uma Bíblia e um livro sobre adestramento de cavalos. E um panfleto. Eu o peguei e fiquei analisando a capa surrada cor de creme. *Narrativa da vida e das aventuras de Venture, um nativo da África: Mas residente há mais de sessenta anos nos Estados Unidos da América.* O livreto fino parecia mole, como se tivesse sido manipulado por mãos suadas. Supostamente, o texto havia sido "relatado pelo autor". *Relatado.*

"A gente pode vendê essas joia", disse Huck.

Concordei com a cabeça.

"Por que cê pegô esses livro?", perguntou Huck.

"Achei legal", eu disse.

"Que esquisito. Cumé qui um livro vai sê legal?" Ele pegou o livro de Rosseau e ficou folheando. "Não tem nem figuras."

"Gostei do peso deles", falei.

Huck ficou me encarando por uns poucos segundos muito longos. "Num consigo entendê esses criôlo, mesmo", ele disse.

Por algum motivo, aquela palavra soou estranha saindo da boca de Huck. Acho que ele pensou a mesma coisa, porque compartilhamos do mesmo silêncio constrangido.

"Quem sabi eu num aprendo a lê co'esses livro?", eu disse.

"Cê podia achá uns livro mais fácil pra começá que esses aí." Ele percebeu que eu havia deixado a Bíblia de lado. "Cê num qué esse aqui? A Bíblia?"

Senti que estava encurralado. "Não", eu disse. "Posso ficá cum esses otro?"

"Eu é que num vô querê."

Coloquei-os de volta no saco em que eles estavam.

"Cê é um grande mistério pra mim, Jim. Com certeza, um mistério."

"Acho qui sô mesmo, Huck."

"Primeiro cê num qué ir pra Illinois, onde cê ia sê um homem livre, e agora cê tá aí juntando livro porque achô legal. Juro que eu num entendo."

II.

"Eu adoro a lenda do gênio", disse Huck. "Imagina só aquele sujeito morando dentro duma lâmpada."

"Uma lâmpida?"

"É, só que, em vez de óleo, tem um homem dentro dela!"

"Tem qui sê um homi bem piquininho, né?", eu disse.

Huck fez que não com a cabeça. "Não, acho qui ele num é pequeno, não. Até onde eu sei, ele sai de dentro dela tipo fumaça e de repente aparece."

"Como qui cê sabe disso?"

"O Tom Sawyer me falô", disse Huck.

"Ah, intão tá ixpricado", eu disse.

"Como assim?"

"Qual foi a última veiz que o Tom Sawyer te disse alguma coisa qui era vredade? Cê num si lembra quando ele ti contô que tinha oro no final do arcoíro?"

"Tá, mas o gênio sai da lâmpada e cê tem três desejo. Qualqué coisa que cê quisé. Só pedi. Mas é só três."

"Num dá pra pedi pra tê mais desejo?"

"Sabe que foi bem isso qui eu disse? Mas parece que só pode três, mesmo. O que cê pedia?"

Sustentar uma conversa dentro do meu personagem era exaustivo, mas eu já havia pensado muitas vezes naquilo e, assim como num conto que eu tinha lido na biblioteca do juiz, sabia que qualquer coisa que eu achasse que seria boa poderia trazer consequências terríveis. Por exemplo, viver para sempre significaria que você teria que presenciar a morte de todas as pessoas que ama. A pergunta com a qual fiquei brincando, mas que, certamente, jamais poderia compartilhar com Huck, era "o que Kierkegaard desejaria?". "Num sei, não, Huck. Acho qui eu ficaria cum medo di pedi qualqué coisa."

"Pensa um pouco."

"Acho qui esse gênio é branco. A história até pode sê boa, mas num tem pur que eu desejá uma coisa qui num vai acontecê."

Huck ficou absorvendo aquilo por um tempo, depois olhou para o céu. "Vô te dizê o que eu pedia. Primeiro, eu pedia pra vivê uma aventura." Ele abriu um sorriso enorme. Olhou para mim. "Depois, eu pedia procê sê livre que nem eu."

"Gradicido."

"Magina. Bom, eu pedia que todos os escravo fosse livre."

Concordei com a cabeça.

"Todo homem não tem o direito de ser livre?", perguntou Huck.

"Direito é algo que não existe", respondi.

"Cumé qui é?"

"Eu num disse nada."

Ele olhou para o saco. "Num sei que cê qué com esses livro pesado aí, mas tudo bem. Se a gente trombá com um tesouro de verdade, a gente pode jogá eles fora."

"Tipo uma lâmpida, cum desses gênio", eu disse.

"Sim, senhor", falou Huck.

O garoto e eu ficamos em silêncio. Estávamos deitados de costas sobre o tapete úmido de folhas. Percebi que a exaustão começava a tomar conta de Huck. Em pouco tempo, ele estava roncando baixinho. Fiquei olhando para cima, por entre os galhos das copas dos sicômoros. Eu sempre havia gostado de como a casca deles se enrolava e caía sozinha.

Eu queria muito ler. Ainda que Huck estivesse dormindo, não podia arriscar que ele acordasse e se deparasse com o meu rosto enfiado num livro. Mas aí pensei: *como ele saberia que eu estava lendo de verdade?* Eu poderia simplesmente alegar que estava olhando embasbacado para as letras e palavras, tentando imaginar que diabo elas significavam. Como ele saberia? Naquele momento, o poder da leitura tornou-se totalmente evidente e real para mim. Se eu pudesse enxergar as palavras, ninguém poderia controlá-las, nem o que eu entendia delas. Ninguém poderia sequer saber se eu estava simplesmente olhando para elas ou lendo-as, tentando adivinhar o que diziam ou compreendendo-as. Era um assunto inteiramente privado, e inteiramente livre, e, portanto, inteiramente subversivo.

Puxei meu saco de livros para mais perto, enfiei o braço lá dentro e toquei um deles. Deixei minha mão ficar ali por um tempo, numa espécie de flerte. O livro pequeno e grosso ao redor do qual estavam meus dedos era o romance. Eu nunca havia lido um romance, embora entendesse o conceito de ficção. Não era tão diferente de religião, ou mesmo de história, na verdade. Puxei o livro de dentro do saco. Dei uma olhada para ver se Huck ainda estava dormindo profundamente e então o abri. O cheiro das páginas era glorioso.

No Reino de Westfália...

Eu estava em outro lugar. Eu não estava numa das margens daquele rio maldito e nem na outra. Eu não estava no Mississippi. Eu não estava no Missouri.

12.

No finzinho daquela tarde, fomos surpreendidos ao encontrar nossa canoa e balsa presas na vegetação rasteira na beira da mesma praia onde havíamos atracado mais cedo naquele mesmo dia.

"Que sorte", disse Huck.

"É mió a gente pegá o nosso barco", sugeri.

"Por quê?"

"Num é roubado, pra começá. E ninguém tá procurando nossa canoa."

"Acho que cê tá certo." Ele olhou para o meu saco de livros.

"Vamo nessa", eu disse.

"Acho que a gente tá chegando perto de Ohio."

"Pode sê."

O sol estava se pondo quando conseguimos partir, eu na canoa e Huck na balsa. Nós estávamos secos, e isso era uma coisa boa. Não havia neblina aquela noite, e muito poucas nuvens. As estrelas flutuavam pelo céu.

"Oia só esse monte di estrela", eu disse.

"Sim", disse Huck, maravilhado. "Cê acha que alguém consegue contá todas?"

"Eu sei qui eu num consigo."

"Tenho uma pergunta procê, Jim."

"Qual qui é?"

"Cê num tem sobrenome, né?"

"Essa é a sua pregunta?"

"Não", disse Huck. "Minha pergunta é: se cê pudesse escolhê um sobrenome procê, qual seria?"

"Essa eu tenho qui dizê procê, Huck, qui pregunta bem boa."

"Como que alguém vai te dá um nome de escravo se cê num tem um nome seu pra começá?", perguntou o garoto.

"Acho qui cê só escolhe um e pronto."

"Num pode sê só isso. Se não as pessoa ia chamá todo mundo de um nome diferente todo dia."

"Quem disse qui elas num faiz isso?", perguntei. "Ouvi dizê qui os índio ganha os nome deles depois qui as pessoa fica sabendo alguma coisa sobre eles. Tipo 'Corsa Ligeira' ou 'Mão Amarela' ou 'Flecha Certeira' ou 'Corre de Urso'."

"Esses nomes existem?"

"Acabei de inventá."

"Gostei disso. Eu seria 'Olho de Falcão'. E ocê, Jim?"

Fiquei examinando o céu, vi uma estrela cadente. "'Golightly'", eu disse.

"Quê?"

"Meu sobrenome. 'Golightly'."

"Jim Golightly", disse Huck. "Fica muito bom."

"James Golightly."

Fui nos conduzindo rio abaixo. Huck ficou tremendo até dormir em sua balsa. Peguei no sono por alguns minutos e fui acordado pela algazarra de uma festa num barco a vapor. Olhei para cima, para o convés sob a luz de lamparinas, abarrotado de gente. Não apenas eles não me viram como não conseguiam me ver. Por algum motivo, achei aquilo muito engraçado e dei uma risadinha, mas me recompus logo em seguida. Minha risada não acordou Huck. E o motivo para isso era que ele não estava ali. De alguma forma, nossa balsa e canoa haviam se desconectado. Imediatamente fiquei preocupado com talvez aquela balsa não ser talhada para aquele rio.

"Huck!", chamei, primeiro mais baixo, depois com mais urgência. "Huck!" Agora eu estava gritando. O vazio silencioso do rio já seria mais que suficiente para engolir qualquer som que eu produzisse, mas a música, os risos e os ruídos da enorme roda d'água do barco de passageiros garantiam que Huck jamais me escutaria.

Fiquei procurando por vultos se mexendo em cima da água ou debaixo dela, prestando atenção a qualquer som, qualquer perturbação na superfície do rio, mas não achei nada. Havíamos nos separado e fiquei pensando, apesar da minha preocupação com o garoto, se aquilo era uma coisa ruim.

Depois de algum tempo, com o rio negro e profundo iluminado apenas pelo luar, de forma deveras milagrosa, avistei Huck ajoelhado em sua balsa. Pude ver, pela maneira como ele ficava virando constantemente a cabeça, que ele estava me procurando em pânico. Apontei a canoa em sua direção e me deitei, encostando a cabeça na madeira, fazendo de conta que estava dormindo. Fiquei ouvindo-o amarrar os dois barcos novamente e aí fingi ter acordado.

"Huck, cê tá vivo!", falei, com empolgação.

"Claro que eu tô vivo... o que cê achô que eu tava?"

"Podia tê si afogado, ué."

"Como que isso ia acontecê?"

Eu conseguia ver a mente travessa do garoto trabalhando.

"Como que isso ia acontecê com ocê aqui bem do meu lado?", ele insistiu.

"Ué, Huck, nóis si separô um tempinho."

"Que cê tá falando, Jim? Cê tava aí durmindo esse tempo todo. Eu tava só te oiando."

"Num, sinhô, nóis si separô, ocê e eu. Apareceu um baita barco a vapor e quando eu oiei pra tráis cê tinha sumido cum essa balsa."

"Num teve nada de barco a vapor."

"Craro qui teve."

"Não, Jim. Cê tava durmindo esse tempo todo."

"Não", falei. "Eu caí no sono, sim, mas isso foi depois."

"Cê sonhô isso tudo", insistiu o garoto.

O garoto estava se divertindo demais me enganando daquele jeito. "Mas parecia muito di verdade. Aquelas pessoa no barco, elas num era di verdade?"

"Não, Jim."

"Misericórdia, pelamor de Deus", eu disse. "Qui sonho mais terrível."

Huck começou a rir. Ele apontou para mim e riu ainda mais.

"Cê tá tirando uma co'a minha cara?", eu disse. Ele estava se divertindo muito e, por mim, tudo bem. A vida sempre ficava mais fácil quando um branco podia rir de um pobre escravo de vez em quando.

"Te peguei nessa", disse Huck.

Fingi ter me chateado. Os brancos adoram se sentir culpados.

"Desculpa, Jim. Achei que ia sê engraçado", ele disse.

"É, sim, muito ingraçado, Huck, craro qui é." Projetei um pouco para fora o lábio inferior, uma expressão que eu reservava apenas para os brancos.

"Num quis te magoá, não mesmo."

Poderia ser a minha vez de experimentar uma leve culpa por ter brincado com os sentimentos do garoto, sendo que ele era jovem demais para realmente entender o problema em seu comportamento, mas decidi não o fazer. Quando se é um escravo, você exerce seu poder de escolha como pode.

Seguimos sendo levados pela correnteza, desviando de outros barcos.

"Jim, cê pertence à sra. Watson, né? Qué dizê, cê é propriedade dela, né?"

"Sumemo", eu disse.

"Então, na verdade, eu tô te roubando dela."

"Oia, Huck, na verdade cê num me tomô dela, né? Nóis meio qui veio junto até aqui."

"Mas eu num te levei di volta pra ela, né?"

"Num levô, não."

"Então é que nem roubá, né? Se eu pego uma mula no meio da estrada, e eu sei de quem que ela é, isso não seria roubá?"

"Eu num sô uma mula, Huck."

A correnteza seguia nos levando.

"Mas eu num tô fazendo uma coisa errada?", disse Huck. Ele estava preocupado. "Cumé que eu vô sabê o que é o certo?"

"Oia, o qui eu acho é o siguinte: si cê pricisa di uma lei pra ti dizê o qui é o certo, si pricisa qui alguém ti ixprique o que qui é o certo, aí num tem como sê o certo. Si pricisa qui Deus ou arguma coisa assim ti diga o qui é certo e o qui é errado, cê nunca vai sabê."

"Mas a lei diz..."

"O qui é certo num tem nada qui vê com a lei. A lei diz qui eu sô iscravo."

Seguimos sendo levados pela correnteza, nosso silêncio ainda mais silencioso.

"Iscuta isso", falei a Huck.

"O quê?"

"Iscuta."

"Num tô ouvindo nada."

"Mas é isso, Huck. É o rio falando cum ele mesmo."

"Que que ele tá dizendo?", perguntou o garoto.

"Isso é pra ele sabê, e pra nóis discubri." Olhei rio abaixo. "Tem otra voz aí no meio."

Huck fechou os olhos e ficou escutando. "Num tô ouvindo."

"É Ohio, Huck. Ele tá falando pro Mississippi véio sobre liberdade. Eu vô arrumá um trabaio pra mim e guardá um dinheiro pra podê vortá e comprá minha Sadie e minha Lizzie."

"Aí cê vai sê o dono delas?"

"Nada, aí ninguém vai sê dono delas. Elas não vai mais tê dono. Elas vai sê livre."

13.

A quietude da manhã e o estardalhaço do rio me fizeram abaixar a guarda. Eu havia caído no sono enquanto ainda estávamos navegando. Abri os olhos no susto e me deparei com a luz do dia me encarando, mas o que realmente me acordara era uma voz. Vozes de homens, e de Huck, muito próximas, logo acima de mim. Avaliei minha situação e entendi que eu estava deitado em nossa balsa, coberto por uma lona. Imaginei que Huck a tivesse jogado por cima de mim, uma vez que não tinha lembrança de havê-lo feito. Fiquei deitado, imóvel.

"Qual é seu nome, garoto?", perguntou um homem.

"Johnny, senhor."

"O que cê tá fazendo sozinho aqui no mei desse rio?"

"Procurando um lugá bão pra pescá."

"Cê é daqui dessas banda?"

Huck fez uma pausa. "Sim, senhor."

"Que qui cê tá pescando?", perguntou outro homem.

"Bagre."

"Então cê tá no lugá certo."

"Cê num viu um crioulo por aí?", perguntou o primeiro homem.

"Não, senhor. Por quê?"

"Porque ele é fugitivo."

"Um escravo fugitivo", disse o segundo homem.

"Que outra coisa ele ia sê?", este, o primeiro homem.

"Bom, a gente podia tá falando de alguém que tivesse fugido da cadeia, né? Cê num acha, Johnny? Fala pra ele."

"Podia sê um prisioneiro", disse Huck.

"Só que num é", disse o primeiro homem. "É um crioulo preto escravo que pertence a uma fulana lá de Hannibal."

Eu ouvia as engrenagens se movendo dentro da cabecinha de Huck.

"Cê num viu ninguém, garoto?", o primeiro homem perguntou mais uma vez.

Huck ficou em silêncio. Fiquei escutando seu silêncio. A água lambia as laterais da canoa e me molhava, entrando pelas frestas no piso da balsa. O gelado da água deve ter feito eu me mexer um centímetro ou algo assim.

"Garoto?"

"Não, eu num vi ninguém, não."

"Quem que tá aí embaixo dessa lona?" A voz do homem saiu mais alta.

"Aquele ali é o meu tio, que tá doente", disse Huck.

"Ah, é?"

Senti alguma coisa segurando a balsa, talvez um gancho, talvez uma mão.

"É", disse Huck. "Eu trago ele pra tomá um ar todos os dia. Ele tá cum varíola."

O bote foi largado.

"E cê tá aqui cum ele?", perguntou o segundo homem.

"Eu nunca toco nele. Tenho medo de tocá nele."

"Varíola", repetiu o segundo homem, com a voz mais fraca.

"Ele passa a maió parte do tempo durmindo", disse Huck. "A gente tá sempre achando que ele vai morrê, mas ele num morre."

O primeiro homem resmungou alguma coisa.

"Varíola eu num quero nem chegá perto", disse o segundo homem.

"Cai fora daqui", disse o primeiro homem.

"Sim, senhor", disse Huck.

"O que cê tá usando pra pescá esses bagre, garoto?", o segundo homem perguntou.

"Qualqué coisa que eu encontrá. Minhoca, grilo."

"Arruma um queijo procê vê. Eles adora queijo."

"Toca adiante, garoto", disse o primeiro homem. "Cuida com aquele crioulo. Diz que é dos perigoso."

"Sim, senhor, pode deixá."

"Toma um dinheiro aqui", disse o primeiro homem. "Um garoto pescando aqui, com o tio moribundo, certeza que tá precisando."

"Puxa, obrigado, senhor!", disse Huck. "Cê é muito gentil."

"Vai."

Quando já havíamos nos afastado o bastante, Huck disse que a barra estava limpa. "Essa passô perto", ele disse.

"Perto dimais pro meu gosto", eu disse.

"Cê acredita? Aquele home pegô e me deu dez dólar."

"Que fortuna. Que qui cê vai fazê com essa dinheirama toda?"

"Num sei. Acho que comprá alguma coisa. Eu podia comprá comida."

"Comida a gente tem. Comida a gente pega."

"Então, num sei. O que qui cê comprava?"

"É que num sei quanto qui minha muié e minha fia custa."

Fiquei olhando para a luz do dia, para as pessoas nos barcos. "Nóis tem qui saí desse rio. Nóis sabe qui eles tá procurando por mim."

Caiu a noite. Quando fomos nos arrastando pela grama enlameada de volta até o lugar onde havíamos escondido nosso barco, descobrimos que nossa canoa havia desaparecido.

"Alguém roubô", disse Huck.

"Que qui vai si fazê?", eu disse. "Acho qui a gente vai tê qui segui na balsa, mesmo. Que iscolha nóis tem?"

"Acho qui cê tem razão, Jim."

A movimentação do tráfego no rio aquela noite estava fora do comum. Tentamos evitar as rotas principais, mas navios de carga e de passageiros pareciam estar por todos os lugares. Fomos arremessados por uma onda levantada por uma grande embarcação só para nos depararmos com outra vindo na direção contrária. Não tivemos tempo nem força suficiente para remar e desviar delas. Acabamos atingidos pelo casco do próximo barco de passageiros que passou. Por ser tão castigada, nossa balsa se espatifou.

"Huck!" Fiquei olhando a cabeça do garoto saindo da água e entrando de volta. Então eu fui sugado para baixo pelo barco de passageiros. Admito que, por um instante, flertei com a ideia de que morreria afogado. Uma morte por afogamento sempre deixava uma pessoa mais interessante, mas, naquele momento, eu queria ser, queria permanecer, o mais desinteressante possível. Voltei à superfície em algum outro lugar, desorientado, me concentrando apenas em manter a cabeça fora da água e encontrar terra firme. Eu havia me perdido de Huck.

14.

Não foi bem eu que nadei até a costa, foi mais o rio que me cuspiu pra fora. E me cuspiu pra fora bem em cima de um terrível e espinhoso arbusto de amoras-pretas. E amoras-pretas verdes, para completar o insulto. Temi por Huck, mas não havia o que se fazer naquela situação. Eu não podia simplesmente sair pela região perguntando sobre o paradeiro e as condições de um garotinho branco, ainda mais sendo, eu mesmo, alvo de uma perseguição. Meu único consolo era que meu saco de livros e papéis estava pendurado ao meu ombro. Nasceu o dia, e fui rastejando até uma clareira. Abri meus livros da melhor maneira que pude, para que o sol secasse suas páginas.

Adormeci naquele gramadinho, debaixo da luz do sol. Eu não estava nem um pouco escondido, mas estava tão cansando que não consegui nem me arrastar para debaixo de algum arbusto. Também estava morrendo de preocupação com Huck e envergonhado de estar me sentindo tão aliviado por ter me livrado dele. Meus olhos se abriram e percebi imediatamente que era o final do dia, uma vez que o sol já havia se afastado muito do rio. Também percebi que não estava sozinho. Quatro homens estavam sentados no chão, perto de mim, me observando. Só consegui respirar e senti meu corpo relaxando quando notei que eram todos negros.

O claramente mais velho entre eles estava mexendo nos

meus livros, aparentemente abanando as páginas para ajudá--las a secar.

Olhei para cada um deles e, depois, me deitei de volta para olhar para o céu sem nuvens. "Onde estou?", perguntei.

"Você está em Illinois", disse o velho.

"Então eu estou num estado livre?"

Os homens riram. "Menino, você está nos Estados Unidos", disse um homem musculoso.

O velho pôs um dos meus livros no chão. "Sim, é verdade que estamos em Illinois, e sim, é verdade que Illinois, supostamente, é um estado livre, acontece que os brancos que moram por aqui nos dizem que estamos no Tennessee."

"Talvez eles acreditem nisso", eu disse.

"O que nós podemos fazer?", perguntou o grandalhão. "Levar um mapa até um tribunal de justiça e dizer: 'Olha aqui — na verdade, nós somos livres'?"

Um homem magrelo me encarava de olhos semicerrados. "Mas quem é você?"

"Meu nome é Jim. Eu fugi lá de mais pra cima do rio. Temo que existam pessoas me procurando por toda parte."

Olhos Semicerrados olhou para os meus livros. "O que você está fazendo com esses livros?"

"Acho eu que os roubei."

"Você sabe ler?", perguntou o mais velho.

"Sim."

"Eu sei ler um pouco", disse o grandalhão. Ele estendeu o braço e apertou minha mão. "Eu sou o Josiah."

"Josiah."

"George Velho", disse o homem velho.

"George Novo", disse o homem mais novo que era a cara do George Velho.

Houve uma pausa e então o último homem, o magrelo, falou: "Pierre". Ele parecia desconfiado, embora eu não conseguisse imaginar por que estaria desconfiado de mim. Talvez ele simplesmente achasse que eu traria problemas e azar a eles. Quando pensei naquilo, concluí que era uma preocupação razoável.

George Novo tinha um instrumento no colo. Um braço de madeira esculpida afixado a uma cabaça, com algumas cordas. "Isso é um banjo?", perguntei.

"Eu que fiz", disse George Novo. "Mas não me atrevo a tocar por aqui. Não tem ninguém por perto, mas o som viaja, né? Música principalmente. As pessoas são capazes de ouvir uma música tocando a quilômetros de distância, e elas tentam encontrar."

"Música principalmente", concordou George Velho.

"Música principalmente", repetiu Josiah.

"Você está vindo de muito longe?", perguntou Pierre.

"Bem longe. De Hannibal, no Missouri."

"É um chão e tanto", disse Pierre. "Como foi que você conseguiu viajar para tão longe, com gente te procurando e tudo o mais?"

"Eu estava numa canoa."

"Um homem negro no meio do rio desse jeito? Algum branco teria atirado em você só por esporte."

"Sim, isso se chama caçada", disse Josiah.

"Josiah fugiu três vezes e não conseguiu chegar nem a quinze quilômetros", disse Pierre. "E olha que ele corre rápido."

Examinei o rosto de Pierre. "Eu não fugi por terra. Eu vim seguindo a corrente do rio. E só fazia isso à noite."

Pierre deu uma risadinha.

Cogitei mencionar Huck, mas me contive. Ainda não sei bem por quê, mas, naquele momento, não sabia muito bem como trazer o assunto à tona e duvidava de que fosse fazer qualquer diferença, de todo modo.

"Você sabe se puseram uma recompensa por você?", perguntou Josiah.

"Eu sei."

"Imagino que você pretenda seguir se deslocando", disse George Velho.

Olhei ao meu redor. "Muita gente mora por aqui?"

"Não que eu saiba", disse George Velho. "Alguns escravos. Um ou outro branco. Um senhor de escravo e seus capatazes."

"E aquele bando de brancos malucos", disse Josiah.

"Os Grangerford e os Shepherdson", disse George Novo, aparentemente encantado com o som das palavras. "Eles se odeiam. Estão o tempo todo se matando. E de tudo quanto é jeito. Com arma de fogo, com faca."

"Por mim, tudo bem", disse Pierre. "É bom que os brancos matem os brancos. Quanto menos, melhor."

"Acho que vou me esconder neste mato por alguns dias", eu disse. "Vocês acham que dá?"

"Se ninguém vier te procurar com cachorros", disse George Velho.

"Sim, os cachorros", disse Josiah. "Depois que eles pegam o seu cheiro, é mais fácil desistir logo."

"Três vezes?", perguntei.

"Mas chega", disse o grandalhão. "Não vou mais fugir."

"Os cachorros?", perguntei.

"Não. Nas primeiras duas vezes que eles me pegaram, me levaram de volta e me chicotearam." Josiah levantou a camisa e virou para mostrar as furiosas cicatrizes em suas costas. "Na terceira vez, eles me deram uma surra e, depois, surraram alguns dos outros também."

"Até uma mulher", disse George Velho.

Pierre desviou o olhar quando olhei para ele.

"Eu não quero trazer problemas para nenhum de vocês. Então é melhor ficarem longe de mim."

"Você vai precisar de comida", disse George Velho.

"Não, ele tem razão", disse Pierre. "Se descobrirem que a gente o ajudou, não dá nem pra imaginar o que aqueles filhos da puta fariam conosco."

"Dá pra imaginar o que fariam, sim", disse Josiah. "Dá pra imaginar muito bem."

Olhei para George Velho. "Eles têm razão. Eu consigo me virar sozinho. Já cheguei até aqui — posso seguir em frente."

Pierre olhou para os meus livros. "Por que isso, afinal de contas?"

"Eles me reconfortam", eu disse.

"Eu te entendo", disse George Velho.

Pierre pareceu amolecer um pouco naquele momento. "É melhor a gente voltar antes que eles comecem a contagem", ele disse.

"Tem uma coisa de que eu preciso", falei. Detestei ter dito aquilo, uma vez que eu tinha acabado de falar que não queria ser um estorvo.

"O que é?", perguntou Pierre.

"Um lápis."

"Quê? Um lápis?" Pierre olhou para os outros como quem diz *eu avisei*. "Pra que diabos um escravo vai precisar de um lápis? Você vai escrever uma carta? Pra quem diabos um escravo vai mandar uma carta?"

"Para o presidente?", Josiah tirou sarro.

"Eu posso te arrumar um lápis", disse George Novo. "Você sabe mesmo escrever?"

Fiz que sim com a cabeça.

"Ok", disse Pierre. "O George Novo vai te arrumar um lápis." Ele olhou para mim. "Um lápis."

15.

Procurar por comida e outras coisas que eu pudesse usar não era difícil. Eu era escravo. E havia me acostumado à vida no rio. Percas, bagres e bagas. Ninguém se aproximou do lugar que eu escolhi para acampar. Fiquei prestando atenção para ver se escutava os cachorros, mas esse som terrível nunca apareceu. Dois dias se passaram, e comecei a pensar em possíveis estratégias para procurar por Huck, mas nenhuma delas fazia sentido. Eu li. Nunca havia me sentido tão exposto ou vulnerável quanto eu me sentia, sob a luz do dia, com um livro aberto. E se eu fosse avistado por um dos capatazes de um dos fazendeiros locais? Ou por um escravo que tivesse se assustado com a visão? Ou por um escravo que, simplesmente, quisesse agradar o seu senhor? Havia escravos que alegavam existir uma distinção entre os bons e os maus senhores. A maioria de nós considerava essa distinção sem diferença.

Eu lia e lia, mas descobri que o que precisava mesmo fazer era escrever. Eu precisava daquele lápis. Não conseguia me lembrar de todos os meus pensamentos. Depois de algum tempo, não conseguia acompanhar os meus próprios raciocínios. Talvez isso estivesse acontecendo porque eu não conseguia parar de ler por tempo suficiente para abrir espaço para eles na minha cabeça. Eu parecia alguém que não comia havia meses e que, agora, estava se empanturrando até passar mal. E os meus livros, depois que eu os lia, não eram mais o que eu queria, nem do que eu precisava. A história de Venture Smith, supostamente relatada pelo próprio autor, foi me irritando cada vez mais conforme eu ia mergulhando na obra, me fazendo me perguntar como é que uma criança de cinco anos seria capaz de lembrar tantos detalhes, que faziam com que a história toda se encaixasse tão bem. Eu conseguia perceber o quanto uma mentira costumava ser bem contada, uma lição aprendida com as histórias que os brancos contavam para tentar justificar minhas circunstâncias. Tinha gostado do conceito de Voltaire sobre tolerância no que dizia respeito às diferenças religiosas e percebido, por mais absorto que estivesse, que eu não estava tão interessado no conteúdo da obra, mas sim em sua estrutura, seu movimento, o questionamento das falácias lógicas. Então, depois de todos esses livros, a Bíblia, em si, era o menos interessante de todos. Eu não podia entrar naquilo, não queria entrar naquilo, mas, por fim, entendi que a reconhecia como uma ferramenta do meu inimigo. Eu escolhi a palavra *inimigo* e a escolheria sempre, porque um *opressor* necessariamente implicaria numa vítima.

Chovia fraco no final do dia, de modo que os mosquitos estavam apaziguados. Um alívio e tanto. Da mesma maneira, os sons da mata estavam apaziguados. Eu não ouvi George Novo se aproximando e levei um susto.

"Desculpe, Jim", ele disse.

"Não é sua culpa. Estou ficando preguiçoso. Preciso prestar mais atenção."

Ele olhou para cima e deixou a chuva atingir seu rosto.

"O que você está fazendo aqui?", perguntei.

"Eu te trouxe uma coisa."

George Novo enfiou a mão dentro do bolso e a tirou de lá com um cotoco de um lápis. O lápis estava no meio de sua mão enorme, como se fosse um passarinho minúsculo.

"Meu Deus", falei.

"Não é muito grande", ele disse.

"George Novo, é enorme. Isso é incrível. Muito obrigado."

"De nada."

"Como você conseguiu isso?"

"Eu roubei."

Ele viu a expressão de pânico em meu rosto. "George Novo."

"Ninguém me viu."

Seu sorriso era igualzinho ao de uma criança, e sua alegria, contagiante. "Você correu um risco terrível", eu disse.

"Foi tranquilo. O senhor estava sentado na varanda escrevendo alguma coisa e bateu um vento que espalhou os papéis dele por todo lado. Eu estava cavando um buraco para plantar uma azaleia e corri para ajudá-lo com os papéis. No meio da confusão, botei o lápis no meu bolso. Quando ele não conseguiu encontrá-lo, adivinha o que eu fiz?"

"O quê?"

"Eu o ajudei a procurar."

Rimos juntos.

"E você sabe *escrever*. Se você sabe escrever, precisa de um lápis. Eu queria saber escrever. O que você vai escrever, Jim?"

"Não sei."

"Conte a sua história", ele disse.

"Como assim, George Novo? Contar a minha história? Como você sugere que eu faça isso?"

Ele olhou para os pés. Eu também. Os dele estavam descalços, seus dedos abraçando a grama molhada. Ele olhou para o meu rosto. "Use os ouvidos", ele disse.

"Como assim?"

"Conte a história com seus ouvidos. Escute."

"Vou tentar, George Novo."

E, então, ele se foi. Era noite, agora. Ele tinha causado uma impressão em mim e, ainda que eu não soubesse o que ele estava me pedindo para fazer, entendi que era um conselho muito profundo. Eu também não sabia, não tinha a mais vaga ideia, do que escreveria ou porque escreveria, mas, conforme havia sido aconselhado, usaria os ouvidos. Segurei meu lápis. Devia ter uns sete centímetros. Parecia uma pedra muito densa em minha mão.

Nas profundezas da noite, das profundezas da floresta, ouvi o latido e os uivos dos cães de caça. Encolhi o corpo, formando uma bola ainda mais apertada, em cima das raízes que eu havia transformado em minha cama. Havia uma mamãe guaxinim morando naquela árvore. Ela se acostumara a passar por mim, sem dar muita bola, no meio da escuridão. Aquela noite, ela estava na árvore, bem lá no alto, ouvindo os cães. Nós dois éramos animais, e nenhum de nós sabia quem era a presa. Aceitamos que nós dois fôssemos. Pensei em correr, deixando minha amiga guaxinim para trás, mas em que direção se pode fugir de um raio?

16.

Meu nome é James. Gostaria de contar a minha história tanto com um senso histórico quanto com diligência. Eu fui vendido quando nasci e, depois, vendido mais uma vez. A mãe de minha mãe era de algum lugar no continente da África, alguém me disse ou eu, simplesmente, supus. Não posso alegar qualquer conhecimento deste mundo ou destas pessoas, se minha família descende de reis ou de indigentes. Admiro aqueles que, aos cinco anos de idade, como Venture Smith, são capazes de recordar os clãs de todos os seus ancestrais, seus nomes e o movimento de suas famílias ao longo das dobras, trincheiras e abismos do tráfico de escravos. Posso lhes afirmar que sou um homem consciente deste mundo, um homem que tem uma família, que ama sua família, que foi arrancado de sua família, um homem que sabe ler e escrever, um homem que não permitirá que sua história seja relatada por si próprio, e sim que seja escrita por si próprio.

Com o meu lápis, escrevi a minha própria existência, eu me escrevi até aqui. Meu esconderijo havia se tornado um porto seguro, e eu fiquei nele por mais tempo do que imaginava. Não sabia como ir embora dali porque não tinha um plano. Um fugitivo não podia usar estradas e trilhas, e eu não tinha um barco. Os primeiros homens que haviam me visitado passavam por lá de tempos em tempos. Eles me traziam restos de comida com frequência, porém, na maioria das vezes, eu tinha mais comida a oferecer do que eles. Eu tinha um estoque de peixe seco e havia arbustos com bagas por perto. Pierre foi perdendo cada vez mais a desconfiança. George Velho parecia cada vez mais velho. Josiah estava começando a pensar em fugir novamente.

"Mas eu não consigo suportar a ideia deles chicoteando o meu pessoal", ele disse.

"Mas se você conseguir", falou George Velho, "não tem chicotada neste mundo capaz de tirar a esperança que você vai nos dar."

"Isso é besteira", disse Pierre. "Uma chicotada é uma chicotada. Não tem pensamento neste mundo capaz de parar um sangramento, a formação de uma cicatriz. Nem o Jim está disposto a arriscar uma coisa dessas."

"Eu não sei como sair daqui", expliquei. "Quanto mais eu fugir, mais longe estarei da minha família. E eu quero voltar e comprar a liberdade delas."

"Você não pode fazer isso", disse George Velho. "Você é um fugitivo. Não vai poder comprar nada quando estiver pendurado num galho."

"Você precisaria de um branco para comprá-los", disse Pierre. "E isso não parece muito provável, né?"

Concordei com o meu silêncio.

"Você tem que rumar para o norte e seguir sua vida. Deus tomará conta de sua família."

Olhamos para Pierre. Ele abriu um sorriso.

"Caramba, pensei que você tinha virado a casaca", disse George Velho.

"Seria legal acreditar nisso", disse Josiah. "Mas nóis num passa dum bando di iscravo."

"Mas cê é uma ratazana memo", disse George Velho.

"Deus du Céu, misericórdia, meu sinhô", eu disse.

"O que você vai fazer?", perguntou George Novo.

"Vou fugir", respondi.

Durante o tempo que fiquei debaixo daquela árvore, confeccionei uma bolsa usando grama e juncos. Enchi-a com peixe e parti. Esperei, é claro, até escurecer. Apesar dos naufrágios, viajar à noite tinha funcionado até aqui, e me pareceu um erro de cálculo abandonar essa estratégia agora. A noite em terra firme talvez não fosse tão escura quanto no rio, mas era mais densa, mais opressiva, mais assustadora. Talvez porque o ato de se mover exigisse mais esforço, um passo cuidadosamente planejado de cada vez. Talvez porque em terra firme é que viviam os brancos. Também dei alguma atenção ao pensamento de que sentia falta do jovem Huck. Estava preocupado com a sua segurança, me sentia responsável por ele.

Aquela era uma mata fechada, mas eu tinha um pouco de luar para me ajudar. Quando havia me deslocado perto de um quilômetro, reparei num som familiar. Ele ecoava às minhas voltas. Um estalo. Um estrondo. Vi a luz de uma fogueira não muito distante. O barulho me atraiu. Foi ficando mais alto conforme eu me aproximava, baques surdos com um ritmo e uma pontuação totalmente errados. Encontrei um esconderijo num grupo de árvores e arbustos e fiquei observando de lá.

Escravos estavam reunidos ao redor de um círculo enorme e triste. Meia dúzia de rostos brancos de capatazes se destacavam na multidão. Um homem branco estava parado no centro do círculo, com um longo chicote enrolado na mão. Ele desferiu mais um golpe ruidoso. Virado para mim, amarrado a um tronco, estava George Novo. Ele fez uma careta após levar mais uma chicotada nas costas e, depois disso, se acomodou de volta ao tronco. Seu carrasco, parado a quase três metros de distância, puxava o chicote pelo chão de volta para si.

"Então você roubou um lápis do seu senhor, não é mesmo?", gritou o homem do chicote. Ele golpeou George Novo mais uma vez. "Quer que eu pare, crioulo?" Ele arrastava o couro do chicote no chão bem devagar, de modo que o som também se tornasse parte daquela tortura. Retorci meu rosto junto com o de George Novo. Aquele chicote me atingia como se fossem as minhas costas, me rasgando. Eu vi Josiah na multidão sob a luz das tochas. Ele se portava de maneira estoica e firme, como se estivesse tentando mandar forças a George Novo, certamente sentindo os golpes assim como eu. Mas nosso sofrimento empático não era nada comparado ao de George Novo. O dele doía mais.

George Novo viu meu rosto em meio ao matagal. Eu estava com o lápis. Estava em meu bolso. Ele foi golpeado mais uma vez, e eu me contorci. Olhamos nos olhos um do outro. George Novo pareceu sorrir até o chicote encontrá-lo mais uma vez. Sangue escorria por suas pernas. Ele me olhou nos olhos e formou, com a boca, a palavra *fuja*.

Foi o que eu fiz.

17.

Abri caminho pelo escuro da maneira mais rápida e discreta que pude. Meu coração aparentemente não conseguia recuar para um ritmo normal. O amanhecer se aproximava e eu sentia a pressão do pior de meus medos, o de que não conseguiria encontrar um lugar para me esconder. Um lugar afastado do trânsito de pessoas, em plena luz do dia. Parte do problema era que, no escuro, eu não conseguia identificar caminhos e trilhas frequentemente utilizados por pessoas ou animais.

Ouvi gritos. Vozes masculinas enfurecidas. Eu não conseguia entender as palavras. No meio da discussão, escutei uma voz mais fina, familiar. Deitei de barriga para baixo. Não precisei me arrastar na direção da confusão — ela foi vindo até mim.

"Cê num passa de esterco de cavalo!", gritou um homem.

"Cacete, Shepherdson! Sophia, fica longe do Harney!"

"Ela não vai pra lugá nenhum! Ela e eu vamo juntá os nossos trapo!", gritou Harney.

"Nem no inferno!", disse o primeiro homem.

"Cê tem que fugi, Sophia!" Era a voz de Huck, uma voz que eu conhecia muito bem. Eu não conseguia vê-lo.

"Eu vô te enchê de chumbo, Grangerford."

"Pode atirá, seu cagalhão chupador de ovelha!"

"Foge, Sophia", gritou Huck.

Vi uma mocinha branca correndo pelo campo aberto e se enfiando no meio de um grupo de árvores. Depois vi Huck, correndo meio de lado na minha direção. Ele estava a poucos metros de distância quando a pistola disparou. Estiquei o braço do meio do mato e puxei Huck para mim. Ele levou um susto, é claro, e começou a se debater para se desvencilhar.

"Huck, sou eu, Jim", sussurrei."

"Jim?"

"Sim."

Houve mais clarões e mais estampidos ensurdecedores. Os tiros de pistola pararam de forma tão abrupta quanto haviam começado. Não se ouvia nenhum som, nenhuma voz no campo. Nos levantamos.

"Cê acha que eles tá tudo morto?", perguntou Huck.

"É o que parece, certamente", eu disse.

O sol estava começando a nascer. Fomos andando até o campo. Quatro corpos estavam estendidos no chão, esparramados, como se querendo ser lavados por uma chuva.

"Eles tá tudo morto, Jim. Eles tudo."

"Temos que sair daqui, Huck."

"Como que cê me achô?", perguntou o garoto.

"Sorte. Eu me deparei com você."

"Eles tá tudo morto."

Comecei a puxar o garoto comigo em direção às árvores.

"Não, por aqui", ele disse.

Eu o segui pelo caminho inverso, atravessando uma parede de álamos e descendo um barranco íngreme que terminava no rio.

"Esse caminho é seguro?", perguntei.

"Cê num vai acreditá no que eu achei", disse Huck, quase rindo. "Cê num vai acreditá mesmo, Jim."

Ele tinha razão. Eu não acreditei. "Essa é a nossa balsa?"

"A maré trouxe faz uns dia. Amarrei os tronco tudo de novo e consertei."

O mundo estava claro a essa altura. "No rio durante o dia?", pensei em voz alta. Olhei para trás, na direção dos assassinatos. Brancos mortos nas proximidades de um homem negro nunca era um bom negócio para o homem negro.

"Sobe na balsa, garoto", eu disse.

Embarcamos na balsa e fomos arrastados pela correnteza.

"Jim", disse Huck.

"Que foi?"

"Por que cê tá falando todo esquisito?"

"Que qui cê tá dizendo?" Um pânico me consumiu por dentro.

"Cê tava falando... num sei... cê num tava falando que nem escravo."

"I cumé qui iscravo fala?"

Ele ficou me encarando.

"Eu só sei falá dum jeito, Huck. Agora cê mi assustô. Como que tô falando todo isquisito?"

"Agora não, mas eu podia jurar que cê tava."

"E agora, Huck? Cumé qui eu tô falando agora?"

"Agora parece normal."

"Meu Deus do Céu, misericórdia, ai, que bão."

Huck me lançou mais um olhar desconfiado.

18.

O rio era muito largo nesse ponto, quase dois quilômetros e meio em alguns trechos. Eventualmente, como viajávamos à noite, ele era todo nosso. Uma enorme avenida que levava a um assustador lugar nenhum. Os barcos de passageiros preferiam navegar por um lado muito distante de onde estávamos e pareciam tão pequenos que davam a impressão de não representar perigo algum. Huck me contava com muito gosto a história da briga entre os Shepherd e os Grangerford, a guerra aberta entre as famílias, a maneira como ele se envolveu com elas. Exausto, eu ouvia sem muito interesse.

"Aquele Papai Grangerford era um homem muito bom, Jim. Ele me lembrô um pouco o juiz Thatcher. Só que eu acho que ele nunca leu um livro, mas fazia parecê que lia. Cê sabe como é?"

"Acho qui sim", eu disse.

"E aquela Sophia, puxa, era bonita pra daná. Só que ela se apaixonô pra valê por aquele Harney Shepherdson. Eu mesmo num intendia o que ela via nele."

"Por causa di que qui eles si odeia tanto?"

"Num sei. Mas até eu consiguia vê que a Sophia e o Harney junto não ia dá coisa boa."

"E num deu mesmo", eu disse.

Huck ficou em silêncio.

Uma manhã, depois de amarrarmos nossa balsa em alguns galhos num trecho de água parada perto de uma ilhota, Huck e eu nos deparamos com uma praia de areia na foz de um riacho, onde poderíamos nadar e, talvez, nos limpar um pouco. Foi ali que encontramos uma canoa. Ela parecia estar escondida havia eras, pois estava cheia de folhas, poeira e teias de aranha. Mas boiava.

"Cê acredita nisso?", disse Huck. "A gente perde uma canoa, daí a gente acha uma canoa. Tudo ficô certinho, né?"

"Cum certeza", eu disse.

Limpamos a embarcação e Huck disse que estava pronto para uma aventura paralela.

"Como assim?", perguntei.

"Acho que a gente devia descê um pouco desse riacho nessa canoa pra testá. Eu que num vô querê me infiá no véio Mississippi com um barco ruim."

Eu via que a criança dentro dele precisava brincar. "Acho qui cê tem razão", eu disse. "Eu vô ficá aqui cuidando da nossa linha de pesca."

"Tá bem, eu já volto."

Eu o ajudei a dar um impulso no barco. Dava para ver que a coisa toda com aquelas famílias em guerra tinha mexido com ele. É difícil ver um assassinato de perto. Especialmente para uma criança. Para falar a verdade, eu mesmo não tinha visto muitos assassinatos, embora convivesse diariamente com a sua ameaça, sua promessa. Assistir a um linchamento era como assistir a dez. Assistir a dez era como assistir a cem, com aquela pose característica da morte, o ângulo da cabeça, os pés cruzados.

Em algum momento da jornada, meus livros voltaram a ficar encharcados e bastante destruídos. Pelo menos as partes em branco me deixavam espaço para escrever com meu objeto valiosíssimo. Fiquei examinando o pequeno bastão que havia custado tanto. Eu não tinha como saber se o chicoteio de

George Novo havia parado antes de sua morte. Sabia que devia a ele escrever alguma coisa importante. O grafite do lápis era macio e deixava uma marca escura. Decidi utilizá-lo com um toque leve, para que ele durasse o máximo possível. Gravado nele havia o nome FABER. Quem sabe esse poderia ser o meu sobrenome. James Faber. Não soava nada mal.

Fechei os olhos e, quando os abri, vi uma figura esquelética, porém não muito alta, saindo da água e andando em minha direção. Seu rosto anguloso parecia ser de alguém importante, mas eu sempre guardava esse tipo de avaliação para depois de ouvir a pessoa falando.

"Mas se não é o John Locke", eu disse.

"James."

Eu sabia que estava sonhando, dormindo a sono solto, mas não sabia se John Locke sabia disso.

"Eu ando pensando sobre você", eu disse. "Venho refletindo sobre a hipocrisia."

"Nem começa com isso", ele disse. "Aquilo foi um trabalho. Depois que eu escrevi a constituição de Barbados, o povo da Carolina me pediu para escrever uma para eles também, e foi o que eu fiz."

"O que você está dizendo é que se alguém lhe pagar o suficiente, está tudo bem renunciar a tudo que você alega entender como moral e direito."

"Se você prefere colocar desse jeito", ele disse.

"Se eu prefiro colocar o que desse jeito?"

"Eles queriam uma constituição que justificasse seu comportamento. Se eu não a tivesse escrito para eles, uma outra pessoa o teria feito. O que mudaria no mundo se isso tivesse acontecido?"

Olhei para ele. "Me diz você", eu disse.

"Há quem diga que as minhas opiniões sobre escravidão são complexas e multifacetadas."

"Tortuosas e multifárias."

"Fundamentadas e complicadas."

"Heteróclitas e problemáticas."

"Sofisticadas e intricadas."

"Labirínticas e abstrusas."

"Muito bem colocado, meu amigo escuro."

"Jim! Jim!" A voz de Huck veio cortando o ar.

Locke retornou às águas e desapareceu.

Huck vinha remando com dois homens brancos. Fiquei horrorizado até perceber a expressão de terror no rostos deles. Estavam tão apavorados que nem pararam para prestar atenção na cor da minha pele. Então ouvi os cães.

"Vem pra cá, Huck. Vamo amarrá essa balsa nessa canoa pra gente caí fora."

O barulho dos cães me fez agir movido pelo medo. Nenhum dos dois estranhos se ofereceu para ajudar. Porém, rapidamente, Huck e eu conseguimos tirar o barco e a balsa daquela ilhota e voltamos para a veloz correnteza do rio.

"É mió a gente ir pro outro lado", eu disse. "Num tem muita gente do outro lado."

"Cê tem razão", disse Huck.

Um dos homens era velho, talvez com uns setenta anos, talvez mais. Ele chiava terrivelmente ao respirar e eu suspeitava que pudesse morrer. O outro era consideravelmente mais jovem. Ambos apertavam os olhos para enxergar em meio à luz forte do sol e, finalmente, perceberam que eu estava ali.

"Então cê tem um escravo, é?", disse o mais jovem.

"O Jim num é meu escravo, ele é meu amigo", disse Huck, seriamente.

"Tendi. Qual é seu nome, garoto?"

"Huckleberry, mas o povo me chama de Huck. E esse aqui é o Jim."

"Sim, eu sei", ele disse. "Seu amigo."

Aqueles homens me assustavam, mas eu estava consideravelmente mais assustado com os cachorros que ouvia vindo em nossa direção. Só conseguia imaginar que eles estivessem atrás de mim, de modo que fiquei confuso com a presença daqueles dois brancos em nosso barco. Para completar o absurdo, havia o fato de eles serem o oposto um do outro em praticamente todos os sentidos. O mais velho era muito alto e magro, enquanto o mais novo era quase tão pequeno quanto Huck e gordo. O mais novo tinha a cabeça coberta de cabelo preto. O mais velho era completamente careca. O mais velho, barba. O mais novo, barbeado. Olhos azuis, olhos castanhos. Tinham em comum o fato de serem brancos e parecerem suspeitos. O mais velho trazia consigo uma bolsa de carpete toda suja e rasgada.

O mais velho olhou para o mais novo. "Por que você se encrencou, amigo?"

"Acho que por causa de um produto defeituoso. Eu tava vendendo uma pasta que tira o tártaro dos dentes. E funciona muito bem."

"Como que cê se encrencô com isso?", perguntou Huck.

O homem mais novo soltou um suspiro. "É que parece que ela também tira o esmalte dos dentes."

"Isso num é bão mesmo", eu disse, sem pensar.

O homem me lançou um olhar de fúria. "Eu sei."

Desviei o olhar, percebendo que o tempo que eu havia passado sozinho com Huck tinha me feito relaxar de uma maneira perigosa.

O homem mais novo continuou sua história. "Pior que se eu tivesse metido o pé de lá no mesmo dia, não teria me encrencado." Ele se virou para o homem mais velho. "Essa aí é a minha história. Qual que é a sua?"

"Eu tava organizando uns encontro pra falá sobre os males do suco do diabo. Essa moda de culto religioso é bem real, e, se você mirá nas muié descontente com a situação, é como se tivesse achado uma linda pepita de ouro."

"E aí, o que aconteceu?"

O homem mais velho pigarreou. Ele era um tagarela. "Bom, eu tava fazendo uns cinco ou seis dólar por noite, dez centavo por cabeça, criança e crioulo entrava de graça. Daí, uma noite, uma muié — o nome dela era Penny, e ela era linda — me pegou dando um gole escondido no meu trago. E aí a coisa toda degringolou. Eles me pediram uma coisa impossível."

"O que foi?", perguntou Huck, prestando muita atenção em cada palavra que ele dizia.

"Eles me pediram pra devolvê todo o dinheiro. Vai contra os meus princípio fazê uma coisa dessa. Já que eu nunca ia fazê isso mesmo, eu fugi."

"Pelo menos cê ficô com a grana", disse o mais novo.

"Sim, tá tudo bem aqui." Foi aí que o mais velho descobriu o enorme rasgo no fundo de sua bolsa. Ele abaixou a cabeça. "Pelo jeito o Senhor resolveu mesmo castigá esse véio pecadô."

"Escuta, velhote", disse o mais novo. "Cê nunca pensô em tê um parceiro? A gente podia fazê uma dobradinha por um tempo e vê o que acontece."

"Não me oponho totalmente à ideia. Mas, me diga, o que você faz, meu possível parceiro?"

"Eu sô tipógrafo viajante, mas num sô muito bom nisso, possivelmente porque, apesar de eu conhecê as letra, eu num consigo ligá elas de um jeito que eu consiga lê. Ultimamente eu andei tentando patenteá uns remédio. Também fui ator, só que, di novo, a leitura me quebrô. E eu dô meus pulo na hipnose e lendo os formato de cabeça."

"Ah, frenologia", disse o velho. "Essa é uma boa."

"E ocê, veterano?"

"Eu fui médico por muito tempo, mas as pessoa fica meio irritada quando cê piora as coisa. Especialmente quando piora muito. Especialmente quando alguém meio que morre. Então, agora, eu só fico aplicando minhas mão, e só de vez em quando. Sabe como é, pra curar câncer e paralisia e essas coisa."

"Aposto que cê lia o futuro das pessoa também."

"Sim, mas eu miro mesmo é nas crente. Dá pra fazê essas muié tirá toda a roupa delas antes de piscá um olho, só na pregação."

Eu bem que acreditava, pensei enquanto fingia, ao modo dos escravos, simplesmente não estar ali. Depois da crueldade, a característica mais notável dos brancos era a credulidade. O que, inclusive, foi evidenciado pela reação de Huck. Ele disse: "Rapaiz, mas cês são incrível".

"Que nada, garoto", disse o mais velho. "Olha como eu me afundei nessa vida, olha a companhia que o Bom Deus reservô pra mim. Mas eu num posso culpá ninguém além de mim mesmo. Nada pessoal."

"Eu levo pro pessoal, sim", disse o mais novo. "Mas também acho que posso dizê a mesma coisa."

"Só que eu disse primeiro, num foi?" O velho olhou para o outro homem, depois para Huck, e depois até para mim.

"Vô dividi um segredo c'ocês tudo", disse o mais novo.

Huck chegou mais perto.

"Cês promete num contá o que eu vô dizê procês pra alma nenhuma neste mundo? Nem se alguém oferecê um dólar?"

"Eu prometo", disse Huck.

Ele olhou para o velho, que concordou com a cabeça.

"E ocê, crioulo? Consegue guardá um segredo?"

"Acho qui sim."

"Meu bisavô, o fio mais véio do Duque de Bridgewater, fugiu pra este país pra sê um home livre. Ele arrumô uma muié aqui e morreu aqui. Morreu mais ou menos ao mesmo tempo que o pai dele, então o irmão caçula dele se adonô das propriedade e do título. O duque, mesmo, caiu no esquecimento, engolido pela história, mas eu sô descendente dele e portanto" — ele fez uma pausa — "eu sô o herdeiro desse título, por direito. Eu sô o Duque de Bridgewater."

"Misericórdia", disse Huck. "Um duque. Um duque de verdade. Bem aqui na nossa humilde balsa. Cê escutô, Jim?"

"Iscutei, sim, Huck. Misericórdia, meu Sinhozinho, meu Sinhô."

"Como eu devo me dirigi a ocê?", perguntou Huck. "Vossa Duqueza?"

"Vossa Senhoria é mais comum", disse o homem.

"O Duque de Bridgewater", Huck disse para o ar.

"Cê pode me chamá de Bridgewater", ele disse para o velho. "Pra que serve um título, né mesmo?"

"De fato", disse o velho.

Bridgewater lançou um longo olhar de soslaio para ele.

"Escuta, Bilgewater", disse o velho.

"Bridgewater."

"Cê ainda num ouviu a minha história. Cê num foi o único que nasceu com um segredo. O meu é ainda mais triste que o seu." O velho olhou para cada um de nós.

"Qual é o seu segredo, senhor?", perguntou Huck.

"Bilgewater, eu sei que posso confiá na criança e no crioulo, mas posso confiá nocê cum o meu segredo?"

"É *Bridgewater*, e sim, cê pode."

"Cê vai guardá esse segredo até a morte?"

"Vô."

O velho prendeu a respiração por um segundo e então disse: "Criança, cavalheiro, crioulo, eu sou um ex-delfim".

"Cê é o quê?", perguntou Bridgewater.

"De fato, meu bom amigo, a verdade é que, sentado aqui, nesta balsa, com vocês, navegando o poderoso rio Mississippi, está o delfim desaparecido. Eu sou Luís Dezessete, filho de Luís Dezesseis e de Maria Antonieta. Eu fugi da França escondido num barril usado pra transportá algum tipo de queijo fedido. Nem eu aguentava meu cheiro por meses."

"Meu Deus", disse Huck. "Cê ouviu essa, Jim?"

"Sim, meus amigos, eu sô o rei da França, por direito."

"Jim?", disse Huck.

"Eu iscutei", falei ao garoto.

O delfim jogou o rosto nas mãos e começou a chorar. "Oia pra mim", ele disse. "Terrivelmente longe da minha terra e ninguém nunca me chama de 'Sua Majestade' nem de 'Sua Alteza'."

"Não fica triste, Sua Alteza", disse Huck. "Pelo menos aqueles cachorro e aquelas gente certinha não te pegaram."

A face sem lágrimas do idoso saltou de suas mãos. "Sabe do que mais? Cê tem razão, fio. Eu tô livre. Em parte, graças ao Bilgewater aqui. Amigo, o que cê diz de juntarmos nossas força, nós, dois membro da realeza?"

Troquei um olhar com Huck. Suspeito que ele suspeitava que o duque e o rei eram farsantes, mas estava transfixado pela aventura prometida por tudo aquilo. De qualquer forma, eles estavam ali conosco, e não tínhamos como nos livrar deles facilmente.

19.

Os homens nos submeteram a um interrogatório bem razoável. De onde vínhamos? Qual era o sobrenome de Huck? Tínhamos algum dinheiro? Huck teve o bom senso de não revelar os dez dólares que lhe haviam sido dados. Então as perguntas se voltaram para mim.

"Esse crioulo é um fugitivo?", perguntou o Duque.

"Eu já te disse que ele é meu amigo", disse Huck.

"Um fugitivo pode sê seu amigo", retrucou o Rei.

"O crioulo num sabe falá?", perguntou o Duque.

"O nome dele é Jim", respondeu Huck.

"Eu se lembro", disse o Duque. "Cê é fugitivo, garoto?"

"Não, sinhô."

Huck olhou para mim. Lancei um olhar rio abaixo e depois voltei a encará-lo. "Que fugitivo ia fugi pro sul e não pro norte?", ele perguntou.

"O garoto tem um bom argumento", disse o Rei. "Craro que todo mundo ia imaginá que um escravo ia fugi pro norte. Se escafedê pro sul pode sê uma jogada esperta."

"Então ele é seu escravo?", perguntou o Duque.

Huck olhou para mim e eu lhe fiz um discreto aceno com a cabeça.

"Oia, acho que sim", disse o garoto. Deu pra ver o quanto dizer aquilo lhe trouxe dor e desconforto.

"Isso ainda num explica o que cês dois tão fazendo neste rio", disse o Rei. "Um garoto e um escravo, sozinho."

Fiquei olhando para o rosto de Huck e percebi que ele resolveu mergulhar de cabeça naquilo. Seus olhos se iluminaram e, talvez inspirado pelas mentiras dos homens, ele começou: "Meu pessoal é lá do condado de Pike, no Missouri. Eu nasci lá. Toda a minha família morreu de alguma praga desconhecida, todo mundo menos eu, meu pai e meu irmãozinho, Ike. Papai já era pobre e ficô mais depois dos enterro tudo. Cês sabia que tem que pagá um pregador pra ele fazê cum que os seus ente querido possa passá pelos portão do paraíso? Bom, o papai tava cheio de dívida e, depois que ele pagô elas tudo, tudo que sobrô pra ele foram meia dúzia de dólar e o Jim, aqui".

"Que terrível", disse o Rei.

"Mas, enfim, o papai tinha o irmão dele em Orleans, o meu tio Ben. Ele tinha uma fazendinha e o papai achou que era mió a gente ir até lá ajudá ele."

"Parece sensato", disse o Duque.

"Concordo", falou o Rei.

"O Papai não tinha dinheiro pra nos comprá uma passagem num barco a vapor, mas um dia ele deu sorte e encontrô uma balsa."

"Cê qué dizê que ele roubô uma balsa", disse o Duque.

"Ele encontrô uma balsa abandonada", explicou Huck. "Num foi, Jim?"

"Foi sim, Huck. Uma balsa bandonada", eu disse.

"A gente subiu nela e zarpô. Lá pelas tanta a gente ficô com priguiça e deixô o rio nos levá mei de qualqué jeito, mas, quando se deu conta, já tinha um barco de passageiro bem em cima de nós. Foi horrível. Aquela roda gigante batendo na água parecia a vovó fazendo ovo mexido."

"Misericórdia", disse o Rei.

"O papai tava bebo, como ele sempre tava, e eu me perdi dele logo de cara. Tentei nadá atrás do meu irmãozinho, mas acabei afundando. Última coisa que eu vi antes de ficá tudo escuro foi o Jim aqui nadando feito louco atrás do Ike."

O Duque olhou para mim e acenou com a cabeça. "Bom crioulo", ele disse. "Mas cê num conseguiu salvá o garoto, né?"

"Deus sabe qui eu tentei", falei. "A roda bateu na minha cabeça."

Huck pigarreou. "Jim e eu nos agarramo no que tinha sobrado da nossa balsa. Perdi meu pai e meu irmãozinho de uma só veiz." Ele retorceu o rosto e começou a chorar de uma forma que julguei pouco convincente.

Pelo jeito, vigaristas são as pessoas mais fáceis de se enganar. Assim que Huck começou a chorar, os dois homens o acompanharam. Se eu estivesse pensando direito, talvez tivesse acrescentado minha voz ao coro, para amplificar o efeito, mas eu estava mais chocado com aquilo tudo do que qualquer outra coisa.

"Nunca ouvi história mais triste que essa em todos os meus dia de vigarice e falcatrua", disse o Rei.

"Tadinho do Mike", lamentou o Duque.

"Ike", Huck o corrigiu. "Mas, enfim, a gente começô a viajá só de noite porque sempre que a gente viajava de dia, alguém botava um bote n'água e vinha remando pra tentá tomá o Jim de mim."

"As pessoa são horrível, né mesmo?", disse o Rei.

"Eu vô tentá bolá um jeito da gente andá uns quilômetro durante o dia. Deixa só eu pensá um pouco", falou o Duque. Depois de dizer isso, ele se jogou para trás e fechou os olhos, deixando o sol cozinhar seu rosto. "Vô maquiná um pouco."

"Sabe, parece ser uma boa maneira de usar nosso tempo. Acho que vô fazê a mesma coisa", disse o Rei, também fechando seus olhos.

Quando a noite caiu e, normalmente, teríamos pensado em nos mover, começou uma forte tempestade. Vimos relâmpagos iluminando as nuvens muito perto do rio e decidimos permanecer em terra firme, esperando. Ninguém queria ser eletrocutado. Quando os raios tivessem parado, zarparíamos. Os lugares em que costumávamos dormir na balsa tinham sido ocupados pelo Duque e pelo Rei. Na verdade, Suas Majestades ocupavam grande parte do convés de nossa embarcação, nos deixando pouco espaço para nos sentirmos confortáveis. Huck e eu nos sentamos bem perto um do outro, cobertos por uma beirada de nosso teto, não o suficiente para evitar que nos molhássemos, mas, pelo menos, nossas costas permaneceram secas.

A chuva parou no meio da noite. A realeza se alongou, bocejou e ficou procurando por comida ao seu redor. Dividimos nosso peixe seco com eles enquanto flutuávamos rio abaixo.

"Uma pessoa humana não pode sobrevivê cum isso", disse o Rei. "A gente precisa de comida de verdade. Ovo e umas fatia de toucinho."

"A gente precisa de grana pra comprá. E precisa duma cidade", disse o Duque.

"A gente não pode entrá em cidade nenhuma", falou Huck. "Eles vão tentá pegá o Jim."

"Não se eu dissé que ele é meu", disse o Duque.

"Ninguém vai acreditá que cê tem um escravo", disse o Rei. "Cê num aparenta sê rico o bastante pra sê dono de um ser humano."

"E ocê sim?", perguntou o Duque.

"Ora, meu fio, eu sô o Rei da França."

"Bom, muito bem, então, Rei, da próxima vez que a gente tivé numa cidade, cê pode fazê o seu espetáculo pras pessoa e levantá um dinheiro pra nós. O que cê sabe fazê?"

"Eu sei as falas de algumas peças. Posso bolá alguma coisa enquanto cê levanta umas outras coisa pra nós, se é que cê me entende."

Huck se intrometeu na conversa. "Cê num pode dizê pras pessoa que cê é dono do Jim."

"E por que não?"

"Por que cê num é. E como é que eu vô sabê que depois que cê começá a dizê isso cê num vai tentá vendê ele pra alguém?"

O Rei e o Duque se entreolharam.

"Num vô deixá", disse Huck.

20.

Bem quando o dia começava a nascer, apareceram as tochas de uma cidadezinha. O Duque insistiu para que navegássemos mais pelo meio do rio. "Vamo pará mais pro sul dessa aldeia e amarrá a balsa em algum canto. Daí a gente vai a pé até lá e tenta alguma coisa. Que cê acha, Vossa Alteza?"

"Excelente, Vossa Majestade", disse o Rei.

"A gente espera na balsa", falou Huck.

Ambos os homens riram.

"E seria, cum certeza, a última vez que a gente veria ocê e esse crioulo aí", disse o Duque. "Não, garoto, acho que cês dois vão ficá co'a gente."

"Ele tá certo", concordou o Rei. "Cês dois desapareceria nesse Mississippi véio mais rápido que um merguião pescando um peixe."

Eles ficaram olhando enquanto Huck e eu amarrávamos a balsa num grupo de chorões. Cheguei a pensar em jogar neles uma cobra que vi no mato, empurrar Huck para cima da balsa e tentar fugir, mas a água naquele ponto era rasa por uma grande extensão, de modo que eles poderiam nos alcançar. Isso criaria em nossa relação uma dinâmica que certamente não terminaria bem para Huck, e terminaria pior ainda para mim.

"Amarra bem essas corda aí, crioulo", disse o Rei.

"Sim, sinhô."

"Cê num tá pensando em fugi, né, Jim?", perguntou o Rei.

"Num, sinhô."

"Se alguém perguntá, de quem que cê é?"

"D'ocê, sinhô."

"Muito bem."

"Tamo pronto?", perguntou o Duque.

"Vamo lá", disse o Rei. "Garoto, cê vai na frente cum o meu escravo."

Nós fomos. Abrimos caminho pela mata até chegar numa trilha de animais e, em seguida, a uma estrada para carroças. Esforcei-me para prestar bem atenção na interseção entre a estrada e a trilha. Eu não queria que nos perdêssemos tentando encontrar nosso caminho de volta, mas também não queria deixar nenhuma marca nela. Vi um sicômoro enorme com marcas de corda num galho grosso. Meu coração parou quando lembrei de George Novo.

"Que foi, Jim?", Huck perguntou.

"Nada", respondi.

"Eu adoro caminhar por uma estrada rural", disse o Rei. "Tem alguma coisa nelas, acho que é o ar, a liberdade."

"Todas as estrada são igual", falou o Duque. "Elas te leva pra lá e depois pra cá e depois pra lá di novo."

Acabamos chegando ao fundo dos quintais de algumas casas na periferia da cidade. Não tinha uma alma viva por lá.

"Este lugar tá morto", comentou o Duque. "Se eu fosse outro tipo de bandido, já ia roubá uma ou duas dessas casa."

"Isso num seria bão", disse Huck.

Então o Rei avistou um homem andando pelo meio da rua.

"Senhor, perdão por incomodar."

O homem olhou o Rei de cima a baixo.

"O senhor poderia me informar onde foi parar toda a boa gente dessa cidade? Ela me parece muito silenciosa, silenciosa até demais."

Meu primeiro medo, como sempre vinha sendo, ultimamente, era que ele tivesse ouvido falar da minha fuga.

"Esse crioulo aí é seu?", ele perguntou.

"Bem, sim, é, sim", disse o Rei. "Ainda que seja o mais lamentável escravo que se possa encontrar, ele é meu. Um desperdício de ar e de comida."

"Mas, então, cadê todo mundo?", perguntou o Duque.

"Tá todo mundo no culto. Tem um pregador véio fazendo encantamento e curando as pessoa e coisa e tal. Um desgraçado dum paiaço, se quisé sabê minha opinião. Os idiota tudo acreditando e enchendo as cesta dele de grana." Ele ficou olhando o tempo todo pra mim.

"Estou vendo que você está interessado no meu escravo", disse o Rei. "Talvez queira me fazer uma oferta."

"Cê acabô de me dizê que ele é lamentável."

Huck estava prestes a fazer um escândalo, mas lancei um olhar para ele.

"Lamentável, mas não totalmente imprestável", disse o Rei.

"Eu num preciso de nenhum escravo. Eu num tenho fazenda. Eu num tenho loja. Eu sô só um véio." Após dizer aquilo, ele pareceu preocupado com sua própria condição deplorável e começou a se afastar, resmungando para si mesmo. "Minha vida não vale um balde de merda. Por que diabos eu ia querê outra boca pra alimentá?"

"Um culto?" Os olhos do Duque se iluminaram. "Meu caro parceiro, será que posso tentar fazer um discurso para a multidão que estamos prestes a encontrar?"

"Ainda que seja a minha especialidade, por favor, fique à vontade", disse o Rei.

Enquanto íamos nos aproximando dos limites da cidade, Huck disse para o Rei: "Cê num tem o direito de puxá essas conversa sobre vendê o Jim".

"Sugiro que você cale a boca, criança."

"Cumé que cê num tem sotaque?"

"Como assim, garoto?"

"Cê num parece francês. Cê pelo menos sabe falá francês?"

"Eu num gosto de ficá me amostrando, garoto. Num quero sê mau exemplo. Além do mais, o francês é uma língua muito complicada. Só de escutá, o seu ouvido pode ficá consternado de tal maneira que cê jamais vai se recuperá. Então eu uso esse idioma com muito cuidado."

Devia ter mais de trezentos brancos, de pé, debaixo do sol, num gramado no topo de uma colina. Algumas mulheres haviam trazido cadeiras dobráveis e estavam sentadas enquanto tricotavam ou faziam crochê. Alguns jovens tinham formado pares e estavam escondidos no meio do mato, se beijando e se tocando. Na frente da multidão havia uma pequena tenda, dentro da qual estava um homem branco, grandalhão e pesado. Ele estava todo vestido de branco, causando um impacto e tanto, parado de pé, flanqueado por dois homens muito menores que ele, também vestidos de branco. A voz do grandalhão retumbou: "Quem é o próximo pecador?".

Uma dupla de mulheres carcomidas foi levando outra mulher, ainda mais carcomida, até ela parar na frente do grandalhão.

"Que mal lhe aflige, irmã?"

"Ela mal consegue andá", disse uma das mulheres. "Se batê um ventinho, ela sai voando que nem se fosse uma folha."

"Ela tem uma perna curta e uma perna cumprida", explicou a outra mulher que a segurava.

"Qual das pernas é a comprida, garotas?", perguntou o pregador.

As duas mulheres confabularam entre si. "Essa aqui", uma disse, apontando para a perna direita da mulher. O grandalhão pôs a mão gigantesca espalmada sobre a cabeça da mulher doente. "Senhor!" Ele parou. "Qual o nome dela, irmã?"

"Jeanette Booth", disse a mulher.

"Misericórdia! Jeanette Booth ainda por cima tem as pernas diferentes. Jesus, meu Senhor, Deus Todo-Poderoso, Jeanette Booth precisa do seu espírito intercedendo por ela, para fortalecer seu corpo e endireitar essas pernas defeituosas. Cura! Cura Jeanette Booth! Aceite Jesus nosso Senhor Cristo Todo-Poderoso em seu enorme coração."

Jeanette Booth deslizou o pé esquerdo alguns centímetros para a frente e, em seguida, o jogou, bem alto, para cima, pisando o chão com um baque surdo.

"Boa garota, Jeanette Booth. Dê mais um passo. Com as duas pernas, irmã. Com as duas pernas."

Jeanette Booth deu um passo curto, depois um passo longo para longe do pregador e, então, virou-se para andar de volta. Seu pé direito ia para a frente e o seu pé esquerdo acompanhava.

Algumas pessoas aplaudiram. Algumas mulheres cantaram. Um homem fez sons incompreensíveis usando a boca e a língua estranhamente ágil e comprida. Uma gorda desmaiou.

Os soldados baixinhos vestidos de branco do pregador começaram a andar pela multidão carregando cestos e, bem como o velho na rua havia descrito, as pessoas começaram a jogar seu dinheiro lá dentro como se quisessem se livrar dele.

"Meu Deus, isso é uma mina de ouro", disse o Duque. "Olha só pra isso, velhote."

"O que temos aqui?", perguntou o pregador grandão. "Seria mais um pecador adoentado e oprimido?"

Huck inclinou-se para mais perto de mim e sussurrou: "É tudo um bando de mentiroso".

"É, sim", concordei.

O Duque ergueu os braços. "Não, reverendo, embora eu seja um pecador, não estou aqui nessa qualidade neste momento. Eu fui inspirado por este seu encontro aqui, deslumbrado, ou melhor dizendo, assombrado. Quase fui às lágrimas. Você realmente reuniu aqui uma gente muito boa ao redor dessa sua tenda modesta."

"Ora, muito obrigado, estranho", disse o pregador.

"Me fez lembrar do culto que salvou a minha vida. Ele me fez mudar, de verdade." O Duque se postou na frente do pregador e, agora, o palco era seu. "Sabem, meus amigos, eu era o pior dos homens. Eu era pirata."

A multidão se espantou.

"Um pirata em alto-mar, onde roubei e matei e fiz todo tipo de coisa nefasta, o tipo de coisa sobre as quais pessoas decentes nunca falam."

"Cadê o seu tapa-olho e o seu papagaio?", gritou alguém, produzindo uma onda de gargalhadas.

"Ah, mas eu tinha um mesmo, irmãos e irmãs. Eu tinha um, bem aqui, neste olho, mas o Senhor, bem como ele fez por alguns de vocês hoje, aqui, devolveu a visão do meu olho morto." Aquilo fez todos se calarem. "Eu era um homem mau, muito mau. Então acabei indo a um culto, exatamente como este aqui, exceto que era debaixo de uma tenda enorme, uma tenda branca que nem uma nuvem, e lá eu me encontrei com Deus Nosso Senhor Todo-Poderoso, Jesus Cristo, Nosso Salvador."

"Puxa, ele é bom", sussurrou Huck.

"Isso a gente tem qui adimiti", sussurrei de volta. Fiquei olhando às minhas voltas para avaliar o efeito que o Duque estava tendo sobre a multidão. Todos prestavam muita atenção em suas palavras. Então percebi uma coisa estranha, uma coisa que eu deveria ter notado logo de cara. Não havia nenhum negro por ali. Nenhum escravo. Em seguida, me lembrei do galho marcado daquele sicômoro na estrada e senti o medo revirando meu estômago.

O Duque continuou: "Já estive em muitos lugares e conheci muita gente; ateus e pagãos, meretrizes e prostitutas, vigaristas e até mesmo alguns rematados demônios. Naquele culto, debaixo daquela tenda, que mais parecia uma nuvem branca, o espírito divino de Jesus Nosso Senhor foi soprado pra dentro dos meus pulmões, e eu deixei de lado a minha vida de luxúria e maldade e resolvi devotar minha existência à conversão de ateus, pagãos, jogadores, prostitutas e demônios em bons cristãos, tementes a Deus e adoradores de Jesus".

A multidão urrou e aplaudiu.

"Vejam, por exemplo, o meu crioulo, ali", disse o Duque, apontando para mim. "Ele é nativo de Bornéu. Eu o encontrei lá, roendo os ossos do pobre missionário que me precedeu. E olhem para ele agora — vocês também verão a luz do Cristo reluzindo às suas voltas. Talvez seja difícil enxergá-la neste sol tão forte. Venha até aqui."

Segui suas instruções, deixando Huck parado onde estava.

O Duque pôs a mão no topo da minha cabeça. "Vocês já tinham visto uma luz como essa emanando de um crioulo?", ele perguntou. "Mal dá pra dizer que ele já foi escravo. E isso porque ele é escravo do Senhor."

Foi nesse momento que ser considerado secundário num mundo de brancos valeu a pena, uma vez que o Duque esqueceu meu nome e me apresentou como Caesar. "O Caesar aqui é um exemplo da minha boa obra, da obra do Senhor. Vocês não querem me ajudar a salvar os outros ateus, pagãos e demônios deste mundo?" Ele acenou com a cabeça para o Rei.

O Rei abriu um saco e o entregou para Huck. "Vai lá, garoto, e recolhe o dinheiro." Huck pegou o saco. "E sem pressa", ele disse ao garoto. "Não passa correndo pelo pessoal — dá tempo pra eles ficarem nervosos e serem vistos pelos vizinhos."

O Duque continuou. "Enquanto vocês metem a mão no bolso para me doarem o que puderem, vou pedir ao meu colega missionário para entretê-los com um pouco de teatro daquele camarada inglês chamado Shakespeare. Eu sei que vocês já ouviram falar dele, aquele compositor do velho mundo que escreveu poesias, peças e coisas assim. Sr. Bilgewater?"

O Rei lançou um olhar severo para o Duque. Ele se posicionou na frente da multidão e encheu o peito de ar. Sua cabeça careca refletia a luz intensa. "Acho que vou usar isso como isca", ele disse, sua voz mais grave do que nunca. "Se não servir para alimentar mais nada, servirá para alimentar minha vingança. Ele me desgraçou, e me tomou meio milhão, riu de mim, zombou de minhas conquistas, desdenhou de meu país, atrapalhou meus negócios, afastou meus amigos e atiçou meus inimigos, e por qual motivo? Porque eu sou judeu. Um judeu não possui olhos?"

O Duque fez uma careta e se inclinou na direção do Rei. "Judeu? O que cê tá fazendo?", ele sussurrou.

"É o único discurso que eu sei de cabeça", ele sussurrou de volta.

"Oia, num é bom, não."

"Vô tentá outra coisa", disse o Rei. Ele pigarreou e sacudiu a cabeça, olhando para sua plateia, agora confusa. "Quem seria essa donzela, que enternece a alma deste cavaleiro? Oh, é ela quem ensina as tochas a arderem, resplandecentes, na escuridão da noite, é ela quem adorna a face da noite, como uma joia rara pendurada numa orelha qualquer, bela demais para ser usada, cara demais para a própria terra! Então uma pomba branca como a neve..."

Alguém gritou: "Ele disse que é judeu?".

"Acho qui foi isso que eu ouvi", disse outra pessoa.

"Vocês tem de entender", falou o Duque, "que estas são falas tiradas de uma peça, que foi escrita com o objetivo de soltar as amarras em sua mente."

O pregador grandalhão vestido de branco voltou para a frente do palco, obviamente irritado com o fato de sua empreitada ter sido usurpada. Ele vislumbrou uma oportunidade para retomar o controle. "Mas ele disse claramente que é judeu."

"Não, quem disse isso foi Shakespeare", disse o Rei.

"Shakespeare era judeu?"

"Não, Shylock era judeu."

"Quem diabos é Shylock?", perguntou o pregador.

"É o sujeito que diz essa fala na peça", disse o Rei.

"Você foi mesmo pirata?", o pregador perguntou ao Duque.

Para mim ficou evidente que o pregador se arrependeu imediatamente de ter aberto aquela porta, porque o Duque tentou reconquistar a multidão no mesmo instante.

"Lá estava eu, a bordo do ótimo *Whiskey Mack*, com o seu terrível capitão, Ahab, e sua perna de pau. Nós tínhamos acabado de pilhar um galeão espanhol, roubar toda sua comida e seu ouro e violentar as poucas mulheres a bordo."

As mulheres na plateia se assustaram.

"Saibam que eu, particularmente, não fiz isso", disse o Duque. "Pois, mesmo quando era ateu, sempre fui um cavalheiro cortês." Ele fez contato visual com algumas das mulheres. "Na verdade, pode-se dizer que foi uma mulher, tanto quanto aquele culto, o que me trouxe de volta ao convívio em sociedade. O nome dela era Annie."

Algumas mulheres se endireitaram em suas cadeiras para ouvi-lo.

"Tudo bem, já chega", disse o pregador. "Este é o meu culto."

Huck voltou para o lugar onde estávamos com o saco cheio de dinheiro. O Rei o tomou de suas mãos sem nem olhar para ele.

"Mas é claro, pregador, reverendo, peço mil desculpas, mas a sua congregação aqui é uma reunião de gente tão maravilhosa que me deixei levar. Quero agradecer a todos por terem me ajudado em minha empreitada como missionário."

"Excelente", sussurrou o Rei.

"Ei", gritou um homem de ombros largos. "Esse seu crioulo aí num parece que é de Bornéu."

"E você sabe onde fica Bornéu?", perguntou o Duque.

"Hã, não."

"Nem eu", disse o Duque. "Mas o coitado desse crioulo aqui sabe, porque é de lá que ele vem. Não é mesmo, Octavius?"

"Achei que cê tinha dito que o nome dele era Caesar." Isso veio de uma mulher na primeira fileira.

"É comum que os crioulos de Bornéu tenham dois, às vezes até três nomes", disse o Rei.

"Eu num credito numa palavra do que cês tão dizendo", falou o homem de ombros largos. "Quero meu dinheiro de volta."

Huck se encolheu para perto de mim. Uma reação estranha, porque eu era a única pessoa ali que não poderia lhe oferecer proteção.

"Mentirosos!", a multidão bradou. "Charlatões!"

"Já faz uma semana que a gente num enforca ninguém", gritou um homem.

"Cê tá sempre falando de enforcamento", uma mulher gritou com o homem.

"E daí?", o homem gritou de volta. "É o que esses mentiroso merece."

21.

Mais depressa do que alguém seria capaz de dizer "velho Ben Franklin", eu e Huck já estávamos correndo na direção dos prédios do vilarejo. Pelos ruídos de comoção vindos de trás de nós, era evidente que o Duque e o Rei estavam correndo também. Virei-me e vi que a lona da tenda havia sido rasgada ao meio, causando uma confusão considerável, uma vez que havia caído por cima de parte da multidão. Quando chegamos aos subúrbios do vilarejo, percebi que Huck estava ficando cansado. Então ele se desviou do caminho e começou a me puxar.

"O que foi?", perguntei.

O garoto havia parado na frente de uma loja, onde avistou um cartaz pregado a uma parede. Olhei e vi o desenho do rosto de um homem negro.

"Esse pode sê ocê, Jim", disse Huck.

Logo abaixo do desenho estava escrito FUGITIVO.

"Pode sê um outro fugitivo, né?", perguntou Huck. "Tem sempre um escravo fugindo."

"Acho qui esse aí é eu, mesmo", eu disse. "Mesmo si num fô, parece dimais cumigo."

"Tem uma recompensa de trezentos dólar por ocê, Jim."

"Nóis pricisa corrê", eu disse, puxando Huck comigo. Com o canto do olho, eu vi de relance que o Rei e o Duque pararam pra olhar o mesmo cartaz. Eu mal conseguia respirar. Minha cabeça ficava me levando de volta ao pobre George Novo amarrado sendo chicoteado, às três vezes que vi escravos enforcados em árvores, à visão daquele galho de sicômoro todo marcado na estrada. Abaixei a cabeça e corri, se não mais rápido, com mais força, agora que estava carregando Huck comigo.

Eu não disse nada, só fui abrindo caminho, ofegante, por entre as construções, tentando aumentar o espaço não só entre nós e o povo do vilarejo como também de nossos amigos da realeza. Para eles, eu representava mais um esquema para ganhar dinheiro.

"Jim?"

Soltei o garoto no chão para recuperar o fôlego.

"Tô cum medo que o Duque e o Rei vão querê te entregá pra pegá o dinheiro da recompensa. Cê pensô nisso?"

Olhei o garoto nos olhos e fingi surpresa. "Cê tem razão, Huck. Acho qui é sumemo que eles vai fazê."

"Eu vi que eles olharam praquele cartaz."

Nós estávamos na mesma estrada que havíamos seguido para chegar ao vilarejo. Não conseguíamos ver nem ouvir ninguém atrás de nós.

"Cê acha que aquele pessoal pegô o Duque e o Rei?", perguntou Huck. "Deus que os ajude se pegaram."

"Num sei", eu disse, torcendo para que eles tivessem sido capturados.

"O que eles vai fazê com eles?"

"Nóis tem que continuá, Huck."

Seguimos pelo caminho até eu avistar o sicômoro de referência. Fui nos guiando pelo meio do matagal.

"Como cê sabe que é por aqui?", perguntou Huck.

"Eu tô sintindo."

Corri de volta até a estrada e usei um pouco de folhagem para encobrir nossos rastros. Eu tinha quase certeza de que nenhum dos vigaristas havia percebido a interseção das duas trilhas. Começou a chover, no início de leve e depois forte o bastante para que a trilha de animais se tornasse escorregadia. Fomos deslizando e derrapando ladeira abaixo na direção do rio e, depois, saímos à procura de nossa balsa. Levou algum tempo, mas a encontramos. O Duque tinha atado uma das cordas usando um nó impossível. Como Huck não conseguiu desfazê-lo, comecei a trabalhar nele. Então ouvimos gritos e berros enfurecidos vindos do matagal. Eu me virei e soltei a ponta da corda presa à balsa. Puxei Huck para cima da balsa e nos empurrei para dentro da água até que ela estivesse pela minha cintura. Nós já estávamos bem distantes, sendo levados pela correnteza, quando o Duque e o Rei começaram a gritar, da margem, para que voltássemos.

"Será que a gente salva eles, Jim?"

O garoto era tão inocente.

"Huck, eu acho qui si nóis salvá eles, eles vai mi intregá. Que qui cê acha?"

O garoto examinou a questão por um instante. "Acho qui cê tá certo. Mas o que que aqueles pessoal vão fazê cum eles?"

"Sei lá, Huck. Di repente só vão cobrá uma multa. Ou vão cubri eles cum piche e pena. Sei lá."

"Isso parece horrível."

"Acho qui é. Mas eles tava robando daqueles pessoal. Contando mintira. Quele um lá nunca foi pirata!"

"É, mas as pessoa tava gostando, Jim. Cê num viu as cara delas? Elas sabia que eles tava mentindo, mas elas queria acreditá. Que cê acha disso?"

"As pessoa são ingraçada. Elas credita nas mintira qui elas qué e joga fora as verdade qui assusta."

O rio começou a nos puxar com toda a sua força, e ficamos assistindo aos homens encolhendo.

"Acho que eu também faço isso", disse o garoto.

"Cumé qui é?"

"Eu tô vendo o quanto cê sente falta da sua família, mas num tô pensando nisso. Eu me esqueço que cê também tem sentimento, que nem eu. Eu sei que cê ama sua família."

"Brigado, Huck."

Estar chovendo nos deixou menos nervosos por estarmos no rio em plena luz do dia e, logo, chegou o entardecer. A chuva parou e nós tiramos nossas roupas para secá-las.

"Eu conheci a sua mãe, Huck."

"Ah, é?"

"É. Ela era muito legal. Foi triste quando ela morreu. Ela num ti conheceu por muito tempo, mas ela ti amava. Cê tem que sabê disso."

Huck não disse nada.

"Eu acho que cê tinha que sabê disso."

"Ela era bunita?", ele perguntou.

"Num sei. Acho qui sim. É perigoso prum iscravo pensá esses tipo de coisa."

"Por quê?"

"Porque o mundo é desse jeito."

"Cê acha esse rio aqui bunito?", Huck perguntou.

"Acho qui sim", eu disse.

"Então cumé que cê num consegue dizê se a minha mãe era bunita?"

"Um rio num é uma muié branca."

"E a sua muié, a Sadie? Ela é bunita. Cê acha ela bunita."

"Sim, mas, Huck, é qui eu sô iscravo. Num isquece nunca disso. Eu num sô um crioulo, só qui eu sô um iscravo."

Depois de um tempo quieto: "Ela era legal? Cê pode me dizê se ela era legal".

"Ela era legal, Huck. Nóis tinha a mesma idade."

"Cês era amigo?"

"Oia ali", eu disse.

"Misericórdia."

Do outro lado do rio, um barco a vapor ardia em chamas. Labaredas subiam pelos céus. Pessoas saltavam para o rio. Barcos menores circulavam em volta, efetuando resgates. Se havia gritos, o vento os levava para longe, para a outra margem, pois não ouvíamos nada, de modo que aquela cena foi se desenrolando como uma espécie de sonho estranho. Um homem em chamas se atirou do convés superior e caiu, como um fogo de artifício, dentro d'água.

22.

Quando passa pelo sul, entre o Missouri e o Illinois, antes de se encontrar com o rio Ohio, o Mississipi faz uma série de curvas monumentais, de modo que, em determinado ponto, o rio aponta levemente para o nordeste, dá mais uma pirueta e volta a rumar para o sul. Tudo que eu mais queria era o Ohio. Agora que viajar para o sul havia se mostrado nada eficiente para despistar meus perseguidores, eu precisava chegar até o Ohio para poder seguir para o norte. Viajar somente a noite tornava nosso deslocamento lento. Alguém que estivesse navegando a favor da correnteza dia e noite poderia viajar no dobro da velocidade. Outra maneira de dizer isso seria que o Rei e o Duque poderiam cobrir a mesma distância na metade do tempo. Chamo a atenção para esse ponto porque foi precisamente o que aconteceu.

Nós nos escondemos e dormimos sob o sol claro apenas para sair de nosso esconderijo no fim do dia e nos depararmos com o Duque e o Rei sentados em nossa balsa, esperando por nós.

"Mas se não é o Hucklelarry e o seu crioulo", disse o Duque.

"É Huckle*berry*. Cumé que ocês chegaram aqui?", Huck perguntou.

"Nóis semo ladrão", respondeu o rei. "Roubamo um barco."

Ele apontou para um esquife amarrado num chorão logo adiante.

135

Parecia um pesadelo vê-los ali. Foi como se eles tivessem surgido do nada. E estavam tão seguros e cheios de si.

"Cumé que ocês se livrô daquela multidão?", Huck perguntou.

"Ah, a gente se escondeu dentro duma loja e esperô eles passá", disse o Duque.

"Esperar sempre compensa", acrescentou o Rei.

"Isso mesmo." O Duque olhou para o morro que estava às nossas costas. "Eu nem pensaria em fugi pra lá. Tem uma estrada lá em cima, e quem sabe eu num começo a gritá 'fugitivo'?" Ele puxou um papel do bolso e o desdobrou, mostrando para Huck e para mim a minha imagem. "*Fugitivo*. Que palavra bem feia. Né, não, delfom?"

"É delfim. Del-*fim*, Bilgewater."

"É Bridgewater." O Duque olhou para mim. "Mas, enfim, o Rei e eu bolamo aí um novo esquema."

"E qual é?", perguntou Huck.

"A gente vamo entrá no ramo da venda de escravo", disse o Duque.

Eles sorriram. "É perfeito. Olha só, a gente vende o véio Caesar aí. Daí ele foge e a gente vende ele di novo. Ele já é fugitivo, então, procê, num vai fazê a menor diferença. Morto ele num vale nada. Eles só pode te linchá uma veiz, mas nóis pode te vendê várias."

"É genial, e fui eu quem pensô nisso", disse o Duque.

"Na verdade, a ideia foi minha", contrariou o Rei.

"Cê num teria uma ideia boa dessa nem que ocê engolisse uma. Cê nunca teve uma ideia boa na sua vida inteirinha."

"Cê só me conhece há uns poucos dias", disse o Rei.

"E nesse tempo..."

"Escuta, Bilgewater..."

Cutuquei Huck e começamos a nos afastar lentamente, dando passos para o lado, mas o Duque percebeu e fez que não com a cabeça. "Nem pensem nisso."

"Ele num é seu", disse Huck. "Ele é meu escravo. Ele não é de nenhum d'ocês dois."

"Sabe, garoto, cê é menor de idade e tem uma lei estadual dizendo que menor de idade num pode tê escravo", disse o Duque.

"E a nossa história é que ele pertence a eu", o Rei disse. "Essa foi a história que a gente criô, e cê não cooperou com ela. Não tem nada pior que alguém que não coopera. O crioulo era pra sê meu se alguém perguntasse. Então ele pertence a mim. A posse é noventa por cento da lei."

"O que isso qué dizê?", perguntou Huck.

"A história diz que eu sou o dono do Caesar, então, na vida real, eu sou dono do Caesar."

"Mas, enfim, ele fugiu de nóis, e isso nóis num vai admiti", disse o Duque. Ele tirou seu cinto de couro. Eu, claro, vi aquilo como mau sinal e, instintivamente, dei um passo para trás. "Viu, ó lá, já vai tentá di novo. Acho que deve sê da natureza dele fugi. Bom, cê num vai fugi disso. Baixa essas calça aí, crioulo."

"Ele num vai", Huck gritou, e pulou na minha frente.

O Duque deu um tapa, jogando para longe Huck, que caiu de mau jeito e soltou um grito. Tentei ir em sua direção, mas o Rei me impediu.

"Oia", disse o Duque, sorrindo. "Então é o seguinte: eu posso dá uma surra nocê ou dá uma surra no garoto. Que que cê prefere, crioulo?"

"Tu pódi me arrebentá", eu disse. "Mas eu num vô baixá minhas calça."

"Que que cê disse?"

"Eu disse qui num vô baixá minhas calça."

O Duke desferiu um golpe com seu cinto, me acertando nos joelhos. Doeu muito. Ele riu e me bateu mais uma vez. Eu nem me mexi.

"Cê viu só?", disse o Rei. "Falei, cê viu isso? Ele nem sente como um homem humano."

"Senti ele sente", falou o Duque. Ele me bateu de novo. De novo. Umas dez vezes, mais ou menos, nas coxas. Eu sentia minha carne se abrindo. Foi uma dor ardida o que me levou ao chão, de joelhos. O Duque ficou todo suado. Huck estava chorando.

"Não machuca muito ele", disse o Rei. "A gente tem que podê vendê. Nós não vamo consegui um tostão furado por ele se estiver todo arrebentado."

"Puxa vida, cara", disse o Duque. "Ele num é uma pessoa. Ele num sente dor que nem a gente sente. Ele precisa levá um corretivo pra nunca mais esquecê. Senão, ele vai enfiá na cabeça dele que tem que fugi di novo. É assim que essas criatura são."

"Para", gritava Huck.

"Quem sabe num sobrô um pouco procê também, garoto", disse o Duque.

Huck me olhou nos olhos e entendeu que eu estava dizendo para ele recuar.

23.

Não viajamos aquele dia, pois o rio estava todo mexido e furioso. O Rei alegou que certamente ficaria enjoado em mares tão revoltos. O Duque e o Rei ficaram refestelados no conforto enquanto Huck e eu pescávamos uma montanha de peixes. Os dois homens ficavam expostos, sob a luz do dia, sem medo de serem vistos. Isso era novidade para mim e para Huck. Um garoto e um negro despertariam suspeitas, mas adultos brancos e um negro era uma coisa normal.

Huck e eu puxávamos bagres da água enquanto os dois jogavam conversa fora. "Eu nunca tinha visto dois sujeito falá tanto e dizê tão pouco", disse Huck.

"Quasi parece qui eles é pregadô", respondi.

"Cê sabe do que eu gostaria agora, Bilgewater?"

"Do quê, delfom?"

"De dá um golinho. Sim, eu sei que eu tava pregando temperança praquelas senhoras lá no Illinois, mas não tem nada de errado com a sensação gostosa e quentinha que só uma bela garrafa de licor de milho pode te proporcioná."

"Por mais que me dói concordá c'ocê, e até por puro princípio, eu tenho que concordá c'ocê. Próximo vilarejo que a gente achá, vamo direto pra taberna", disse o Duque.

"Próximo vilarejo. Essa é engraçada, e muito boa pros nossos plano. Tem um vilarejo perto daqui que é metade no Missoura e metade no Illinois. Então eles nunca sabe de onde cê tá chegando ou saindo. Acho que a gente pode vendê o crioulo num dos lado da cidade e ajudá ele a fugi pro outro."

"Bem o meu tipo de vilarejo. Eu queria pitá um charuto."

O Rei fez "hmmm" e disse: "Se eu tivesse uísque pra bebê e um charuto pra fumá, eu corria minha vida inteira parado no mesmo lugá".

"Se as muié gostasse de mim o tanto que eu gosto delas, eu... eu... num lembro o resto", disse o Duque.

"Que pena", disse o Rei. "Tinha começado bem."

"Cê acha mesmo que esse vilarejo vai sê bom pra gente dá esse golpe?", perguntou o Duque.

O Rei fingiu dar uma tragada em seu charuto imaginário.

"Bota mais um bagre no fogo", disse o Rei, e ficou me encarando.

Desviei de seu olhar. "Tem alguma coisa nocê, Caesar", ele disse.

"O nome dele é Jim", disse Huck.

"Que seja." O Rei fez um gesto de desprezo com a mão. "Caesar, Jim, April, Boyboy, Mandingo, não faz nenhuma diferença. Mas eu vô te dizê uma coisa, se ocê fugi de novo, vai sê pior que da outra vez. Tem alguma coisa nocê", ele repetiu.

Demos uma longa caminhada até os limites de um vilarejo. Escravos, em sua maioria mulheres e crianças, colhiam batatas da terra e as jogavam dentro de sacas. Fiquei observando uma mulher, pequena e idosa, tentando arrastar um saco do tamanho dela por entre as fileiras da plantação. O mais triste foi que a visão daquilo tudo me fez relaxar, como se aquela imagem representasse a realidade, o que era normal. Percebi que eu estava mancando do castigo que o Duque havia aplicado às minhas pernas. Ele vinha andando pouca coisa atrás de mim, enquanto o Rei ia abrindo o caminho.

"Não é pra mancá", disse o Duque. "Menino, eu tô falando contigo."

Virei-me para olhar para ele. "Sinhô?"

"Anda direito. Não é pra ficá rengueando. Cumé que eu vô consegui um preço bom por um crioulo aleijado?"

Esforcei-me para andar direito.

O Rei gesticulou com o braço. "Tudo que fica ao sul dessa estrada é Missoura. Parece a mesma coisa, mas num é. Acho que dá pra gente aplicá vários golpe ao mesmo tempo aqui nesse lugar. Quem sabe eu leio uns futuro."

"Isso sempre é uma boa", disse o Duque. "Só não faz aqueles seus discurso di novo. Nenhum deles."

Paramos na frente de um bar. Ouvia-se música sendo tocada por um piano desafinado do lado de dentro. O Duque deu um tapinha no rosto de Huck. "Escuta aqui, garoto, nóis vai tomá umas aí dentro e cê e o crioulo vai ficá esperando a gente bem aqui. Não ali." Ele apontou. "Não lá. Aqui." Ele olhou para nós dois. "Onde cês é pra tá?"

"Bem aqui", disse Huck.

"Porque se ocês num tivé aqui, eu vô mostrá procês como existe coisa pior que a morte. Cês me entenderam?"

"A gente entendeu", disse Huck.

"Delfom, vamo lá."

Eles entraram na taverna. Huck olhou para mim. "Vamo fugi?"

"Acho qui si a gente fugi eles vai pegá nós e ti dá uma surra e mi inforcá." Olhei para os dois lados da rua abandonada, de chão batido. "C'as perna desse jeito, eu num cunsigo corrê muito rápido. E nóis tá bem longe do rio."

"A gente pode corrê só até o outro lado do vilarejo", disse Huck.

"Num faiz a menó diferença, Huck. Istado livre, istado di iscravo. Num faiz diferença ninhum dos dois lado."

"Eu num gosto nadinha deles", disse Huck.

"Nem eu", concordei.

Ficamos sentados no lugar que nos foi indicado por um longo tempo, bem ao lado da taverna, numa escada que levava a um beco. Alguns homens vieram caminhando até o bar, mas ninguém nos perturbou ou sequer pareceu ter nos visto.

"E se eles te venderem e cê num consegui voltá?", perguntou Huck. "O que que a gente faz?"

"Daí eu vô sê duns outro branco. Pódi sê qui eles vai mi batê, pódi sê qui não. Num é como si a minha vida fosse mudá muito."

"Não gosto nem um pouco disso", disse o garoto.

Dei de ombros. Fiquei pensando sobre a nossa situação. "Si a gente incontrasse um ataio pro rio, daí talveiz a gente pudesse iscapá."

"E cumé que a gente vai achá uma coisa dessa?", ele perguntou.

"Acho qui cê podia preguntá pralguém", eu disse.

"Eu podia, né mesmo?"

Bem quando estávamos deliberando sobre aquilo, um homem saiu do bar. Ele se escorou na parede e ficou olhando fixamente para nós dois. Estava bêbado.

"Ei, cê é um crioulo", disse o homem. "Por que que cê num tá coiendo batata?" Ele deu um soluço. "Mas faz sentido. Mesmo os crioulo tem o direito de sentá e descansá." Ele deu uma risada. "Num é verdade?"

Dei um empurrãozinho em Huck.

Huck olhou para mim, depois para o bêbado e, lentamente, acabou entendendo. "Ei, senhor."

"Sim, meu jovenzinho?"

"Cê sabe me dizê qual que é o caminho mais rápido pro Mississippi?"

"O rio Mississippi", disse o homem. "O Lamacento, o Riozão, o Velhão, o Azulão. Que que cê vai fazê no rio, fio? É todo moiado e grande e fundo. Foi lá que eu perdi minha muié e todo meu dinheiro num barco de passageiros chamado *Chester*. O rio Mississippi. Quem qué sabê desse rio?"

"Eu quero", disse Huck.

"O Encontro das Águas. O Mississippi. Quem qué sabê?"

"Eu quero, senhor."

"Ele é seu escravo?", o homem perguntou.

"Sim", disse Huck. "O rio. Pra que lado fica?"

"Que que cê qué cum ele?"

"A gente qué ir lá pescá uma montanha de bagre."

O homem fechou os olhos e jogou a cabeça para trás. "Hmmm, bagre. Parece bão. Eu sei cozinhá muito bem esses bicho. Me traz uns bagre aqui que eu te mostro cumé que frita. Eu gosto de fritá eles na banha do toucinho. Que que cê acha?"

"Pra que lado é, senhor?"

"Pra que lado é o quê?"

"O rio, o Mississippi."

"Cê tem uma faca? Cê vai precisá duma faca pra limpá esses peixe."

"Sim, eu tenho uma faca", disse Huck. "Por favor, senhor. Pra que lado?"

O bêbado apontou para o norte, mas não disse nada.

"Si a gente pegá o ataio pro rio, sem a nossa balsa, num tem muita coisa pra gente fazê quando a gente chegá lá", eu disse.

"A gente pode roubá um barco", sugeriu Huck.

Particularmente, eu não tinha problema nenhum em roubar um barco se fosse para ficar bem longe daqueles homens e poder chegar no Ohio, mas sabia que aquilo seria muito improvável. Se eu fosse pego, acabaria na ponta de uma corda. Os degraus de madeira deformados estavam deixando minha bunda dormente.

"Eu detesto ficá sentado aqui", disse Huck.

O bêbado voltou a si. "Então cê qué chegá no rio."

Huck e eu olhamos para ele.

"É, é por ali." Ele apontou novamente para o norte. "E por ali." Ele apontou para o leste. "E ali." Oeste. "Pensando bem, só não é por ali." Ele apontou para o sul, mas encostou o dedo na parede do bar. "Craro que eu num tô dizendo aqui nessa taverna."

"Eu entendi."

"O Vovô das Águas."

"Sim, senhor."

O homem se virou, encostou-se na parede e começou a roncar.

"Ele tá durmindo?", perguntou Huck.

"Acho qui tá", eu disse. "Si a gente vai mesmo fugi, acho que é mió voltá di onde a gente veio. É lá qui vai tá nossa balsa."

"Mas cê mesmo disse que tá longe pra caramba, Jim."

"Sim, mas a gente num sabe pra qui lado qui fica o rio. Esse branco num ajudô em nada, mas ele deixô uma coisa bem crara. Um caminho conhecido é mais curto que um qui cê num conhece."

"E num é que é verdade?"

Estiquei os braços para baixo e toquei nas feridas em minhas pernas. As calças estavam grudadas ao sangue, fazendo os ferimentos arderem. Não expressei meus pensamentos a ele, mas eu sabia que era capaz de correr. Eu sempre era capaz de correr. Mas correr e fugir não são a mesma coisa. Eu poderia acabar como Josiah, correr e terminar de volta onde comecei, de novo e de novo. Naquele momento, eu não tinha um plano, porém, estava claro que precisava de um. Tinha de perguntar a mim mesmo e responder de forma honesta: *O quanto quero ser livre?* E eu não podia perder de vista o meu objetivo de libertar a minha família. O que seria a liberdade sem elas?

24.

Huck e eu cochilamos sentados ali naquelas tábuas. Com aquele pouco repouso, eu me sentia ainda mais apto a sair correndo e, se a cabeça de Huck não estivesse encostada no meu ombro, do jeito que estava, me impedindo de me mover, talvez eu tivesse dado no pé sem ele. Antes que eu pudesse raciocinar um pouco mais sobre aquilo, as portas do bar se abriram e o Duque e o Rei saíram por elas.

"Oia só", disse o Duque. "A hora da soneca."

"A sesta do crioulo, a pestana do escravo", disse o Rei, exagerando um sotaque shakespeareano. "O coma do cativo." Ele estava bêbado e orgulhoso de seus jogos de palavras.

"Cala a boca", disse o Duque. "O cara do bar disse que tem uns quarto que a gente pode alugá aqui na rua, mais lá pra cima."

"E quanto a eles?", o Rei perguntou, apontando para nós.

"Estrebaria. A gente bota eles na estrebaria."

O Duque foi andando na frente, pelo meio da rua. Estava escuro agora. Algumas lamparinas queimavam nas janelas. Encontramos a estrebaria do outro lado do vilarejo. O Rei bateu a sineta e um velho negro apareceu.

"Cadê o ferreiro?", perguntou o Duque.

"Eu sô o ferreiro", disse o homem.

"Qual qui é o seu nome, menino?"

O homem esfregou os olhos e respondeu: "Eu se chamo Páscoa".

"E cê nasceu no Natal, foi?"

"Num, sinhô. Eu naisci na Páscoa."

O Rei e o Duque riram.

"Cê tem grilhão e corrente aí?", perguntou o Duque.

"Tem, sim."

"Pronto, então bota aqui no meu escravo que a gente tá querendo dormi."

O velho olhou para mim e eu fiz um aceno para ele com os olhos. Senti que Huck estava observando nossa interação. "Cê num precisa prendê ele com corrente. O Jim num vai fugi pra parte nenhuma."

"Com certeza não, se ele tivé preso numa corrente", disse o Rei.

"Prende ele aí e me dá a chave", mandou o Duque.

O velho nos deixou e foi buscar as coisas de que precisava.

"Cê qué dizê alguma coisa, crioulo?", o Duque me perguntou.

"Num, sinhô", eu disse.

"Ótimo."

Páscoa regressou. "Cumé qui cê qué, patrão?"

"Prende aqui nessa perna dele. A ensanguentada."

"Sim, sinhô." Páscoa se ajoelhou e passou o dispositivo de metal em volta do meu tornozelo. Foi um terror nostálgico o que eu senti. Não lembrava quando tinha sido a última vez que havia sido acorrentado por grilhões, mas meu corpo reconheceu a sensação. Se houve um momento em que eu estive pronto para fugir, foi exatamente este.

Huck estava tremendo. "Num faz isso."

"Chave." O Duque estendeu a mão e Páscoa largou a chave dentro dela. O Duque enfiou a chave num bolsinho dentro de seu colete.

"Muito boa noite", disse o Rei.

Huck estava ardendo de raiva quando eles começaram a se afastar. Eu o contive, segurando-o pelo ombro. Páscoa notou.

"Sinto muito", disse Páscoa.

Assenti com a cabeça.

"Odeio eles", falou Huck.

Páscoa olhou para mim e fez um aceno inquisitivo com a cabeça na direção de Huck.

"Ele é legal", eu disse.

Páscoa enfiou a mão no bolso e tirou uma chave de lá. "Provavelmente cê vai drumi mió sem essas corrente."

Huck riu. "Duas chave?"

"Eu tenho cinquenta chave qui abre essa tranca. Vão drumi ali naquele monte di feno. Eu prendo ocês di novo di manhã."

"Brigado, Páscoa", disse Huck.

O velho sorriu. "Já imaginô uma coisa dessa, um branco dizendo 'brigado' prum iscravo? Rá, rá. Que qui vai vim depois disso?"

"Já imaginô?", eu disse.

Huck e eu fomos andando até o monte de feno. Estávamos quase mortos, mas felizmente não estávamos mortos. Sem demora, o garoto já estava dormindo profundamente. Eu estava tão exausto quanto ele, mas não conseguia pregar os olhos. Só conseguia pensar em sair correndo.

"Você não vai conseguir correr mais do que ninguém com essa perna", comentou Páscoa.

"Nisso você tem razão", eu disse. Inclinei meu corpo para olhar o rosto de Huck. "Ele está dormindo pesado."

"Qual é o seu nome?"

"Jim", eu disse.

"Prazer em conhecê-lo."

"Idem. Grato por sua ajuda."

Páscoa deu de ombros. "Nóis faiz o qui nóis tem qui fazê."

Nós dois rimos.

"Mas me diga, Jim, o que esse garoto é seu?"

"Ele é meu amigo", eu disse. Foi estranho dizer aquilo, e deve ter sido ainda mais estranho ouvir. "Ele está tentando me ajudar a fugir."

Páscoa olhou para Huck. "Hmmmm."

"O que foi?"

"Branco?"

"Perdão?"

"Ele é branco?", perguntou Páscoa.

"Olha pra ele."

"Eu vejo muitas coisas nesse rosto. Eu vejo..."

"Você tem água?"

"Tem um balde logo ali."

Eu me levantei e fui andando até um tonel de água. Joguei-a no rosto e bebi um pouco das mãos dispostas em concha. Fiquei olhando pelas portas do celeiro para a estrada escura que levava para fora da cidade e, depois, voltei para meu monte de feno.

"Não dá bola pro que eu digo", disse Páscoa. "Apenas lembre que os brancos não veem as coisas do mesmo jeito que nós. Ou eles não conseguem, ou eles não querem."

Concordei com a cabeça.

"Vou apagar a lamparina, agora", disse o velho.

"Ok, Páscoa."

Ele apagou a luz e foi andando de volta até os fundos da estrebaria. Huck se mexeu ao meu lado.

"O Páscoa já foi?", ele perguntou.

"Sim, já foi."

Huck sentou-se no feno.

"Cê não confia em mim, né, Jim?"

"Craro qui confio, Huck. Por causa di que tá dizendo isso?"

"Eu tava ouvindo cê e o Páscoa conversando. Cê num tava falando com ele que nem cê fala comigo."

Eu não disse nada.

"Por que cê faz isso, Jim? Achei que a gente era amigo. Achei que cê confiava em mim."

"Eu confio nocê, Huck. Cumé qui cê num vê? Eu confio nocê co'a minha vida."

"Vô voltá a durmi", disse o garoto. "Só mais uma coisa."

"Sim, Huck?"

"Eu entendo por que cê fala do jeito que cê fala."

"Cumé qui é?", perguntei.

"Qué dizê... faiz sentido."

Fiquei examinando seu rosto. Ele estava falando de olhos fechados, como se estivesse lutando com muita força para não dormir e perdendo a luta. Havia muito disso em sua expressão.

"Tu é um minino muito isperto, Huck."

"Boa noite, Jim."

"Boa noite, Huck."

25.

"Mas que josta é essa?" Uma voz interrompeu meu sono como se fosse um pesadelo. Era o Duque. Ele estava parado de pé, ao meu lado, enquanto eu dormia sobre o feno. O Rei estava às suas costas. "Qual era mesmo o nome daquele crioulo velho?", ele perguntou.

"Páscoa", disse o Rei.

"Páscoa!", gritou o Duque. "Páscoa, vem já pra cá, seu negro!"

"Páscoa!", o Rei gritou também.

Páscoa veio arrastando os pés. "Sinhô?"

"Que que cê tem a dizê sobre isso daqui?", perguntou o Duque.

"Misericórdia", disse Páscoa. "Cumé qui ele se sortô?"

"Eu que te pregunto", devolveu o Duque.

"Fui eu", disse Huck. "Eu não podia deixá o Jim durmi todo acorrentado daquele jeito."

"Cumé que cê tirou os grilhão dele?", perguntou o Rei.

"Saiu facinho."

"Então eles num tava preso muito bem, né mesmo, Páscoa?"

"Mas o sinhô mi viu colocando nele!"

O Duque pegou um chicote pendurado num prego num pilar.

"Mas ele num fugiu", disse Huck.

Pude ver nos olhos do Duque que eu não era seu alvo dessa vez. Olhei para Páscoa e enxerguei o medo em seus olhos.

"Não", pedi.

O Duque olhou para mim. O Rei olhou para mim. Huck olhou para mim. Mas, principalmente, Páscoa olhou para mim. Eu havia dito *não*. O Duque pareceu ter se esquecido de Páscoa e direcionou seu olhar para mim. "Rapaz, agora a coisa vai sê pra valê. Rei, amarra esse escravo ali naquele tronco."

O Rei ficou olhando em volta, procurando por um pedaço de corda.

Mas o Duque não havia se esquecido de Páscoa. O estalo do chicote rasgou o ar e Páscoa desabou no chão. O couro o atingiu na altura do peito e região superior do braço. Sua pele fina começou a sangrar imediatamente.

"Que diabo é isso?", outra voz irrompeu. "Páscoa!" Um homem entrou na estrebaria e se ajoelhou ao lado do escravo caído. "Quem bateu neste homem?"

"Eu bati", disse o Duque.

Era um homem grande e branco, de cabelo e barba branca, todo branco. "O Páscoa é meu escravo", ele falou. "Quem você pensa que é para bater nele?" Ele tomou o chicote da mão do Duque e o encarou severamente. O homem enorme era muito maior do que ele.

Vi o medo nos olhos do Duque e preciso admitir que gostei. Aqueles poderiam ser os olhos de Páscoa. O Rei havia recuado alguns passos.

"Ele deixô nosso escravo solto essa noite", disse o Duque.

"Esse escravo aqui?", perguntou o homem, apontando para mim.

"Esse aí."

"Mas ele tá bem aqui. Ele não fugiu pra parte nenhuma."

"O Jim não é escravo dele", disse Huck. "Ele pertence a mim."

"Você é só uma criança", falou o grandalhão.

"Não escuta esse garoto", disse o Duque. "Ele é biruta. Acha que é amigo desse crioulo."

O homem da barba branca sacudiu a cabeça, talvez enfurecido, talvez confuso. "Eu só sei que cê tava batendo no meu Páscoa. Você num tem o direito."

"Me desculpe, senhor..."

"Wiley."

"Sr. Wiley."

"Cê tá bem, Páscoa?", Wiley perguntou. Ele tirou a camisa do homem e olhou para o ferimento. "Isso não é bom", ele disse. "Não é nada bom. Como é que o meu homem vai trabalhá agora? Diz pra mim. Você é ferrador?"

O Duque disse que não era.

"E esse seu escravo aqui sabe alguma coisa de ferraria?", perguntou Wiley.

"O Jim sabe fazê qualqué coisa", disse Huck.

"No duro?", perguntou Wiley, olhando para mim.

"Acho qui eu sei fazê sapato di cavalo, sim, sinhô", respondi.

"Cê sabe forjá uma ferradura?"

"Acho qui sim."

"É, mas sabe como é, nós só estamos de passagem", disse o Rei, de longe.

"Bom, vocês dois e o garoto podem ficá bem à vontade para seguir adiante. Podem ir pra onde quiserem, mas esse crioulo aqui vai trabalhá pra mim até eu não precisá mais dele."

"Acho que não", disse o Duque.

"A gente pode deixá o xerife resolvê isso", falou Wiley.

"Eu num devia tê batido na sua propriedade", disse o Duque, olhando para Páscoa. "Eu sinto muito mesmo por causa disso. Nós tem uns negócio pra resorvê no vilarejo aí ao lado. A gente cuida disso e depois vorta pra buscá nosso escravo."

Wiley concordou com a cabeça.

O Duque me deu uma encarada bem feia, como se aquilo tudo fosse culpa minha. "A gente volta", ele disse. Em seguida, disse com a boca, mas sem produzir som: "Não foge".

Huck veio andando e parou do meu lado.

"O que cê acha que tá fazendo?", Wiley perguntou para Huck.

"Eu vô ficá aqui com o Jim."

"Já te disse que cê não vai", disse Wiley. "Cê vai é com eles."

"Eu nem conheço eles", disse Huck.

"Ora, mas é claro que cê conhece o seu tio", o Duque disse para Huck. "Num vamo jogá esse joguinho di novo." Ele pegou Huck pelo braço. "Cê vem co'a gente."

Wiley foi ajudar Páscoa com uma ternura que chamou minha atenção. O Duque inclinou-se em minha direção e sussurrou, num tom perverso: "A gente tá com o garoto, então eu espero que cê num tente fugi".

26.

Eles três, os homens e o garoto, desapareceram estrada afora, depois de uma curva. A clareza extrema da manhã parecia incompatível com tudo que havia acabado de suceder. Huck e eu havíamos sido violentamente separados, um evento que, embora inevitável, ainda parecia dissonante e irreal. E eu era, agora, temporariamente ou não, posse de uma outra pessoa branca. Eu não sabia onde meu novo dono morava, só que ele possuía, pelo menos, uma outra pessoa, e que esperava de mim que eu fizesse ferraduras e as pregasse nos cascos dos cavalos.

Wiley me deu uma encarada e depois um tapão nas costas, como se eu fosse um colega. "Escuta, trabalha direitinho que eu te trato bem. Certo, Páscoa?"

"Mas é muito certo mesmo, sinhô Wiley", disse Páscoa.

"Vô tomá meu café da manhã", disse Wiley. Enquanto ia se afastando, ele disse, para o nada: "Esse foi o escravo mais fácil que eu já consegui".

Olhei para Páscoa.

"É verdade. Se ele não tivesse escravos, eu até diria que aquele velho do Wiley era um sujeito decente."

"Se", eu disse.

"Qual é essa sua história com aquele seu garoto? Você o ensinou a parecer branco?"

"O quê?"

"A parecer branco", disse Páscoa.

"Parecer branco? Páscoa, o garoto é mais branco que o Wiley."

Páscoa sorriu pra mim. "O garoto não sabe?"

"Não sabe o quê?", perguntei. "Eu conheci o pai e a mãe dele."

Páscoa balançou a cabeça. Ele se contorceu, pois sua nova laceração lhe causava dor. Passou o dedo em cima dela.

"Você está bem?"

Páscoa riu. "E se não estiver? O que vai mudar? O que você vai fazer a respeito disso? O que é que seria *estar bem*?"

Compreendi perfeitamente o que ele queria dizer.

"O que eu devo fazer aqui?", perguntei. Fiquei olhando ao meu redor, procurando pela bigorna e pelas barras de aço.

"Você precisa fazer três conjuntos de ferraduras até o sol se pôr. Isso são doze ferraduras. É bastante trabalho. E você não sabe absolutamente nada sobre forjar, sabe?"

"Porcaria nenhuma."

"Bom, eu vou te ajudando. Primeiro, alimenta bem aquele fogo, joga bastante carvão dentro dele, vai deixando crescer bem, esquentar bastante." Ele apontou para o fole e me disse para acioná-lo. "Quando o carvão estiver em brasa, enfia uma barra no meio delas e deixa até ela ficar em brasa também. Vai levar um tempo."

Enquanto esperávamos, eu suava. O calor do fogo era intenso e implacável, mas me distraía de minhas preocupações com Huck.

"Houve um linchamento, lá mais pra cima do rio", disse Páscoa.

"Lamento saber disso", eu disse.

"Adivinha por qual motivo?"

Eu não queria dar um palpite, e Páscoa não esperava que eu o fizesse. Sequei a testa com o antebraço e fiquei olhando para ele.

"Um lápis."

Uma lança gelada atravessou meu estômago. "Um o quê?"

"Um lápis. Dá pra acreditar nisso? Um escravo foi acusado de roubar um lápis e eles o mataram enforcado por isso. Nem sequer encontraram o lápis com ele. Pra que um escravo usaria um lápis? Dá pra acreditar?"

"É difícil de acreditar, realmente." Eu conseguia sentir o lápis no meu bolso. Em seguida, fiquei balançado ao perceber que eu pensava nele como *o* lápis e não como *meu* lápis.

"Este mundo é horrível. Os brancos tentam nos dizer que tudo vai ficar bem quando chegarmos ao paraíso. Minha pergunta é: eles estarão lá? Porque daí talvez eu queira fazer outros planos." Páscoa riu.

Eu ri com ele.

"E eles te batizaram de Páscoa."

Fiquei pensando em todo o trabalho que havia para ser feito. "Isso vai levar um tempo", eu disse. "Que bom."

"Os brancos ficam olhando a gente trabalhar e se esquecem de quanto tempo ficamos sozinhos com nossos próprios pensamentos. Trabalhando e esperando."

Eu sorri. "Se eles imaginassem o perigo que é isso."

"Acho que eles nem sabem que conversamos uns com os outros", disse Páscoa.

"Eles não conseguem aceitar. E não vão aceitar. E sempre são pegos de surpresa. Você ouviu falar naquele Denmark Vesey? Ele quase conseguiu conquistar a Carolina do Sul. Tinha armas e estava organizado."

"O que aconteceu?"

"Eles o enforcaram. É claro que o enforcaram. Descobriram seus planos e o enforcaram", eu disse.

"Como eles descobriram?" Páscoa olhou para a porta, como se estivesse procurando por Wiley.

Olhei para o rosto de Páscoa. "Meu povo, meu povo."

"Você acha que aqueles homens vão voltar para te buscar?"

"Não sei." A barra no fogo estava começando a incandescer. "Páscoa, se eu fugisse, o que você acha que Wiley faria?"

"Não sei", disse o velho. "Ele tem cachorros, mas são gordos e preguiçosos. Acho que um não conseguiria seguir o rastro do outro pra voltar pra casa."

"Talvez ele não fosse atrás de mim. Dá muito trabalho perseguir um homem. Quer dizer, eu nem sou propriedade dele. Legalmente."

"Eu não sei. Não sei se ele vê as coisas desse jeito. O que eu sei é que se te pegar fugindo, ele te mata mortinho da silva com um tiro num piscar de olhos. Ele é conhecido por atirar primeiro e perguntar depois."

"Não gostei de ouvir isso."

"Ele se importa é com o trabalho sendo feito. Como eu não posso acionar o fole ou usar o martelo, ele vai ficar furioso. Se você conseguir fazer essas ferraduras, aí talvez ele não vá se incomodar tanto assim se você fugir."

"Ou vai gostar do meu trabalho e chegar à conclusão de que seria bom me manter como escravo dele", eu disse.

"Pois é, tem isso."

"A ponta da barra está vermelha", eu disse.

"Ótimo. Agora, coloque-a sobre a parte mais grossa e arredondada da bigorna e bata nela com um martelo até ficar no formato de uma ferradura."

"Assim?" Bati no aço quente com o martelo pesado. Os golpes contra a bigorna produziam uma música que não era desagradável.

"Deixa o martelo quicar", disse Páscoa. "Você vai gostar."

Segui sua orientação. Deixar o martelo quicar, de alguma forma, o tornava mais leve, ou, ao menos, criava um ritmo que me compelia ao próximo golpe. Em pouco tempo, estava no formato característico de um semicírculo.

"Coloca de volta no fogo", disse Páscoa.

Fiz isso.

"Deixa ficar bem quente e depois você tira fora a ferradura."

"Parece fácil falando desse jeito."

"Quem mais sabe?", perguntou Páscoa.

"Sabe o quê?"

Páscoa sorriu e balançou a cabeça, coçando-a. "Use o fole para deixar o fogo mais quente. Não precisa se esforçar muito pra ver."

"Páscoa, estou tentando fazer uma ferradura aqui. Você vai me ajudar?"

"É claro, irmão."

Páscoa foi me guiando e eu prestando atenção.

"Páscoa, você se lembra de quando você chegou aqui?"

"Aqui com Wiley ou aqui no inferno?"

"No inferno."

"Eu não me lembro direito da minha terra, mas me lembro do navio. Me lembro das violências. Me lembro da água batendo. E você?"

"Nasci no inferno. Fui vendido antes mesmo que minha mãe pudesse me pegar no colo."

"Você não está segurando o martelo direito", disse Páscoa.

"Desculpe."

"Se você não está cometendo erros, você não está aprendendo."

Eu manejava a ferradura formada com uma pinça comprida. Fiquei impressionado com a força que Páscoa devia ter nas mãos. Soltei a ferradura dentro do balde de resfriamento. Eu tinha aprendido a gostar do som e do vapor. Bati um pouco mais nela, os golpes reverberando pelo meu braço e meu corpo, antes de enfiá-la, mais uma vez, no fogo.

"Esquentar e esfriar desse jeito vai endurecer o aço", disse Páscoa.

"Boa metáfora", eu disse.

"É praticamente a única coisa que nós temos", disse Páscoa.

Enfiei a mão no bolso, tirei o lápis de lá e o mostrei a Páscoa.

"Mas que coisa", ele disse.

"George Novo o roubou para mim", contei.

"Você sabe escrever." Não era uma pergunta nem uma acusação. Era mais uma descoberta, talvez um chamado ao dever.

"Eu sei escrever", eu disse.

"Então é melhor você escrever."

"Vou fazer isso", falei.

Era metade da manhã, e eu ainda estava trabalhando na primeira ferradura. Wiley entrou na estrebaria e olhou para mim.

"Como esse menino tá indo?", ele perguntou a Páscoa.

"Ele manja um poco", disse Páscoa.

Eu estava encharcado de suor. Estranhamente, sentia como se estivesse fazendo uma boa desintoxicação. Eu batia no aço, buscando o ritmo que Páscoa havia me ensinado.

"Canta pra mim", disse Wiley.

Olhei para Páscoa. O velho acenou com a cabeça para mim e começou a cantar.

Tu num vai batê, martelo?
Bate sim!
Tu num vai batê, martelo?
Bate sim!

Wiley olhou para mim, e me juntei a Páscoa.

Quebra o cabo do martelo!
Quebra sim!
Quebra o cabo do martelo!
Quebra sim!

Por mais que eu detestasse a ideia de cantar para Wiley, a música deixou o trabalho mais fácil, e gostei de ouvir nossas vozes reverberando pelas paredes do estábulo. Peguei-me cantando com mais força, olhando para Páscoa e achando a canção mais agradável por sua ironia compartilhada.

Tem que martelá na Bíblia!
Tem que sim!
Tem que martelá na Bíblia!
Tem que sim!

"Esse escravo canta mesmo pra daná", comentou Wiley, olhando para mim.

"Ah, mas canta mesmo", uma voz veio de trás de Wiley.

Lá estava um branco pequeno, com talvez outros dez brancos, de tamanhos e formatos variados, segurando maletas pretas de tamanhos e formatos variados. Eles estavam todos vestidos do mesmo jeito, com ternos pretos que me deixaram com calor só de olhar.

"Quem são vocês?", perguntou Wiley.

"Meu nome é Daniel Decatur Emmet. E nós somos os Menestréis da Virgínia."

27.

"Para de cantá e volta a martelá", disse Wiley. Ele virou-se para Daniel Decatur Emmett. "Qual é a de vocês, rapazes?"

"Nós somos os Menestréis da Virgínia. Somos músicos. Nós vamos nos apresentar na cidade." Emmett entregou alguns cartões para Wiley. "Tome — ingressos para a nossa apresentação." Wiley ficou olhando para os ingressos.

"Eu entrei aqui por causa da voz excepcional do seu escravo. Sabe, nós perdemos o nosso tenor, e a voz desse menino é simplesmente perfeita."

"Como assim, perderam o seu tenor?", perguntou Wiley.

"Simplesmente não conseguimos mais encontrá-lo. Nós viajávamos de trem e parece bastante provável que ele, estando bêbado, o que não lhe era uma condição desconhecida, tenha caído ou seja lá de que jeito alguém desembarca de um trem em movimento."

"Entendi."

"Como eu estava dizendo, seu escravo tem uma voz magnífica. A voz dele é melhor do que a do nosso tenor perdido. O nome dele era Raleigh Nuggets, mas isso não importa agora, nem para nós, nem para você e, possivelmente, nem para ele."

"E vocês se chamam de Menestréis da Virgínia, é?", perguntou Wiley.

Todos os homens se inclinaram em direção a um ponto em comum e entoaram uma nota que soou maravilhosamente bem.

"Quanto?", perguntou Emmett.

"Quanto o quê?", perguntou Wiley.

"Pelo seu escravo, aqui. Esse que canta."

Wiley ficou desorientado com a pergunta. Deve ter considerado o fato de que, tecnicamente, eu não era propriedade sua, de modo que não poderia me vender. Ele não tinha um contrato de venda. Mas também devia estar pensando que, na verdade, eu estava sob sua posse e, como eu havia acabado de ouvir e aprender, a posse era noventa por cento da lei. "Cê qué comprá o Jim, aqui?"

"Se este é o nome dele, sim."

Wiley olhou para mim. Ele parecia decente, no fundo, apesar de sua prática de ser proprietário de seres humanos. Mas, antes que ele pudesse dizer o que quer que estava prestes a dizer, Emmett o interrompeu com a mão.

"Escute aqui, meu bom amigo. Um ótimo tenor é algo particularmente difícil de se encontrar. Acredite ou não, eu consigo achar baixos em qualquer vilarejo. Dou duzentos dólares por ele."

Os olhos de Wiley se arregalaram.

"Duzentos, mas nem um centavo a mais."

Wiley olhou para Páscoa como se estivesse procurando por um conselho, mas ele não lhe deu nenhum. Ele olhou para mim como se estivesse me pedindo desculpas.

"E então?", perguntou Emmett.

"Como cê vai botá um crioulo pra se apresentá com vocês?", perguntou Wiley.

"Nós somos uma companhia de menestréis", disse Emmett. "Nós nos apresentamos fazendo *blackface*."

"*Blackface*?", perguntou Wiley.

"Sim, nós esfregamos graxa de sapato no rosto e fazemos de conta que somos negrões."

"Negrões." Wiley riu da palavra. "Cês passa graxa de sapato na cara?"

Emmett fez que sim com a cabeça.

"Que que ainda vão inventá depois dessa?"

"É um ótimo espetáculo", disse Emmett.

"Tenho certeza que sim", falou Wiley.

"Duzentos dólares", repetiu Emmett. "Duzentos e, como eu disse, nenhum centavo a mais."

"Cê tá me dizendo que esse menino vai cantá num palco junto com vocês."

"Ninguém vai saber. Nós vamos passar graxa no rosto dele também. Ele não é tão preto assim, também, né? E então?"

"Cê acaba de comprá um crioulo", disse Wiley. "Um negrão."

"Eu gostaria que assinássemos um contrato de venda", pediu Emmett.

"Mas é claro." Era óbvio que Wiley, na verdade, não queria deixar nenhum tipo de documento ligando-o àquela transação, mas ficou encurralado. Virou-se para Páscoa. "Vai buscar um papel pra mim lá no escritório."

Páscoa saiu correndo.

"É só um segundo", Wiley disse para Emmett.

"Sem pressa."

"Cê tá levando pra você um dos bom", disse Willey. Páscoa voltou, trazendo o papel e, também, uma caneta e um frasco de tinta. "Obrigado, Páscoa, muito bem pensado." Aquilo era mais uma reclamação do que um elogio. "Então vamo nessa. Então vamo lá."

Olhei para Páscoa. Ele sabia o que eu estava pensando. Eu estava ali, parado, ouvindo toda aquela transação, e em nenhum momento me foram perguntadas minha opinião ou vontade. Eu era o cavalo que eu era, um mero animal, mera propriedade, nada além de uma coisa, embora, aparentemente, eu fosse um cavalo, uma coisa, que sabia cantar.

Wiley entregou o papel.

"Obrigado", disse Emmett.

A barba de Wiley se abriu, revelando um enorme sorriso, enquanto Emmett contava o dinheiro. Ele estendeu a pata enorme e o recebeu. "Jim", ele disse, "este é o seu novo dono."

"Daniel Decatur Emmett", apresentou-se o homem. Em seguida ele fez uma coisa que foi mais estranha do que tudo que eu já tinha visto. A visão do gesto paralisou Wiley e Páscoa. Daniel Decatur Emmett estendeu-me sua mão para que eu a apertasse.

Eu olhei para sua mão e, depois, para Wiley e, depois, para Páscoa. Nenhum deles olhava para o objeto da transação, mas sim para a mão parada no espaço à minha frente. Olhei para o rosto de Emmett. Ele parecia aberto e, estranhamente, amistoso. Estendi o braço e apertei sua mão.

"Essa agora me quebrô", disse Wiley.

"Gostei do jeito que você canta, menino", disse Emmett.

"Gradicido, patrão", eu disse.

"Ainda num entendi como é que cê vai botá ele em cima dum palco do seu lado", disse Wiley. "Qué dizê, olha pra ele."

"Isso é problema meu, agora", disse Emmett. "Vamos lá, Jim."

Emmett me deu um tapinha nas costas e, depois, o resto dos Menestréis da Virgínia se agrupou à minha volta, todos me deram tapinhas nas costas, me viraram na direção contrária e, juntos, saímos caminhando de dentro do estábulo da estrebaria como se fôssemos um só.

28.

Os Menestréis da Virgínia tinham montado seu acampamento bem na saída da cidade. As barracas estavam armadas e uma fogueira seguia ardendo quando retornamos a ele. Um homem baixo me ofereceu um líquido marrom numa caneca de lata. Eu nunca havia sentido o gosto, apenas o cheiro, do café. Acenei com a cabeça e aceitei. Esses brancos me assustavam. Eles me assustavam porque não davam muita bola para o medo que eu sentia deles.

"O que cê achô do café?", perguntou o homem que cuidava da fogueira. "Bem bão, né, não?"

Concordei com a cabeça.

"Pessoal, o Jim aqui gostô do nosso café", o homem disse aos outros. Em seguida, apenas para mim, ele disse, baixinho: "O Jimbo provô e aprovô".

Virei a cabeça de lado, como um cachorro, ao escutá-lo. Teria sido bem fácil entender aquilo como se ele estivesse zombando de mim, mas, por algum motivo, parecia mais que ele estava treinando ou se esforçando para fazer com que eu me sentisse à vontade, o que era, ao mesmo tempo, evidência de algum traço de gentileza e uma coisa terrivelmente ofensiva. Sem mencionar que, ainda que fosse bastante loquaz, ele não era nada fluente.

"Bem bão", eu disse.

O homem abriu um sorriso largo. "Meu nome é Cassidy. Eu toco o trombone."

"Que qui é um trambone?", perguntei.

"É tipo uma corneta. Eu mostro procê dipois."

"Gradicido pelo café, sinhô Cassidy."

"Só Cassidy."

Emmett saiu de perto da fogueira e veio andando até mim. "Já está quente o bastante por aqui sem estar perto daquela coisa", ele disse.

"Que qui cês qué qui eu faz, patrão?", perguntei, talvez de uma forma um pouco exagerada, mas eu estava confuso com aquela situação. E prestes a ficar ainda mais confuso.

"Eu quero que você cante", disse Emmett. "Quando chegar a hora."

"Só cantá?"

"Sim. Foi para isso que eu contratei você."

"Mi contratô?"

Emmett ficou me olhando e deve ter dado um sorriso. "Eu não comprei você, agora há pouco, eu te contratei. Eu contratei um tenor."

"Num mi diga."

"Te digo, sim." Ele passou os olhos pelo acampamento, por toda a sua trupe. "Todos nós somos contra."

"Cê tá dizendo qui cês é tudo abaliçonista?"

"Eu não iria tão longe. Nós não estamos trabalhando para que você seja livre, estamos apenas trabalhando. Nós precisávamos de um tenor."

Um homem trouxe um banjo para Emmett. Os outros pegaram seus instrumentos. Cassidy brandia uma corneta comprida, que imaginei ser o tal trombone. "Muito bem, Jim, você está pronto para aprender umas canções?"

Eu não disse nada, só fiquei olhando para ele. Ele me encarou de volta e simplesmente começou a cantar, com um sorriso gigantesco de maluco no rosto:

O Véio Dan Tucker era um cara bem legal,
Lavava a cara com uma frigideira na moral,
Uma roda de carroça pros cabelo penteá,
Morreu com uma bruta dor de dente no calcanhá.

Véio Dan Tucker, sai pra lá,
Cê tá muito atrasado e perdeu a hora do jantá,
Véio Dan Tucker, sai pra lá,
Cê tá muito atrasado pra cumê o seu jantá.

"Por enquanto, você só precisa se concentrar em acompanhar o refrão. Que é 'Véio Dan Tucker, sai pra lá, cê tá muito atrasado pra cumê o seu jantá'. Entendeu?"

Fiz que sim com a cabeça. Eles começaram a tocar de novo e eu cantei junto com eles. Gostei do som da banda, as cornetas, o banjo, o violão e o seu único tambor.

Emmett começou a cantar outra canção:

Quando eu era mais novo, todo dia eu esperava
Pelo meu sinhozinho, e o seu prato eu lhe dava,
Pra matá a sua sede, a garrafa lhe alcançava
E a mosca-varejeira para longe eu espantava.

"Esse é o refrão."

Jimmy debulha o milho, mas eu não ligo,
Jimmy debulha o milho, mas eu não ligo,
Jimmy debulha o milho, mas eu não ligo,
Meu sinhozinho se foi.

E quando, no final do dia, ele cavalgava
Eu, com minha vassourinha, o acompanhava,

Seu cavalo ficava sem eira nem beira
Quando picado pela mosca-varejeira.

Jimmy debulha o milho, mas eu não ligo,
Jimmy debulha o milho, mas eu não ligo,
Jimmy debulha o milho, mas eu não ligo,
Meu sinhozinho se foi.

"Bem boa essa, cê não achou?"

"Boa pra daná", eu disse. Ainda estava processando aquela situação. Para ser bem sincero, não acreditei muito quando ele me disse que eu não era seu escravo, uma vez que tinha acabado de presenciá-lo me comprando com dinheiro. Na verdade, ele tinha, em sua posse, um contrato de venda que me descrevia, sem nenhuma dúvida, como um escravo de pele marrom--clara, com cerca de um metro e oitenta de altura, pés grandes e uma cicatriz na testa, comprado de um homem chamado Wiley. Não um contrato de serviço, um contrato de venda.

"Veste isso", me disse um homem alto e magro. Ele jogou uma pilha de roupas em meus braços. "Veste aí."

Olhei para Emmett e ele assentiu com a cabeça.

"Você pode se trocar naquela barraca", disse Cassidy.

Eu estava, e de maneira nada discreta, assoberbado pela gentileza e deferência no tratamento comigo. Entrei na barraca e me vesti da melhor maneira possível. As calças de lã me davam calor e o tecido pinicava, mas, pior que isso, o material áspero ficava roçando e cutucando as feridas abertas em minha perna. Vesti a camisa branca e o colete. Eu sabia que aquele pedaço de tecido era chamado de gravata, mas não sabia o que fazer com ele. Quando voltei para o lado de fora, os homens riram de mim.

"Dexa eu te ajudá aqui", disse Cassidy. Ele começou a enfiar minha camisa para dentro das calças, mas dei um pulo para trás, me afastando. Delicadamente, ele me assegurou que estava tudo bem. Enfiou a camisa para dentro em todos os cantos. Depois, abriu e fechou de novo todos os botões da camisa, sorrindo para mim o tempo todo enquanto o fazia. "E agora o colete. Provavelmente cê tá achando essa roupa toda muito quente, mas cê se acostuma. Mais ou menos."

"Cum calô eu tô mesmo, isso é", eu disse.

"Nunca se abotoa o último botão do colete", ele disse.

"Por causa di quê?"

"Não sei." Ele pegou a gravata, passou em volta do seu pescoço, deu um nó nela e depois a passou por cima da minha cabeça.

Emmett veio em nossa direção bem quando Cassidy dobrava o colarinho por cima da gravata. "Bom. Não excelente, mas bom. Mais que o suficiente, com certeza."

"Gradicido", eu disse.

Emmett olhou para os meus pés. "O único problema são os sapatos. Nós não temos sapatos sobrando. Nosso antigo tenor os estava usando quando nos abandonou."

"Ficar de pés descalços em cima do palco funcionaria", disse um homem corpulento, do outro lado da fogueira. "É só passar graxa neles, como no resto do corpo dele."

Emmett concordou com a cabeça.

29.

"Fica parado. Não quero que isso pegue no seu olho", disse o homem corpulento. Seu nome era Norman. Ele tinha mãos grandes e estava usando uma delas para virar o meu rosto pra lá e pra cá. Na outra mão grande, ele segurava uma latinha de metal.

"Que qui é isso?", perguntei.

"Tem que passá um pouco de branco em volta dos olhos e da boca primeiro", disse Cassidy.

"Eu tava pensando em passá o branco depois", disse Norman.

"Cê qui é o especialista", disse Cassidy.

"Que qui é isso?", perguntei de novo.

"Isso é graxa de sapato, mas você pode escolher. Eu posso usar resina de lamparina, fuligem ou rolha queimada. O cheiro é diferente. E todas são difíceis pra caramba de tirar."

"Num sei, patrão."

"Então eu vou usar a graxa."

"Vai duê?", perguntei.

"Só se você ficar se mexendo e pegar no seu olho", Norman ficou olhando pra ver se Cassidy já havia se afastado. "E pode parar de falar que nem escravo."

"Cumé qui é, patrão?"

"Pode parar com esses *cumé* e esses *patrão* aí."

"Como você sabe?", perguntei, desconfiado.

"Um escravo reconhece outro escravo", disse Norman.

"Quê?" Fiquei examinando seu rosto. Eu não conseguia ver nada, mas por que uma pessoa mentiria sobre uma coisa dessas, e como um branco teria conseguido me desmascarar? Fiquei pensando que eu poderia ter me entregado, tropeçando em meu linguajar, como havia feito com Huck. Essa ideia me apavorou.

"Você não se entregou", ele disse. "Mas eu sabo." Seu sotaque era perfeito. Ele era bilingue, fluente numa língua que branco nenhum seria capaz de aprender.

"Eles sabem?", perguntei.

"Não sabem."

"O que é isso tudo?", perguntei. "Essa cantoria?"

Ele olhou ao redor. "A nova moda é os brancos se pintarem e zombarem de nós a título de entretenimento."

"Eles cantam nossas canções?", perguntei.

"Algumas. E também escrevem canções que acham que nós gostaríamos de cantar. O que é estranho, mas não o pior."

"Então o que é o pior?"

"É melhor eu começar a aplicar isso em você", ele disse, me mostrando a latinha de graxa.

Fiquei bem parado, olhando para a frente.

"Pronto?"

Fiz que sim com a cabeça.

Norman pôs uma toalha sobre o meu colarinho. "Não pode pegar na sua camisa." Ele esfregou a pasta preta na minha testa. "Eles fazem até o *cakewalk*."

"Mas a gente faz essa dança pra zombar deles", eu disse.

"Sim, mas eles não entendem — passa batido por eles. Nunca lhes ocorreu que nós podemos achar graça deles."

"Ironia dupla", eu disse. "Que curioso. Será que uma ironia nega a outra, as duas se cancelando mutuamente?"

Norman deu de ombros. "Sei que essa coisa é gelada quando a gente aplica, mas não vai ficar assim. Especialmente quando estivermos lá cantando."

"Você é cantor?", perguntei.

Ele passou graxa debaixo do meu queixo.

"Eu toco tambor."

"Por quê? Por que você está com eles?"

"Eu quero o dinheiro. Preciso do dinheiro. Eu quero voltar para a Virgínia e comprar a minha esposa", disse Norman.

"Eles nem têm ideia?"

"Que tipo de ideia eles vão ter? Você acha que algum deles vai acordar um dia e dizer: 'Ei, você tem cara de negrão?'"

"Não."

Ele deu um passo para trás para examinar o seu trabalho em meu rosto.

"Eles vão me pagar?", perguntei.

"Não sei dizer. O Emmett nunca tinha feito isso. Nenhum desses homens possui escravos, mas não pense que nós somos como eles."

"Entendi. Eles já tinham tido uma pessoa reconhecidamente negra na banda antes de mim?", perguntei, olhando pelo acampamento.

"Não, você é o primeiro. Pra falar a verdade, eu fiquei surpreso. Mas aquele tenor realmente se mandou do nada. Era um cara bem estranho. Ele foi pego com a filha de um homem no último vilarejo e acho que deram um susto nele. Ele desapareceu na manhã seguinte sem deixar rastros. Estranho, para um tenor."

"Emmett está vindo", eu disse.

"Num sei se a gente tem que botá um branco na boca dele. O que cê acha, Dan?" Norman virou-se para encarar Emmett.

"Parece bem autêntico", disse Emmett. "O terno vestiu muito bem. Fica de pé."

Fiquei de pé.

"A calça está meio curta", disse Emmett.

"É autêntico", disse Norman.

Eu estava com calor usando aquela calça de lã, mas também feliz pelo fato de ela não estar esfarrapada na altura do meu joelho. Não entendi a reclamação da calça estar muito alta. Uma calça era uma calça — e esta cobria a minha bunda.

"Escurece a parte de cima dos pés dele", disse Emmett. "E, quem sabe, joga um pouquinho de branco nos olhos."

"Pode deixá", disse Norman.

Emmett me olhou nos olhos. "Segue cantando. 'Jimmy debulha milho, mas eu não ligo, Jimmy debulha milho...' Segue cantando até você decorar. Norman, faz ele cantar."

"Xá cumigo."

"Pessoal, vamos nos pintar. Está quase na hora de irmos para a cidade." Emmett saiu marchando pelo acampamento, como se fosse um comandante.

"Me ajuda a entender", eu disse a Norman. "É pra eu parecer autenticamente negro, mas pra isso eu preciso de maquiagem?"

"Não exatamente. Você é negro, mas, se eles souberem disso, você não poderá entrar no auditório, então tem que ser branco debaixo da maquiagem pra parecer negro para a plateia."

"Entendi." Estiquei o braço e toquei meu rosto. "E quanto à minha forma de falar?"

"Não fale nada — é o melhor que você pode fazer. E não esfregue a maquiagem."

"E quanto às canções? Eu não conheço nenhuma."

"São simples. Você vai aprender conforme formos cantando. Vai por mim. As canções de Emmett são músicas para idiotas."

Minha mente estava acelerada. Os preparativos para a apresentação eram surreais e estranhos, claro, mas eu não conseguia deixar de lado a ideia de que Daniel Emmett talvez me pagasse para que eu cantasse. Talvez eu pudesse juntar o dinheiro para comprar minha esposa e minha filha.

"Jim, está pronto?", Emmett me chamou.

Fiquei pensando por um instante, inseguro de minha dicção, sem saber se deveria falar como eu mesmo ou como escravo. Fiz a escolha segura: "Tamo pronto, patrão".

30.

Nunca havia estado numa situação tão absurda, surreal e ridícula. E olha que eu havia passado minha vida inteira como escravo. Lá íamos nós, os doze, marchando pela rua principal que separava o lado livre do vilarejo do lado com escravos, dez brancos usando *blackface*, um negro se passando por branco pintado de preto e eu, um negro de pele clara pintado de preto de modo a parecer um branco tentando me passar por negro. As fachadas dos comércios, do banco, das lojas e essas coisas pareciam bidimensionais, sem profundidade, como se eu pudesse simplesmente derrubá-las com um chute. Ocorreu-me que não havia como saber qual dos lados era o livre e qual dos lados era o dos escravos. Depois percebi que, no fundo, não fazia diferença. Seguimos caminhando, todos, num mesmo passo, até cairmos no *cakewalk*. Emmett puxou um verso e o resto de nós o repetiu.

Misericórdia, meu Sinhô, para essa mula, para essa mula
Misericórdia, meu Sinhô, para essa mula
O milho dele o patrão guarda num tonel marrom
Aquele milho o patrão guarda num tonel marrom
Os fio do patrão corre pra escola, bem bobão
Os fio do patrão corre tudo pra escola
Atrás deles a patroa, a véia da perna de pau
Atrás deles a patroa, a véia da perna de pau

Os brancos começam a sair e se enfileirar pela rua, rindo, sorrindo e batendo palmas. Fiz contato visual com algumas pessoas na multidão, e a maneira como elas olhavam para mim era diferente de qualquer outro contato que eu tivesse feito com um branco. Estavam abertas para mim, mas o que vi, quando olhei para elas, não me deixou nada impressionado. Buscavam compartilhar aquele momento em que zombavam de mim, zombavam dos *escurinhos*, rindo dos pobres escravos enquanto batiam os pés e as mãos de maneira efusiva e animada. Fiquei olhando para uma mulher que talvez tenha ficado intrigada comigo, ou encantada comigo, o artista. Pude ver a sua superfície, sua carapaça externa, e percebi que ela era pura superfície, até o seu âmago.

O auditório ficava dentro da prefeitura do vilarejo. Na verdade, aquilo mais parecia um tribunal. Eu havia estado num tribunal uma vez, enviado para entregar um almoço para o juiz Thatcher. Seguimos marchando e cantando até subirmos no palco, para cantar mais. Como Emmett, Cassidy e até Norman haviam mencionado, aprendi as músicas rapidamente, pelo menos o suficiente para acompanhá-los nos refrões. Para falar a verdade, foi doloroso ficar assistindo a todos aqueles rostos brancos rindo de mim, rindo de nós, mas, por outro lado, eu é que os estava enganando.

Iscuta essa, os minino e as minina, a gente somo lá de Tuckahoe,
Vô cantá procês a minha musiquinha, eu sô o Jim Crow!

Gira, gira pra lá e vira, vira pra cá, é assim qui eu vô,
Toda veiz qui eu giro, eu tomém dô um pulinho, eu sô o Jim Crow!

Desci todo esse rio e num quiria ficá
Mas tinha tanta garota qui eu num púdi evitá.

Gira, gira pra lá e vira, vira pra cá, é assim qui eu vô,
Toda veiz qui eu giro, eu tomém dô um pulinho, eu sô o Jim Crow!

Dispois dum tempo ali, meu barco n'água joguei
Só qui eu caí den'do rio e quasi qui mi afoguei.

Gira, gira pra lá e vira, vira pra cá, é assim qui eu vô,
Toda veiz qui eu giro, eu tomém dô um pulinho, eu sô o Jim Crow!

Cheguei em Nova Orleã, achei qui tava soltinho,
Mas mi jogaram na cela, e lá tirei um soninho.

Gira, gira pra lá e vira, vira pra cá, é assim qui eu vô,
Toda veiz qui eu giro, eu tomém dô um pulinho, eu sô o Jim Crow!

Meti porrada em onça, meti mais nos jacaré
O Mississippi inteiro, bebi num copo de café.

Gira-gira pra lá e vira-vira pra cá, é assim qui eu vô,
Toda veiz qui eu giro, eu tomém dô um pulinho, eu sô o Jim Crow!

Mi ajueio pros corvo, aquele abraço urubuzinho
E toda veiz qui eu giro, eu tomém dô um pulinho!

Quando chegamos ao final dessa canção, todos estavam pulando, como a música mandava. E aí, acabou. Os brancos ficaram todos felizes. Havíamos feito o nosso trabalho. Apesar disso, nós, a trupe, não fomos embora marchando, e sim nos dispersamos em meio à multidão. E por que não fariam isso? Eles eram brancos. Norman decidiu ficar cuidando do seu tambor, de modo que fui deixado sozinho e desamparado. Fiquei sentado na minha cadeira esperando que ele ou algum outro membro da banda se desse conta da minha condição e viesse me tirar dali, até levantar o olhar e me deparar com o rosto de uma mulher que devia ter se interessado por mim lá na rua. Ela tinha os dois dentes da frente salientes e amarelos, os olhos grandes e azuis, e nunca na minha vida eu tinha sentido mais medo de uma criatura, humana ou não. E eu era um escravo.

A mulher olhou para um lado, depois para o outro, e se inclinou na minha direção para ser ouvida por cima de todo aquele burburinho. "Qual é o seu nome?"

Procurei por ajuda. Um homem havia encurralado Norman numa conversa, perguntando sobre o seu tambor. Cassidy estava do outro lado do salão, mostrando a alguém até que ponto a vara do trombone poderia se estender.

"Jim", eu disse. *Respostas curtas*, eu disse a mim mesmo.

"Eu sou a Polly", ela disse.

"Polly Wolly Doodle", eu disse. Nós cantamos essa música.

Ela riu. "Cê é muito engraçado."

"Brigado."

"D'onde que cê é?"

"Vários lugar", eu disse.

"Misericórdia, eu queria muito ir pra vários lugar. Vê vários lugar. Senti o cheiro de vários lugar. Este lugar é feio e fedido. Me conta onde que cê já teve."

Eu tremia. Respirei fundo, fechei os olhos com força e, quando os abri, ela ainda estava lá.

"Cê é bem quietinho, né? Eu gostei de ouvi ocê cantando."

"Brigado", eu disse.

Tentei encontrar Emmett na multidão.

"P-P-P-P-Polly, cê precisa sabê duma coisa", eu disse.

"Me fala, Jim."

"Eu sô casado. Eu tenho mulher", sussurrei.

"Ela tá aí?", perguntou Polly.

"Não", eu disse.

"Cê já foi pra Washington, D.C.?", ela perguntou. "Eu queria muito ir pra lá. Eu ainda num fui nem pra St. Louis. Aposto que cê já foi pra St. Louis."

Um homem graúdo, com uma barba branca, um terno branco, uma gravata branca de caubói e uma expressão de reprovação veio em nossa direção. "Você canta muito bem, meu jovem", ele disse. "Mas a Polly aqui não vai se metê com nenhum fulaninho do show-bizness."

"Ah, papai", disse Polly. "A gente só tava conversando. Ele ia me contá tudo sobre St. Louis."

"É mesmo?" O pai de Polly ficou me olhando no rosto. "Essa maquiagem é mesmo incrível." Ele esticou uma mão rechonchuda e tocou o meu cabelo. "Meu Deus, parece mesmo cabelo de crioulo."

"Isso é que é peruca, não é mesmo?" Era Emmett. Ele veio por trás do grandalhão, chegando a lhe dar um susto. "Esta é uma peruca muito cara, e eu preferiria que você não tocasse nela", disse Emmett. Trocamos um olhar.

"A sua peruca não é igual a dele", comentou o pai de Polly.

"Não somos uma trupe rica. Nós só pudemos pagar por aquela ali, e ela se encaixa perfeitamente no Jim. Agora, me diga, senhorita, a senhorita gostou do show?"

"Se eu gostei?", disse Polly. "Nossa, foi maravilhoso. Teve algumas veiz que eu pudia jurá que cês era tudo uns escurinho mesmo."

O pai dela riu. "Bom show, filho. Mas nenhum d'ocês me engana. Cês pode tacá a tinta na cara que for, que cês num me engana. Eu sinto cheiro dum escurinho a cinquenta metro de distância. Num tem como me enganá."

"Não, senhor, suponho que não, mesmo."

"Disgrama, filho, eu consigo senti o cheiro dum escravo há mei quilômetro de distância. Eles têm um cheiro mei doce. Principalmente os mais escuro."

Norman finalmente conseguiu chegar em mim. "Vem, Jim. Tem coisa pra gente fazê lá no acampamento."

Concordei com a cabeça, abaixei-a e comecei a sair.

"Jim", disse Polly.

Virei-me para olhar para ela.

Ela puxou a saia para os lados e fez uma reverência. Acenei com a cabeça, mas não disse nada.

Lá fora, Norman e eu nos encostamos numa parede, ofegantes, suados, aterrorizados demais para olhar um para o outro.

"Eu nunca senti tanto medo em toda a minha vida", eu disse.

"Nem eu."

"O Emmett é maluco?"

"Talvez."

"Eu tenho que sair daqui", falei. "Norman, você consegue passar por branco. Mas olha pra mim. Eu não vou passar batido desse jeito todas as vezes. Não faz nenhum sentido eu ficar por aqui. Preciso sair voando."

Não demorou muito até que o resto da trupe saísse de lá, liderada por Emmett. Ele pôs a mão no meu ombro. "Jesus Cristo", ele disse. "Achei que você já era." Ele riu e deu um tapa na coxa. "O que será que eles fariam com você se tivessem descoberto que você era exatamente o que estava fingindo ser?"

Norman olhou para o meu rosto. "O que será que eles fariam com todos nós?", ele disse para Emmett.

Emmett parou de rir. "Bem colocado."

A trupe foi andando de volta pela rua principal enlameada em direção ao acampamento. Eu experimentava uma nova emoção conforme íamos nos arrastando por ali. Algumas novas emoções. O pai daquela mulher havia tocado o meu cabelo. Escravos não se davam ao luxo da ansiedade, mas, naquele momento, eu senti ansiedade. Escravos não se davam ao luxo de dirigir sua raiva a um branco, mas eu havia sentido raiva. A raiva era um bom sentimento ruim. Além daquilo tudo, meus sentimentos em relação a Daniel Emmett eram complicados, confusos. Ele havia me comprado, sim, mas, supostamente, não para ser o meu dono, muito embora esperasse algo de mim — que alegava ser a minha voz. Perguntei-me o que ele faria se eu tentasse partir. Em minha cabeça, eu conseguia ouvi-lo gritando: "Mas eu paguei duzentos dólares por você". Um homem que se recusava a possuir escravos, mas não se opunha a ideia de que outros possuíssem ainda era um escravagista, na minha opinião.

31.

Norman e eu nos deitamos para dormir numa barraca, junto com um clarinetista chamado Big Mike. Big Mike, que era um homem pequeno, não sabia, claro, que Norman era negro. Mas também não demonstrou qualquer objeção à minha presença. Ele estava muito mais confortável com a minha presença do que eu com a dele. Ele executou o que imaginei ser o seu ritual noturno. Posicionou seu clarinete dentro do estojo de forma muito reta e correta aos pés do seu cobertor enrolado, cobriu-o com um pano e, em seguida, deitou-se para dormir. Norman me fez um gesto com a cabeça e nós, também, fomos para as nossas camas.

Não sei há quanto tempo eu estava dormindo quando senti alguma coisa tocando minha orelha. Estiquei o braço para afastá-la — a mosca, o besouro — com os olhos ainda fechados. De novo, uma roçada. Eu não ia deixar um inseto perturbar meu sono, de modo que mantive os olhos bem fechados. No meu terceiro tapa, encontrei a mão de alguém. Saltei do meu cobertor e gritei "Meu Deus, mas o que é isso?" alto o suficiente para acordar a trupe inteira. Virei-me para me deparar com o pai gordo de Polly, a garota branca. Eu não sabia como ou o que gritar. Para ele, eu precisava soar como branco. Para o resto da trupe, precisava soar como um escravo negro. Para o meu segundo grito, escolhi a neutralidade racial de "Misericórdia! Meu Sinhô!". Emmett entrou correndo na barraca, segurando uma lamparina. Quase caiu no chão quando viu o homem de terno branco.

"Eu tinha que tocá naquela peruca di novo", disse o homem.

"Quê?" Emmett olhou para ele como se estivesse enfurecido. "O que, em nome de Deus, você está fazendo aqui?"

"Eu só tinha que tocá naquela peruca di novo", ele repetiu.

Emmett olhou para mim. Estava tão confuso quanto eu e, talvez, até com mais medo.

"Ela é tão real", disse o pai de Polly. "Me diz, por que que ele dorme de peruca e maquiagem?"

"Porque é muito difícil de tirar", disse Emmett.

"A sua cê tirô."

"Por que você está aqui?", Emmett perguntou.

"A sua cê tirô", o homem repetiu.

"Será que eu vou precisar mandar chamar o xerife?", disse Emmett.

"Pode chamá", ele falou. "Meu sobrinho é um bom home da lei."

Emmett parecia encurralado. Ficou examinando o homem por alguns segundos. "Posso pedir para chamarem a sua filha?"

"Como é qui é?"

"Ela sabe que você fica se esgueirando pela noite e tocando em outros homens enquanto eles dormem?"

O pai de Polly começou a gaguejar, mas não conseguiu pensar em nada pra dizer.

"Onde ele tocou em você, Jim?", perguntou Emmett. "Não diga uma palavra", ele me instruiu.

"No cabelo", disse o homem. "Eu só toquei no cabelo dele."

"Será que eu vou ter que dizer para a sua filha que você só tocou no cabelo deste homem? Que entrou escondido numa barraca para tocar o cabelo de um estranho?"

"Senhor, eu não estou gostando do seu tom e estou ficando ofendido com essa insinuação."

"E que insinuação seria? Qual é o seu nome?"

O homem começou a sair da barraca, andando para trás.

"Estou indo." Ele sacudiu a cabeça. "Eu sabia que tinha coisa errada aqui. Eu tinha certeza."

"Qual é o seu nome, senhor?"

O homem saiu correndo.

Emmett ficou olhando ao seu redor. Ele olhou para mim, para Norman e, depois, para Big Mike. Ergueu os braços e disse: "Façam as malas! Façam as malas! Aquele idiota não vai ficar assustado por muito tempo. Ele vai voltar aqui e descobrir que isso não é uma peruca. Façam as malas!".

"Isso é ruim", disse Norman.

Fiquei congelado. Eu ainda conseguia sentir os dedos daquele branco louco no meu cabelo.

Big Mike pôs a mão pequena em meu ombro. "Me ajuda a desarmar essa barraca, aqui", ele disse.

Todos começaram a juntar suas coisas, grandes e pequenas. Emmett parou por um segundo para me olhar. Ele me disse uma coisa que me deixou confuso. Deixou confuso porque eu não consegui entender muito bem o que ele quis dizer. Deixou confuso porque eu nunca tinha ouvido nada parecido até então. Ele disse: "Sinto muito".

Eu estava disposto a ajudar a desmontar aquela barraca, mas aquele branco me pedindo desculpas me fez ficar plantado no chão.

"Vamos lá", disse Norman.

Eu me mexi. Os homens ainda estavam juntando suas coisas enquanto saímos, quase atropelando uns aos outros, andando pela estrada lamacenta toda revirada das carroças que levava para longe da cidade. Eu ia na frente, ao lado de Daniel Emmett.

"Isso é minha culpa", eu disse.

"Talvez você seja o motivo, mas não é sua culpa."

"Mesmo assim, mi disculpa, patrão."

"Cê quer ouvir minha nova canção?", ele perguntou.

"Sim, patrão."

Ele pigarreou e cantou:

Eu só queria estar lá na terra do algodão
Pois lá dos velhos tempos, nunca se esquece, não
Deixa pra lá, deixa pra lá, deixa pra lá, é Dixie Land.
Em Dixie Land, onde eu nasci,
De manhã bem cedinho, fazia um fri,
Deixa pra lá, deixa pra lá, deixa pra lá, é Dixie Land.

Como eu queria estar em Dixie.
Hurra! Hurra!
Em Dixie Land, eu digo com certeza,
Vou viver até morrer em Dixie.
Vai pra lá, vai pra lá, vai pra lá pro sul, em Dixie.
Vai pra lá, vai pra lá, vai pra lá pro sul, em Dixie.

Emmett sustentou a última nota por um tempo impressionantemente longo. "Eu a chamei de 'Dixie's Land'. O que você achou?", ele perguntou.

"Sinhô?"

"Você gostou?"

"É uma música bunita pra daná", eu disse.

"Ah, o que é que você sabe?", ele falou, de uma maneira desdenhosa.

"Só sei qui eu gostei da música", respondi, para permitir que ele pensasse que eu era incapaz de compreender seu sarcasmo.

"Obrigado, Jim", ele disse, para que eu me calasse.

Emmett olhou para trás e pareceu satisfeito por não estarmos sendo perseguidos. "Pra falar a verdade, eu nem sei direito por que nós estamos correndo."

Eu não disse a ele que eu sabia por que eu estava.

"Patrão Emmett? Posso fazê uma pregunta?"

"É claro."

"Eu sô do sinhô, agora? Qué dizê, eu ti vi mi comprando daquele camarada lá na estrebaria."

"Não, você não é meu."

"Cê tá dizendo qui si eu quisé saí correndo pelo meio desses mato e sumi tá tudo bem?"

"Bom, eu te contratei pra ser o meu tenor. Eu paguei duzentos dólares, então, você teria de me pagar de volta."

"Intão qué dizê qui eu não posso fugi, e qui cê vai mi pagá, mas cê é qui vai ficá com toda a grana até eu ti pagá di volta."

"Até eu recuperar meus duzentos dólares."

"Quanto cê vai mi pagá?", perguntei.

"Nós não chegamos a falar sobre isso, não é mesmo? Acho que um dólar por dia seria justo, você não acha? Um dólar por dia é um bom salário, especialmente para quem nunca foi pago na vida."

"É isso qui um tenô custuma ganhá?"

"Um tenor crioulo, sim. Acho que é um bom salário", disse Emmett, balançando a cabeçorra e cantarolando a melodia de sua "Dixie Land".

"Um dólar por dia", eu disse. "Intão é duzentos dia."

"Duzentas apresentações", ele me corrigiu.

"Cento e noventa e nove", eu disse.

O silêncio de Emmett era palpável.

"Patrão, eu tô tentando intendê. Tu tá dizendo qui tem iscravidão qui eu sô popriedade e iscravidão qui eu sô ferramenta?" Acho que eu não deveria ter feito aquela pergunta em voz alta, mas fiz, dizendo tudo respeitando o uso apropriado e correto do dialeto dos escravos.

Emmett me encarou de soslaio. "Você se importaria de repetir isso?"

"Acho qui mi importaria, sim", eu disse.

32.

Seguimos caminhando por uma longa distância, e as botas apertadas que finalmente arrumaram para mim produziram diversas bolhas tenebrosas. Meus pés doeram ao ponto de eu precisar tirar os sapatos e continuar descalço. O molhado do chão serviu para resfriar e aliviar meus machucados. De tempos em tempos, eu ficava pensando onde Huck deveria estar, se ele estaria bem, se tinha conseguido escapar daqueles homens. Eu sabia que ele não tinha conseguido. Se tivesse, teria dado um jeito de vir atrás de mim. Chegamos a um vilarejo que era mais um acampamento, onde a extração de madeira parecia ser a principal atividade econômica. Havia um monte de barracos amontoados e alguns moinhos, e aquele cheiro persistente, de ovo, dos moinhos. Homens negros serravam com serras enormes e homens brancos e pequenos ficavam às voltas, rindo e conversando. Alguns dos brancos traziam chicotes pendurados na lateral do corpo. As costas dos escravos sem camisa exibiam os resultados de sua empreitada. Dentro do meu bolso, apertei com força o meu lápis. Fiquei pensando se algum dia eu teria papel novamente.

Fomos andando até uma área mais afastada do vilarejo. Começamos a armar as barracas enquanto Emmett voltava andando até a cidade para fazer os preparativos para uma apresentação.

"Este vilarejo tem nome?", perguntou Big Mike.

O trombonista riu. "Sim. É Inferno. Talvez Inferninho."

Os outros homens riram.

"Eu queria muito tá em St. Louis", disse um homem.

"New Orleans", disse um outro.

"Isso, New Orleans. Eles sabem se divertir lá em New Orleans."

"Cê já esteve em New Orleans?", Big Mike me perguntou.

Fiz que não com a cabeça.

Ele ficou pensando por um segundo. "Você precisa ir um dia. Puxa essa corda com força."

Puxei, e fiquei olhando-o martelar uma estaca com uma marreta. "Nunca fui pra lugar ninhum", eu disse.

Ele deu mais algumas marretadas na estaca e, depois, endireitou-se. Me olhou como quem diz que não temos nenhum assunto para conversar.

"O patrão Emmett é gente boa?", perguntei.

Big Mike olhou ao redor. "Ele é legal, eu acho."

"Ele mi disse qui cês num credita em iscravidão. No duro?"

Big Mike deu de ombros.

"Cê credita?"

"Tem gente que tem escravo. Alguém tem que trabalhar. Eu não tenho escravo. Eu não tenho nem cachorro."

Depois que todas as barracas haviam sido armadas e o café e a comida, preparados, Daniel Emmett retornou com seu relatório.

"Este é, de fato, um lugarejo um tanto turbulento, com uma turba realmente estarrecedora. Sendo privados de gosto e de qualquer coisa que se assemelhe ao discernimento, creio que seria prudente e circunspecto fazer com que nosso tenor recém-adquirido permaneça aqui enquanto nos apresentamos esta noite." Ele ficou examinando nossos rostos.

"O que foi que ele disse?", perguntou o trombonista.

"Ele disse que esse pessoal provavelmente mataria o Jim se descobrisse que ele é crioulo."

Eu não teria colocado dessa forma, mas estava correto do mesmo jeito.

Emmett suspirou. "Não podemos nos dar ao luxo de perder um outro tenor", disse o homem com quem eu tinha uma dívida de cento e noventa e nove apresentações. Meus olhos se encontraram com os de Norman. Ele nem mexeu a cabeça. Ia fazer aquilo mesmo e pronto.

Resolvi lavar a louça enquanto os outros, todos, se pintavam de preto para sua apresentação. Eles assobiavam e cantarolavam e ajustavam os colarinhos e os coletes enquanto eu fazia o trabalho de um escravo.

Enquanto eles assumiam a formação na qual iriam marchando até a aldeia, Norman me lançou um olhar. Ele sabia. Ele sabia que, do mesmo modo que todos naquela trupe, agora, estavam mais pretos que eu, eu não estaria mais aqui quando eles voltassem. Quando eles sumiram do meu campo de visão, tocando aquela música de *cakewalk* de uma forma que não era desagradável, peguei um pouco de pão, aqueles sapatos apertados e, para a minha surpresa e, talvez, um pouco de vergonha, o livrinho de capa de couro de Daniel Emmett, onde ele anotava suas canções. Saí correndo pelo meio da mata fechada. Nenhuma estrada, trilha ou caminho de fugitivo. Eu não sabia se estava fugindo de Daniel Emmett ou da ideia de continuar sendo escravo, ou se estava correndo de volta para Huck. Só sabia que tinha cerca de duas horas para botar alguma distância entre mim e eles. Também sabia que, agora, eu era um escravo duplamente fugitivo, talvez também procurado por sequestro, talvez procurado por homicídio, certamente procurado pelo não pagamento de uma dívida e, agora, mais uma vez, por roubo. Eu tinha certeza de que eles não teriam a menor ideia de para qual direção eu teria corrido.

E eu corri mesmo, como só um escravo é capaz de correr. Minhas feridas doíam, meus pés reclamavam, mas me desloquei em velocidade máxima pelo meio das árvores, por entre leitos secos de riachos, encharcado pelos córregos do rio, escalando os morrinhos que surgiam e quase rolando para descer do outro lado. Parei quando não conseguia mais enxergar bem o suficiente para continuar correndo. Comi um pouco de pão e dormi.

Parte dois

I.

Um farfalhar nas folhas secas me acordou bem quando o céu estava se colorindo da alvorada. Um cervo? Um urso? Uma coisa menor, que eu poderia matar e comer? Sentei-me e fiquei tentando rastrear seus movimentos pelo som. Andando sobre folhas secas, até um passarinho pode parecer pesado. Mas nem pássaro, nem urso e nem cervo poderiam falar: "Jim, Jim".

Como eles tinham me rastreado? Eu não ouvia cães.

"Jim, sou eu."

"Eu quem?"

"Norman."

"Aqui."

Norman se materializou, com a luz do alvorecer iluminando suas costas, uma aparição tristíssima.

"Mas que diabos...?", eu disse.

"Eu simplesmente não consegui mais ficar lá. Era demais. Você não sabe como é se passar por branco."

Inclinei a cabeça para o lado. "Pra falar a verdade, recentemente eu precisei me passar por branco para que pudesse me passar por negro."

"É extenuante, não é?" Ele se mexeu e, assim que sua silhueta deixou de ficar contra a luz, eu pude ver que ele ainda estava com a maquiagem de *blackface*.

"O que você está fazendo aqui?", perguntei.

"Nós voltamos, descobrimos que você tinha ido embora e, de repente, Emmett começou a falar como qualquer escravagista que eu já tivesse conhecido. Ele passou a xingar os escurinhos e a berrar que ia contratar um brutamontes para te dar uma surra e depois te enforcar num carvalho."

"Eu sabia que ele tinha isso dentro dele. Como você me encontrou?"

"Eu corri. Corri como o fugitivo que sou. Enquanto eles ficavam andando em círculos, eu corri em linha reta, pulando por cima de todo galho e pedra que encontrei para não deixar um rastro."

"Você correu a noite inteira?"

"Corri."

"Senta aí. Recupera o fôlego. Você acha que eles viram pra que lado você foi?"

"Com certeza não."

"Bom, aqui estamos nós", eu disse. "E agora?"

"Você tem alguma ideia de onde nós estamos?" Norman fechou os olhos e vi que ele estava prestes a cair no sono.

"Nenhuma", respondi. "Mas dorme, agora. Eu fico vigiando."

Ele não respondeu. Já estava apagado.

Norman despertou num susto e ficou me encarando com os olhos arregalados. "Você ainda está aqui", ele disse. Ele sentou-se e esfregou os olhos.

"Onde eu estaria?"

"Achei que pudesse ter ido embora."

"Bom, eu não fui." Alcancei o último pedaço de pão para ele, que o pegou. "Eu andei pensando. Você quer comprar sua esposa, certo?"

"Sim."

"Eu quero comprar minha esposa e minha filha. Minha situação se complica pelo fato de que talvez eu esteja sendo procurado por sequestro e assassinato, e eu sou escravo. Um escravo não pode comprar outro escravo. Se eu aparecer lá para comprá-las... bom, você entendeu o que aconteceria."

"Seria uma confusão", disse Norman.

"Mas eu tenho uma ideia. É uma ideia muito louca."

"Me conta."

"Você já teve algum problema ao se passar por branco? Eu sei que você disse que é extenuante, mas é fácil?"

Norman fez que sim com a cabeça.

"Alguém já chegou perto de desmascará-lo?"

"Não."

"Eu quero que você me venda."

"Quê?"

"Eu quero que você seja o meu proprietário branco. Então eu fujo e nós fazemos isso de novo. Nós juntamos o dinheiro, aí você vai até lá e compra a minha família. Depois você pega o seu dinheiro e vai comprar a sua esposa."

"Você está maluco?"

"Não. Muito embora eu tenha tirado essa ideia de uma pessoa maluca. Mas, me diga, o que há de errado com o meu plano?"

Norman ficou pensando e deu um puxão na própria orelha. "Fora o perigo deveras evidente para você e, também, para mim, por conta do roubo de propriedade, que, nesse caso, é você, não vejo nada de errado com isso. Entretanto, as consequências de uma descoberta seriam severas."

"Agradeço por você articular tudo isso com tanta clareza, mas gostaria de ressaltar que nós somos escravos. Sério, o que poderia ser pior do que isso neste mundo?"

"Verdade."

"É melhor você ir se lavar", eu disse.

Havia um pequeno córrego perto de nós. Norman tirou as roupas e começou a lavar a fuligem de rolha. Ele precisou esfregar o rosto com muita força, o que deixou sua pele clara toda vermelha e marcada. Na ausência de uma escova, ele usava punhados de folhas e areia.

"Estou começando a gostar do seu plano. Estou com saudades da minha esposa."

"Você sabe quanto ela custaria?", perguntei. A pergunta soou muito estranha em minha boca. "Pergunto porque eu não faço ideia de quanto custaria para libertar minha família."

"Eu acho que uns mil dólares", ele disse. "Ela é muito bonita. Tem os quadris largos e eu já ouvi os brancos dizendo que ela daria uma boa reprodutora." Obviamente, aquela ideia o perturbava. Ele continuou se lavando, mesmo estando claro que já havia terminado.

"Temos que seguir em frente, Norman."

Ele concordou com a cabeça e, depois, viu o caderno que eu trazia. "Por que você pegou isso?", ele perguntou. Ele começou a se vestir.

"Eu queria o papel."

"Ele ficou possesso quando não conseguiu encontrar."

"Escuta só isto:

Crioulo ama melancia, ha! ha! ha!
Crioulo ama melancia, ha! ha! ha!
Eles se junta em volta delas rapidão,
Não tem nada como melancia prum tição."

"Caramba", disse Norman. "Ele escreveu isso?"

"Imagino que sim. Mas que diabos quer dizer?"

"Por que você queria o papel?", Norman perguntou.

Dei de ombros.

"Você sabe escrever?"

"Sei."

"Eu sei ler um pouco", ele disse. Ficou olhando para as árvores ao nosso redor. "Queria saber onde a gente está."

"Sugiro que rumemos para o sul", eu disse.

"Quê? Negros não vão para o sul."

"Vão quando um deles é um branquelo querendo vender um escravo."

Caminhamos por um dia. Construímos uma pequena barragem num córrego, pescamos alguns peixes e comemos muito bem. Não vi nem ouvi sinais de outros humanos e, por mim, tudo bem. A ausência de latidos de cães à distância era reconfortante. As nuvens se amontoaram, a lua desapareceu e a noite caiu com força.

"Tá mais escuro que o cu de uma vaca", disse Norman.

Achei aquilo engraçado e ri. Norman riu também e, logo, estávamos os dois rindo como se fôssemos crianças. Foi muito bom. Nem era tão engraçado assim, mas nós estávamos precisando rir um pouco.

Caminhamos pela maior parte de três dias, tentando rumar para o sul, mas o terreno ficava nos empurrando para o leste e acabamos voltando para o grande rio, o Mississippi. Do outro lado da água, havia um vilarejo e chutei, pelo que eu tinha escutado, que talvez fosse Cairo. Queria muito que aquilo fizesse alguma diferença. Um escravo fugitivo era um escravo num estado livre do mesmo jeito. Mas ao sul dali ficava o Kentucky, um bom lugar para se vender um escravo. E nós queríamos o dinheiro. Mas, como não havia forma de atravessar o rio, continuamos em direção ao sul até chegarmos a um pequeno vilarejo. A placa dizia BLUEBIRD HOLE. Tirei a camisa para me parecer mais com o escravo que eu era e que estava fingindo ser.

"Nós vamos mesmo fazer isso?", perguntou Norman.

"Sim, patrão", eu disse.

"Para."

"Num posso", eu disse. "Por sinal, você precisa de um sobrenome. Qual você vinha usando?"

"Brown."

"Sério?"

Norman fez que sim com a cabeça.

"Vamo lá, sinhô Brown, patrão."

O vilarejo combinava mesmo com seu nome, Bluebird. Era um lugar bem populado de pessoas brancas bem-vestidas e com um aspecto complacente, o tipo mais assustador. Elas sorriam e cumprimentavam o forasteiro, Norman, praticamente jamais olhando para mim. Vi alguns poucos outros rostos negros executando trabalhos de limpeza e reparo. Uma negra idosa batia manteiga na varanda de um armazém. Eu conseguia detectar o nervosismo de Norman.

"Escuta, você precisa relaxar", falei. "Para todos eles, você é branco. Caramba, até pra mim você é branco."

"Não precisa me insultar também."

Uma branca idosa passou andando por nós.

"Num foi isso qui eu quis dizê, patrão."

Norman deu uma risadinha e a mulher o fuzilou com um olhar penetrante.

"Com licença", ela disse.

Olhei para o chão.

"Pois não, madame?", disse Norman.

"O seu crioulo disse alguma coisa?"

Norman parecia um cervo baleado.

"Ele disse alguma coisa sobre mim?"

"Diz pra ela que eu só faço barulho", sussurrei para ele num murmúrio.

"Ele disse outra coisa de novo", ela disse.

"Ah, mil perdões, madame, mas este meu escravo aqui, ele só faz barulhos. Ele gosta de fingir que sabe falar que nem nós, os brancos. Mas ele só consegue grunhir e gemer que nem um filhote de cervo. A senhora já ouviu um filhote de cervo chorando?"

"Deus tenha misericórdia", ela disse, muito embora fosse evidente que ela não queria que nem Deus nem ninguém tivesse misericórdia de mim. Ela me lançou um olhar bem feio.

"Eles parece uns macaquinho, não parece?"

"Parece macaco mesmo", disse Norman.

"Ele olhô pra mim?", ela perguntou.

"Certamente não."

"É melhor mesmo — é só isso que eu vô dizê."

"Ele não faria isso. É um bom menino."

"Hmmmpf", ela disse.

"E, mesmo sendo meio burro, até prum crioulo, ele trabalha duro. Só que tá me atrasando na estrada. Você conhece alguém que estaria interessado em comprá-lo? Ele é forte como uma mula do Missouri."

A velha fez que não com a cabeça, deu meia-volta e seguiu em frente.

"Estamos mesmo na casa do inimigo", eu disse.

"Estou com medo."

Eu também estava com medo, embora razoavelmente inebriado pela ideia de ver e libertar minha Sadie e minha Lizzie. A idosa batendo manteiga ficou nos encarando como se soubesse de alguma coisa e eu fiquei chateado comigo mesmo por ter caído na armadilha que os senhores de escravo tinham preparado para mim, para que eu pensasse que haveria algum tipo de magia naquela idosa negra. Aquele meu momento de quase ingenuidade me fez questionar meu julgamento sobre outras coisas. Por um segundo, me perguntei se Norman era mesmo negro e escravo. Talvez fosse um branco louco que fantasiava ser negro. Improvável, claro, e mais estranho do que a maioria das coisas que eu conseguia imaginar, porém, não impossível. Ele conseguia falar que nem um escravo, mas era possível que um branco louco tivesse aprendido. Então me ocorreu que não fazia a menor diferença ele ser branco ou preto — o que isso queria dizer, de todo modo? Podia ser que Norman Brown me vendesse somente uma vez e fugisse para as colinas para jamais ser visto novamente. Mas ele poderia fazer exatamente o mesmo se fosse um homem negro. Por piores que os brancos fossem, eles não detinham o monopólio da dissimulação, da desonestidade ou da perfídia. Todos esses pensamentos devem ter ficado muito evidentes na minha expressão.

"O que foi?", perguntou Norman.

"Nada. Vamos continuar com o nosso teatro."

Ele concordou.

"Norman, é melhor você levar isso." Puxei o caderninho de couro da minha cintura. "Eu não deveria ser visto com isso." Detestei me separar dele. Eu não tinha arrancado as páginas com as canções de Emmett — de alguma maneira, elas eram essenciais para a minha história. Porém, naquele caderno, eu reconstruiria a história que eu havia começado, a história que não parava de começar, até ter uma história.

"Tem razão", ele disse.

Ainda assim, fiquei com o meu lápis. Eu tinha desenvolvido o hábito de tocá-lo periodicamente por cima do tecido do meu bolso, para me reconfortar.

2.

Eu estava fazendo o papel de escravo um pouco, arrastando meus pés descalços pela terra, aqueles dois sapatos pequenos amarrados pelos cadarços e pendurados no meu ombro como se eu não soubesse o que fazer com eles. Norman parecia estar todo desgrenhado — e realmente estava. O fato de eu ter apenas duas marcas de chicote nas costas era o anúncio de que não havia sido muito maltratado enquanto escravo e que havia sido supervisionado adequadamente. Eu me lembrava bem daquelas chicotadas. Elas haviam sido dadas pelo juiz Thatcher. Eu tinha treze anos e cometi o erro de falar com uma mulher branca que me havia me dado oi. O que eu disse a ela, exatamente, foi "oi". O juiz Thatcher tinha a reputação de ser um dos *bons* senhores, mas a chibatada do couro me disse exatamente o que aquilo significava. O primeiro golpe foi uma surpresa, não porque eu não sabia que estava vindo, mas porque consegui sentir um toque de prazer ligado ao seu desferimento. O deleite que pude sentir junto com o segundo golpe não foi mais surpreendente, apenas tristemente previsível.

"Ei, você!", disse um homem vindo em nossa direção. Ele era baixo, rechonchudo e incrivelmente barbudo.

"Diga olá", sussurrei.

"Bom dia", disse Norman.

"Eu sou o chefe de polícia aqui de Bluebird Hole. Frank McHart." Ele estendeu o braço para apertar a mão de Norman.

Norman já havia praticado muito suas táticas para se passar por branco, e percebi que ele estava começando a relaxar, muito embora um encontro com a lei sempre deixe todo mundo meio nervoso. "Norman Brown. Prazer em conhecê-lo, xerife."

"Por estas bandas nós chamamos de *chefe de polícia*. Soa menos *duro*. Gostamos de pensar que somos um vilarejo pequeno."

Norman ficou esquadrinhando a rua, a meia dúzia de comércios, os lindos quintais das casas e seus escravos. "Pra onde leva essa estrada?", perguntou Norman.

"Ah, pra vários lugares. Wyatt, Wolf Island, dá pra ir até Memphis se você quiser. Mas é uma longa caminhada até qualquer um desses lugares."

"Posso imaginar muito bem", disse Norman. "E vai ser mais longa ainda com esse meu crioulo aqui me atrasando."

McHart olhou para mim, que mantive os olhos apontados para os meus pés.

"Ele parece bem fornido", comentou o condestável.

Norman me olhou, e toquei nos sapatos sobre meu ombro. "Ele é", disse Norman, "mas se recusa a usar os sapatos."

"Burro", disse McHart. "Eles são todos burros. Simples. Essa é uma palavra melhor. *Simples*. Esta cidadezinha aqui também é simples, mas eu não estou usando a palavra, aqui, no mesmo sentido."

Norman concordou com a cabeça.

"Eu gosto de ficar brincando com as palavras desse jeito. Também sou professor na escola."

"Entendi."

"E chefe dos correios."

"Você é um homem ocupado."

"Um homem muito ocupado. Não ocupado demais, mas ocupado. Ocupado o suficiente. Eu também tenho um comércio de ovos. Tenho trinta e sete galinhas poedeiras."

"Aposto que precisa de ajuda para pegar esses ovos e alimentar essas galinhas, não é mesmo? Levando em conta todos os seus outros trabalhos."

"As galinhas precisam mesmo de muita atenção."

"Galinha sempre precisa — e ainda tem que cuidar das raposas e dos gaviões e tudo o mais." Norman era muito bom naquilo.

"O que você está pensando?", perguntou McHart.

O que eu estava pensando era: *Não me vende pra polícia seu idiota.*

"Você tem todos esses trabalhos e todas essas galinhas, e eu tenho um escravo, fornido, como você disse, que eu não uso e que somente me atrasa, de modo que eu estava pensando que você talvez pudesse comprá-lo de mim por um bom preço, e ele poderia cuidar dessas suas galinhas."

McHart me olhou de cima a baixo. "Eu nunca tive um escravo. É muito difícil pra cuidar e manter? Do que ele se alimenta?"

"Comida, água. É que nem um cachorro. Só que eles meio que falam."

"Qual o nome dele?"

"O nome dele é Jim."

Meu coração parou. E se esse chefe de polícia tivesse visto um folheto sobre o fugitivo Jim? Até onde eu sabia, devia haver um retrato meu pregado na parede do seu escritório.

"É muito mais fácil de manter do que um cachorro", acrescentou Norman. "Eles não deixam pilhas de cocô pra você pisar em cima, não ficam mijando pelos cantos. Não ficam perseguindo gambás e porcos-espinhos. Caramba, esse aqui até canta."

"Não sei. Sou ocupado demais pra manter um escravo", disse McHart.

"Bom, é por isso que você precisa dele." Norman havia vestido seu disfarce por completo. Aquele pensamento de que talvez ele fosse branco e estivesse se passando por negro só para mim passou mais uma vez pela minha cabeça. "Ele não ronca. Come qualquer coisa. E fará tudo que você mandar, exceto usar aqueles sapatos. Preciso admitir que são um pouco apertados para os seus pés. Crioulos são famosos por ter pés grandes."

McHart riu. "Senhor de escravos", ele disse a si mesmo. "Quanto?"

"Mil dólares."

McHart soltou um assobio. "Eu teria de vender muitos ovos pra conseguir esse tanto de dinheiro."

"Quinhentos", disse Norman.

McHart balançou a cabeça. "É melhor você falar com um dos fazendeiros que tem por aqui. Ou, talvez, com o Velho Henderson. Sempre tem uma meia dúzia de escravos lá com ele. Ele tem uma pequena serraria do outro lado da cidade."

"Henderson", Norman repetiu o nome. "Puxa, muito obrigado, xerife."

"*Chefe de polícia.*"

"Ah, é. Chefe de polícia."

McHart foi se afastando de nós ao mesmo tempo que fomos nos afastando dele. "Você é muito bom nisso."

"Nisso o quê?"

"De ser branco."

"Eu venho praticando há um bom tempo. É, ao mesmo tempo, mais fácil e mais difícil do que parece." Ele reparou no meu silêncio e me lançou um longo olhar. "Aconteceu alguma coisa? Tem algo incomodando você? Achei que ficaria feliz por eu ter superado meu nervosismo."

"Ficar um pouco nervoso é sempre bom."

3.

Um de nossos estômagos reclamou. Talvez ambos. Segui Norman pela rua até o armazém. Na varanda havia algumas batatas e biscoitos dispostos sobre um pedaço de pano, em cima de uma mesa. A idosa estava a poucos metros de distância, ainda batendo manteiga. Cumprimentei-a com um movimento de cabeça. Ela não fez qualquer gesto de reconhecimento, apenas retornou o olhar para o seu projeto. Uma mulher branca, pelo menos uma cabeça mais alta do que Norman, saiu por uma porta. "Batata um centavo. Biscoito um centavo", disse a mulherona. "Pra oiá não custa nada, mas eu num gosto."

Norman enfiou a mão no bolso e tirou um centavo de lá. "Pode pegá uma batata ou um biscoito", ela disse. "Batata ou biscoito. Não me interessa. Me dá essa moeda."

Norman me lançou um olhar. Ele estava me perguntando qual das duas, mas a brancona gigante olhava fixamente para mim. Ele foi levando a mão em direção a um biscoito, mas, antes que pudesse tocá-lo, a idosa da manteiga soltou um espirro. A gigante olhou bem feio para a escrava, que não deu muita bola para ela.

"Vô pegá uma batata", disse Norman.

A gigante deu meia-volta e entrou de volta em sua loja, pisando forte. A mulher da manteiga não olhou para Norman, mas deteve os olhos em mim por um breve segundo. Reparei nas rugas profundas ao redor de seus olhos. Depois disso, ela sumiu, desapareceu em si mesma, e ficou claro que não tinha absolutamente nenhum interesse em nós.

Fomos andando até a outra ponta de Bluebird Hole, onde nos embrenhamos num mato afastado da cidade e achamos um lugar para nos sentarmos. Norman levou a batata até a boca, com a intenção de mordê-la. Eu segurei sua mão e balancei a cabeça.

"Isso vai te fazer vomitar que nem um cachorro", eu disse.

"Precisamos cozinhá-la. A batata, na verdade, é uma solanácea."

"Mas eu estou com fome."

"Melhor passar fome por mais um tempo do que passar mal. Ou pior."

Acendemos uma fogueira, enfiamos a batata num espeto e a deixamos sobre as chamas durante um bom tempo.

Meia batata nunca foi tão gostosa, especialmente nos pontos em que deu uma torradinha.

"Aquela mulher me assustou", disse Norman.

"Era a maior mulher que eu já vi", eu disse.

"Talvez a maior pessoa." Norman girou a cabeça e estalou o pescoço. "E agora?"

"Henderson, o cara da serraria?"

"Quem é que vai querer comprar você?", disse Norman.

Rimos um pouco daquilo. "Você ficaria surpreso", eu disse.

Tiramos um cochilo. Norman acordou e me pegou escrevendo no caderno. Senti que ele ficou me observando durante algum tempo. Até que, por fim: "O que você está escrevendo?".

"Não sei direito."

"Talvez você devesse escrever canções. Sabe, poesia."

"Como as do Emmett?"

"Sim, exatamente desse jeito. Sobre os escurinhos tentando voltar pra senzala porque estão com saudades do sinhozinho."

"Pensei em rasgar essas páginas e queimá-las, mas as canções ainda existiriam. Esses caipiras continuariam cantando. Então, melhor saber que elas existem. Você não acha?"

"E se você não conseguir fugir? Quer dizer, se eu não conseguir te reaver depois de te vender?"

Eu não disse nada. Fechei o caderno. "Essa comida não foi suficiente", eu disse.

Norman empurrou o corpo para cima até ficar de pé.

"Henderson?"

Assenti com a cabeça.

"E se ele te acorrentar?"

"Não consigo trabalhar acorrentado."

Norman não pareceu convencido.

"Nós precisamos do dinheiro", eu disse. "Você não pode dizer pra eles que o meu nome é Jim. Eles estão procurando por um foragido chamado Jim."

"Como você quer que eu te chame?"

"Diz pra eles que o meu nome é Fevereiro, mas que eu nasci em junho. Eles adoram pensar que nós somos burros desse jeito."

Norman assentiu com a cabeça.

"Você acha que consegue encontrar o caminho de volta até este lugar?", perguntei.

"Sim."

"Então vamos nos encontrar aqui. Se eu não estiver de volta em dois dias..."

Norman me interrompeu erguendo a mão.

"Toma — fica com isso." Dei o meu caderno a ele.

"Vou cuidar dele", ele disse.

"Vamos lá."

Retornamos à estrada e a seguimos na direção sul a partir do vilarejo. A serraria era imunda, como as serrarias sempre eram.

Era um estabelecimento comercial pequeno e triste, que cheirava mais a dejetos animais e humanos do que a serragem. Havia sete escravos trabalhando com machados e enxós, e outros dois usando uma serra de empunhadura dupla. Alguns desses homens tinham tantos dedos faltando que justificaria serem chamados de manetas. Tudo se resumia a um prédio único, aberto num dos lados, como uma cavalariça. Os homens estavam dando formas arredondadas e quadradas a grandes quantidades de nacos de madeira de bom tamanho. O único branco presente veio andando em nossa direção. Era um homem de estatura mediana e compleição leve. Conforme ele foi chegando mais perto eu fiquei alarmado, porque o homem me pareceu familiar. Eu não conseguia me lembrar de onde o conhecia.

"Posso ajudá?", perguntou o homem.

"Meu nome é Brown", disse Norman. "Você deve ser o Henderson."

"Isso mesmo", disse Henderson. Ele me deu uma boa olhada, dos pés à cabeça, mas não deu nenhum sinal de ter me reconhecido.

"Belo empreendimento", disse Norman. "Que tipo de madeira vocês cortam aqui?"

Henderson deu uma olhada de menos de um segundo para Norman. "Cipreste. Só cipreste. O dinheiro tá no cipreste."

"E por quê?"

"O pessoal usa essa madeira daí nas doca e nessas coisa por toda a extensão desse rio. Nunca apodrece. Cê num sabe de nada, é?"

"Sobre madeira não sei muito mesmo — isso é verdade", disse Norman. "Mas eu entendo de bons trabalhadores e entendo de escravos." Norman olhou para mim. "E entendo o que é estar numa pior. É por isso eu vim até aqui, atrás de você."

"Num tendi."

"Tá vendo esse menino reforçado que eu tenho aqui? Bom, este é o meu escravo, Fevereiro. Só que ele não nasceu em fevereiro. Ele nasceu em junho."

"Então por causa de que que chamaram ele de Fevereiro?"

"Não sei. Sabe como são esses escurinhos. Mais burros que um balde de pelo."

Henderson gargalhou muito. "Essa foi boa. Balde de pelo. Ha ha ha."

"O Fevereiro aqui é forte que nem um touro."

Henderson parou de rir e olhou para mim. "Me mostra essas mão aí, menino."

Mostrei minhas mãos a ele e fiquei observando-o registrar que eu tinha todos os dez dedos. Virei as palmas para cima para mostrar meus calos.

"Cê já cortô madeira?", Henderson perguntou.

"Sim, sinhô", eu disse.

"E que que cê acha do seu patrão te vendê?"

Que pergunta estranha. Fiquei estarrecido e atordoado por ela. Olhei para ele para ver se cairia novamente na gargalhada, mas não. Olhei para Norman para constatar que ele estava tão confuso quanto eu. "Oia, patrão, acho qui eu sô popriedade dele por direito, intão ele pódi fazê o qui quisé cumigo."

Henderson concordou com a cabeça. Ele pegou o meu bíceps e o apertou. "Já vi mais forte", comentou. "Quanto que cê tá pedindo por ele?"

"Quinhentos", disse Norman.

"Cê tá é louco", falou Henderson. "Eu posso ir até Memphis e comprá três crioulo lá por esse preço."

Norman me surpreendeu. "Mas cê não precisa ir até Memphis, né? Este escravo aqui apareceu na sua porta."

Henderson ficou pensando. Olhou para seu pátio e para o trabalho que estava sendo feito, os dois homens lutando para manejar a serra dupla.

"O Fevereiro aqui pode trabalhar do primeiro ao último raio de sol com a força de dois homens", disse Norman.

"Trezentos", disse Henderson.

"Quatrocentos."

"Trezentos e cinquenta", disse Henderson.

E Norman estendeu o braço para apertar sua mão. "Fechado."

"Puxa vida, cê é mesmo bão de negócio", disse Henderson.

"Luke", ele chamou, por cima do ombro.

Um homem pequeno veio correndo até nós. "Patrão?"

"Luke, leva o Fevereiro aqui pro barracão e dá um pouco d'água pra ele", disse Henderson. Ele ficou me olhando, mais uma vez, por um longo tempo.

"Comida tomém, patrão?", perguntou Luke.

"Não. Ele come c'ocês mais tarde. Bota ele pra trabaiá na serra lá com Sammy. O Rainbo te ajuda."

"Sim, sinhô", disse Luke. Ele virou-se para mim. "Vamo."

Dei uma última olhada para Norman, vi que ele parecia mais assustado do que eu e, em seguida, fui atrás de Luke.

4.

Fui pelo complexo atrás de Luke, que mancava severamente. Ele apontou para uma tina de água e ficou olhando enquanto eu a jogava no rosto e a bebia.

"Você não detesta ser vendido?", perguntou Luke.

"Tanto quanto ser comprado", respondi.

Luke riu.

"Aquele homem te batia?"

Fiz que não com a cabeça.

"Bom, esse vai. Esse gosta do chicote."

"Lamento saber disso." Fiquei olhando para a mão deformada de Luke.

Ele a ergueu para me mostrar onde deveria haver dedos, entre o polegar e o mindinho de sua mão direita. "Sabe, as ferramentas que não têm fio são muito mais perigosas do que as afiadas."

Parei para admirar a metáfora que ele havia criado, mas ele continuou:

"Aquele idiota lá fora não nos dá tempo de afiar nada do jeito que deveria ser."

"Entendi."

"Levando tudo em conta, ele é um bom patrão", disse Luke.

"Mas você acabou de dizer que ele gosta do chicote", eu disse.

"Ele é o patrão. Tem de nos manter no nosso lugar, né?"

Fiquei analisando o rosto desse homem. Ele não era muito mais velho que eu, mas uma coisa era significativamente diferente. Quando se virou para beber um pouco de água, vi as numerosas cicatrizes em suas costas. Será que ele tivera de ser brutalmente espancado até se dobrar? Procurei sentir compaixão.

"Os outros pensam como você?", perguntei. "Sobre o Henderson. Acham que ele é um bom senhor?"

"Eles pensam o que eles pensam. Eu penso o que eu penso."

O que queria dizer que não.

"Ele é justo", disse Luke. "O que mais se pode esperar da vida? Ele bate em todos nós do mesmo jeito, nem mais e nem menos."

Assenti com a cabeça.

"É melhor te levarmos lá para aquela serra."

Quando voltei para o pátio, não vi mais nem Norman, nem Henderson. Eu só podia torcer para que Norman logo estivesse de volta ao nosso ponto de encontro. Fui levado até o lugar onde estava montada a serra dupla, um buraco enorme no chão em cima do qual repousava o tronco grosso de uma árvore. Uma serra comprida era segurada por um homem na parte de fora do buraco e por outro na parte de dentro. Fiquei estudando o desenho do lugar, a estradinha que levava para fora do complexo. Quando chegasse o momento, eu teria de dar o fora daqui navegando por entre esses espaços o mais rápido possível, e no escuro.

Eu trabalharia com Sammy, um homem de duas mãos. Ele era menor que Luke e consideravelmente menor que eu. "Cê fica com a parte de baixo", ele gritou.

Entrei no buraco e olhei para Sammy, lá em cima. Ele parecia tão longe de mim. Um céu cinzento às suas costas. Ele estava de pé sobre o enorme tronco que tínhamos que serrar, e fiquei me perguntando por que ele fazia tanta questão daquela posição, até começar a sentir os meus pés afundando na lama. Precisei usar as mãos e os braços para conduzir meus pés até alguma parte sólida.

Segurei o enorme cabo de madeira da serra comprida. Não precisava ser um especialista para ver que a ferramenta havia sofrido com a negligência. Não apenas ela parecia cega como estava cheia de pontos de ferrugem e deformidades. Começamos. Foi um dos trabalhos mais difíceis e miseráveis que eu já fiz. Eu estava afundado na lama e, possivelmente, nos excrementos de animais e pessoas até os tornozelos. O fedor era terrível. Sammy era fraco demais, mesmo com duas mãos, para puxar a serra com qualquer potência, e leve demais para que a gravidade o ajudasse na descida. A serra tosca se entortava com frequência, cortando o grande tronco de maneira eficaz apenas durante alguns segundos por vez. Sempre que ela ficava presa eu me contorcia, temendo que aquela folha de metal fino fosse se soltar e arrancar um dedo, uma mão, ou algo pior.

O dia começou a escurecer e nós ainda não estávamos nem na metade da pilha de madeira. Levantei a cabeça e vi Henderson parado de pé na beira do buraco. Ele sacudia a cabeça enquanto me encarava, lá embaixo. "Cê num vai consegui fazê josta nenhuma se ficá com medo da lâmina", ele disse. "Sai daí e vem levá as suas lambada."

Fiquei olhando para Luke, que estava de pé logo atrás de Henderson.

"Vamo lá", disse Henderson.

Precisei usar as mãos para ajudar minhas pernas a saírem daquele lodo, estiquei o braço para pegar uma corda e me puxei para fora.

"Lambada?", perguntei.

Henderson balançou a cabeça. "Me arrumei um respondão, agora", ele disse.

Como aprendo rápido e estava totalmente familiarizado com o meu mundo, eu não disse mais nada. Não disse nada enquanto ia seguindo Henderson até o barracão. Não disse nada enquanto Luke, tentando esconder um sorrisinho no rosto, agora horrendo, amarrou minhas mãos com uma corda de fibra de cânhamo num tronco. Não disse nada enquanto minha camisa foi arrancada do corpo por alguém não identificado. Não disse nada enquanto o couro me fustigou, me rasgou, me queimou. Antes de desmaiar, fiquei surpreso com a constatação de que o sangue que escorria de minhas costas não aliviava a ardência de meus ferimentos.

Recobrei os sentidos e vi o rosto do pequeno Sammy. Eu não sabia nem como ficaria sentado, muito menos como fugiria daquele lugar.

"Eu estou vivo?", perguntei.

"Lamento lhe dizer que sim", ele disse.

Consegui me sentar. Estava escuro, mas a noite tinha um pouco de luar. "Esse gosta do chicote", repeti as palavras de Luke.

Sammy concordou com a cabeça. "Ele vai fazer isso nos primeiros dois dias. Ali pelo terceiro dia ele vai parar, e você dará graças a Deus."

Empurrei meu corpo para cima e me levantei. Eu estava com muita dor, mas meu medo era o sentimento mais pronunciado. "Por quanto tempo fiquei desacordado?" Eu estava perguntando a ele quanto tempo faltava para o sol nascer.

"Um bom tempo", ele disse.

"Onde estamos?", perguntei. "Cadê o buraco?" Eu estava tentando me orientar.

"Estamos no barracão", ele disse. "Aonde você vai?"

Doía não poder confiar naquele homem negro. Talvez não fosse de Sammy que eu desconfiasse, mas não tinha como ter certeza de que ele não contaria a Luke, e eu, definitivamente, não confiava em Luke.

"Eu preciso jogar um pouco daquela lama nas minhas costas, pra cicatrizar", menti, mas pareceu fazer sentido para ele.

"Vou descer naquele buraco pra pegar um pouco. Não conta pro Luke, tá bem?"

"Eu não gosto do Luke", disse Sammy.

Fiquei olhando para aquele homenzinho. "Quantos anos você tem?", perguntei.

"Não sei. Quinze, eles dizem. Eu não sei."

"O Henderson bate em você como ele bateu em mim?"

Sammy fez que sim com a cabeça. Puxou a camisa para cima para me mostrar suas cicatrizes. Quando fez isso, vi seios.

"Você é uma mulher", eu disse.

"Eu nunca disse que era qualquer outra coisa."

"Você é uma garota", eu disse. Olhei para o rosto dela e vi o rosto da minha filha, imaginei suas costas tão retalhadas quanto as dela. "Abaixe a camisa."

Ela abaixou.

"Quinze", eu disse. "Você é corajosa?"

"Não."

A resposta foi decepcionante. Eu tinha pensado em levar Sammy junto comigo. Naquele momento, me dei conta do quanto o meu plano havia sido mal planejado, mas tive dificuldades de me imaginar indo embora e deixando-a para trás.

"O Henderson sabe que você é uma garota?"

Ela não respondeu, mas eu entendi. É claro que ele sabia.

"Escuta. Eu vou fugir deste lugar esta noite. Você quer vir também? Quer tentar ir para o norte?"

Apesar de ter admitido não ser corajosa, ela ficou refletindo silenciosamente sobre o que eu estava lhe dizendo.

"Eu tenho uma filha", continuei. "Pouca coisa mais nova que você, mas ela é a minha família. Eu não ia querer uma coisa dessas para ela. Não ia querer viver sabendo que ela sentiu essa dor."

"Como você não ia querer viver?", disse Sammy.

"Esta é uma longa conversa", falei. "Vou embora daqui hoje à noite. Eu não vou ser chicoteado mais uma vez. Quer vir comigo?"

Sammy concordou com a cabeça.

"Vamos. Vamos agora."

Fiquei feliz de Sammy estar comigo, por outros motivos além de salvar a mim mesmo e também a ela de futuros açoites e do que eu sabia que Henderson estava fazendo com ela.

Saímos andando pelo barracão e lá estava Luke, deitado no meio do corredor, como uma sentinela adormecida. Congelamos.

"Ele sempre dorme aí", Sammy sussurrou.

Passamos por ele andando na ponta dos pés e chegamos ao pátio. Uma garoa começou a cair. Tentei entender onde estava, mas tudo parecia diferente. Eu estava muito perdido. Não consegui encontrar a trilha que havia pegado para chegar àquele lugar.

"Cadê aquela estrada, Sammy?"

Ela foi me conduzindo. Sem ela, talvez eu ficasse andando em círculos ou fosse parar na porta da casa do Henderson, onde quer que ela ficasse.

"O que nós estamos fazendo?", Sammy perguntou. "Para onde estamos indo?"

"Eu preciso chegar naquela estrada que leva para a cidade", eu disse.

"Que cidade?"

Eu não sabia. Não conseguia encontrar seu nome na minha cabeça. Tentei me lembrar da placa, mas o que me surgiu foi a voz do chefe de polícia. "Blue alguma coisa", eu disse.

"Bluebird Hole", ela disse.

"Isso." Eu ia me sentindo mais forte a cada passo que dava para longe daquele lugar. "Nós vamos encontrar o meu amigo e seguir em frente."

"Seu amigo?"

"Você vai ver."

A garoa não durou muito tempo e tinha parado quando o dia começou a alvorecer. Avistei os limites do vilarejo e nos desviei na direção da floresta. Encontrei as pedras grandes que eu tinha guardado na memória e nos levei mais para dentro do mato. Conseguia ver onde Norman e eu havíamos aberto caminho pelo meio da vegetação no dia anterior e, em seguida, encontrei os restos da fogueira que havia cozinhado a nossa batata. Norman não estava lá.

"Você esperava que seu amigo estivesse aqui?", perguntou Sammy.

Não respondi. "Quanto tempo até o Henderson dar pela nossa falta?"

"Assim que o Luke perceber, ele saberá. Então ele já sabe."

"Ele tem cães?"

"Tem um."

"É um cão de caça?"

"Acho que é", ela disse.

"Você ficaria aqui esperando? Digo, exatamente aqui, sem ir para lugar nenhum?"

"Eu nem saberia para onde ir." Ela estava apavorada. Dava para ver.

"Eu te prometo que a gente vai embora daqui." Me levantei e fiquei olhando por entre as árvores, procurando por Norman. Infelizmente, nosso ponto de encontro ficava ao norte do estabelecimento de Henderson, precisamente a direção para a qual um escravo fugiria. "Sammy, fique aqui. Eu volto sem demora. Eu prometo."

Continuei dentro do mato e subi num morro de modo a poder olhar para a cidade de cima. Consegui ver que a rua principal do vilarejo estava deserta. Fiquei prestando atenção a qualquer som, principalmente o de cães.

Fiquei esperando e observando. Eu não queria deixar Sammy sozinha por muito tempo. Só precisava ver Norman saindo daquela cidade e andando na minha direção. Fiquei pensando se eu estava correto nos breves momentos em que desconfiei dele. Perguntei-me mais uma vez se ele era mesmo negro. Talvez fosse apenas um branco louco que tinha acabado de me vender. Porém, o plano de me vender tinha sido minha ideia, a menos, é claro, que fosse um golpe tão manjado que ele apenas ficou esperando que eu a manifestasse. Voltei pela floresta, em direção à jovem Sammy, me remoendo por ter sido um idiota.

Encontrei o córrego que passava perto de onde estávamos, tendo, assim, a confirmação de que eu não estava perdido, mas, aí, ouvi os gritos.

5.

Surpreendi-me comigo mesmo enquanto corria pelo mato. Se ela tivesse sido descoberta por Henderson ou algum outro branco, seria o fim, tanto para ela quanto para mim. Ao mesmo tempo, eu não podia abandoná-la. Segui em frente até encontrá-la gritando e chorando, ajoelhada no chão, diante de um homem. Sem pensar, um método de ação que começava a me parecer familiar, agarrei o homem pelos joelhos e o joguei no chão. Estava prestes a lhe desferir um soco quando percebi que estava montado em cima de Norman. Ele estava com as mãos erguidas, protegendo a cabeça.

"Norman", eu disse.

Ele me empurrou para o lado. "O que está acontecendo? Quem diabos é esse aí?" Ele ficou me olhando de boca aberta.

"Sammy", falei.

"Isso não é resposta", ele disse. Ele olhou para a garota. "Isso não é resposta. Por que ele está aqui?"

"Ela vai conosco", eu disse.

"Ela?"

Fiz que sim com a cabeça.

"Você não só fugiu como também roubou uma escrava?", ele questionou. "Posso te fazer uma pergunta? Por quê?"

"Porque ela tem quinze anos, provavelmente menos, e aquele homem batia nela com um chicote e você sabe mais o quê", respondi, direto.

Norman me escutou. Ele olhou para Sammy, depois para mim, depois para Sammy. "Entendi. Mas o que nós vamos fazer?"

"Onde você estava?", perguntei.

"Usei um pouco do nosso dinheiro pra comprar comida. Biscoito salgado, carne seca."

Não reclamei. Aquilo pareceu razoável. "Nós temos que dar o fora daqui", eu disse. "Aquele Henderson deve estar vindo pra cá. Sammy, esse é o Norman." Deixei que Norman se levantasse.

Sammy estava tão assustada que tinha dificuldades para respirar. Ela estava desesperadamente confusa.

"O Norman é — era — escravo", expliquei.

"Eu não quis te assustar, Sammy", disse Norman.

Ela não estava ouvindo nada do que estávamos falando.

"Sammy", falei. "Olhe para mim. O Norman é o amigo que eu estava procurando. Ele é negro, como você e eu." Fiz uma pausa. "Bom, ele é negro."

"Isso aí é um branco", ela disse.

"Não, ele só parece branco", respondi. "Isso acontece."

Norman desviou o olhar para a estrada em meio às árvores.

"Nós estamos juntos", eu disse.

"Precisamos ir nessa", falou Norman.

"Esse córrego leva para o rio", eu disse.

"Ou para outro córrego", disse Norman.

"E daí esse levará para o rio."

"Nós vamos para o norte ou para o sul agora?", ele perguntou.

"Não vamos ser pegos. Essa é a primeira coisa."

"Esquece esse córrego. Eu digo que devemos ir para o sul, por terra. Ninguém vai esperar por isso."

Norman estava correto, é claro. Por algum motivo, o rio me parecia seguro, mas eu sabia que não era. "Ok. Sul."

Foi bem nesse instante que ouvimos mais de um cachorro latindo.

Não haveria mais nenhum vilarejo durante algum tempo. Norman não poderia simplesmente fingir que era dono de nós dois, não com a notícia de nossa fuga se espalhando pela região. Teríamos que ficar no meio da mata fechada. Mas, primeiro, tínhamos de colocar uma boa distância entre nós e Henderson. Eu era um obstáculo para a nossa velocidade. A surra que havia levado tinha me consumido muito. Teria sido mais inteligente descansar antes de partir, mas o medo não permitiu. Nós corremos. Na maior parte do tempo, parecia que Sammy estava fugindo de Norman tanto quanto de qualquer outra coisa. Ela ficava virando a cabeça para olhá-lo, ainda sem acreditar que ele era negro e, certamente, sem se dar por convencida de que ele não era uma ameaça.

Chegou o meio-dia e eu não consegui mais correr. Encontramos um barranco com um pequeno riacho e uma formação rochosa que era quase uma caverna e, ali, descansamos. Não conseguíamos mais ouvir os cães. Encostei-me numa pedra e me contorci.

"Deixa eu ver isso", disse Norman. Ele examinou minhas costas. Seu rosto ficou branco. "Meu Deus, Jim. Ele te retalhou. O que eu faço?"

"Pouco antes de chegarmos aqui, nós passamos por uma monarda", eu disse. "Uma planta com umas flores grandes vermelhas."

"Eu vi", falou Sammy.

"Preciso da raiz e de um pouco da terra de lá", apontei.

Sammy foi correndo buscar as plantas.

"Você acha que ela vai voltar?", perguntou Norman.

Fiz que sim com a cabeça.

"Vê se você consegue limpar os machucados", eu disse.

Removi o trapo que havia se tornado minha camisa e Norman o usou para limpar minhas costas. Ardia que nem louco. Tentei relaxar o corpo e não morder a língua.

"O que você fez?", Norman perguntou.

"O que eu *fiz*? Eu sou um escravo, Norman. Inalei quando devia ter exalado. O que eu *fiz*?"

Sammy voltou correndo até nós. Ela pôs as raízes no chão, junto com algumas folhas. "Eu achei essa tanchagem também", ela disse.

"Que bom, Sammy. Obrigado. Agora, ponha as raízes da monarda e essas folhas naquela pedra e esmague bem. Norman, pegue um pouco da terra dali e faça um montinho."

Norman saiu.

"Muito bem, Sammy. Foi uma boa ideia pegar a tanchagem." Fiquei assistindo enquanto ela usava uma pedra para esmagar as plantas.

Norman voltou.

"Misture com a lama e passe nas minhas costas." Sammy e Norman aplicaram, juntos, a lama. "Este é um lugar seguro, acho." Eu estava estimando, torcendo, dizendo aquilo principalmente porque sabia que só os atrasaria se tentássemos correr. "Vamos esperar aqui e partimos à noite. Parece uma boa ideia?"

"Acho que sim", disse Norman.

Sammy concordou com a cabeça.

"Melhor a gente dormir agora. Melhor eu dormir agora."

Acho que desmaiei.

6.

Acordei e me deparei com Sammy e Norman olhando para mim enquanto comiam biscoito salgado. "Biscoito?", perguntou Sammy.

"Obrigado", respondi, e peguei o que ela me ofereceu.

"Pega um pedaço de carne." Norman empurrou o papel em cima do qual a carne estava na minha direção.

"Não, obrigado. Só o biscoito."

"Tem gosto de serragem", disse Norman.

Olhei ao meu redor. Estava começando a escurecer. "Vocês ouviram alguma coisa?"

"Não", disse Sammy. "Nem cachorros, nem vozes."

"E pássaros?", perguntei.

"Pássaros?" Norman virou a cabeça de lado.

"Os pássaros fazem silêncio quando tem pessoas andando pela floresta."

"Acho que ouvi uns pássaros", disse Sammy. "Tenho a impressão."

"É melhor a gente se mexer, então, ir pra bem longe daqui." Empurrei meu corpo para cima até ficar de pé e, por um segundo, perdi o equilíbrio.

"Você acha que está bem?", Norman perguntou.

"Estou bem", eu disse. "Vamos lá. Acho que nós devemos ir até o rio e atravessá-lo de algum jeito."

"Nós nem sabemos onde estamos", falou Norman. "Pode ser um estado de escravos do outro lado do rio."

"É provável", eu disse. "Nós somos escravos, Norman. Estamos onde estamos."

"O que isso quer dizer?"

"Não sei. Soou melhor na minha cabeça."

"Eu sei o que isso quer dizer", disse Sammy. "Nós somos escravos. Não estamos em lugar algum. Uma pessoa livre pode estar onde ela quiser. O único lugar em que nós podemos estar é na escravidão." Ela olhou para Norman. "Você é mesmo escravo?", ela perguntou.

"Sou."

"E você é uma pessoa de cor", ela disse.

Norman fez que sim com a cabeça.

"Alguém sabe?"

"Ninguém", disse Norman.

"Então por que você insiste em ser negro?"

"Por causa da minha mãe. Por causa da minha esposa. Porque eu não quero ser branco. Não quero ser um deles."

Sammy olhou para mim. "É uma resposta muito boa."

"Também achei", concordei.

"Podemos ir agora?", Norman perguntou.

"Vamos lá", eu disse.

Era uma noite limpa e enluarada que projetava anéis de sombra ao pé das árvores. Nós nos movíamos com facilidade, em alguns momentos, até com rapidez. Nossa ideia era seguir a água, seguir os cursos d'água menores até chegar nos maiores. Quando você está fugindo, se esquece do terreno, esquece da natureza. Fiquei imaginando quantas cobras simplesmente levaram um susto com nossos pés passando, surpresas demais para nos atacar. Quantos passos errados não se converteram em tombos porque o passo seguinte veio tão depressa que passamos voando por cima do perigo? E, mesmo assim, com toda aquela correria, nenhum lugar parecia um novo lugar. Talvez essa fosse a própria natureza da fuga.

O rugido do rio anunciou sua presença, mas, bem no meio do Velho Lamacento, tudo parecia muito calmo e silencioso. Exceto pela sua convulsão modorrenta e ritmada, e pelo barulho da roda de um barco a vapor navegando por entre a correnteza.

"Olha só pra toda essa água", disse Sammy.

"Você nunca tinha visto o rio?", perguntei.

"Eu nunca tinha me afastado mais de vinte metros daquele buraco da serra."

Todos ficamos em silêncio por algum tempo enquanto absorvíamos aquilo.

"Bom, agora você está vendo", eu disse. "O poderoso Mississippi. Vai para o sul até New Orleans e para o norte até..." Congelei.

"A liberdade", disse Norman.

"Supostamente", respondi.

"E nós vamos atravessar isso aí?", disse Sammy.

"Sim", confirmei.

"Como?", Sammy perguntou.

"Como?", agora Norman.

"Vocês sabem nadar?", perguntei a ambos.

"Não", disse Norman.

"Eu não sei", falou Sammy.

"Se ficarmos nesta margem, eles vão nos encontrar." Olhei ao meu redor. Nós ainda estávamos a alguns metros da água. Entre nós e a correnteza, havia um grande lamaçal. "Grosso demais pra navegar, mas ralo demais pra arar. Ouvi alguém dizer isso um dia."

"Parece ser verdade", disse Sammy.

Fiquei olhando para os pedaços de madeira cravados no meio da lama. "Temos que fazer uma balsa. Madeira tem bastante, mas vamos precisar arrumar uma corda ou algo assim para amarrar tudo."

"Eu vou atrás disso", disse Norman. "Até compro, se precisar."

Sammy e eu ficamos observando Norman desaparecer no meio da vegetação.

"Ele é mesmo escravo?", disse Sammy.

"É o que ele diz. Acho que acredito."

Pegar a madeira acabou se revelando extremamente difícil. A lama não apenas prendia os galhos com força como também nos sugava para baixo. Quanto mais avançávamos, mais afundávamos. Em mais de uma ocasião, um precisou do outro para se soltar.

"Isto é mais difícil do que trabalhar para o Henderson", disse Sammy.

Balancei a cabeça. "O pagamento é melhor."

"Por que você me trouxe junto com você?", ela perguntou.

"Eu não podia te deixar lá."

"Você deixou os outros."

"Talvez eu não devesse. Mas deixei. Não posso desfazer isso agora. Aquele Luke não teria vindo conosco, de todo modo."

Fomos arrastando toda a madeira que conseguimos juntar pela encosta, até uma praia de cascalho. Tentamos encaixar e prender os galhos juntos da melhor maneira possível sem uma corda ou barbantes.

"Então você nasceu naquela serraria?", perguntei.

"Foi o que me disseram."

"Sua mãe?"

"Não me lembro dela. Nem do meu pai."

"Lamento."

"Você se lembra da sua mãe?", ela perguntou.

"Não tenho certeza", respondi.

"Que bom que eu fugi", disse Sammy.

"Por quê?"

"Parece a coisa certa a se fazer."

Concordei com a cabeça.

"Ele me estuprava desde que eu era pequena", disse Sammy.

Assenti com a cabeça. "Você ainda é pequena."

"No começo era quase toda noite."

Eu queria dizer alguma coisa, mas não sabia o quê. Imaginei a minha filha novamente e senti raiva. "Ele nunca mais vai te estuprar."

A maior parte do dia se passou enquanto esperávamos pela volta de Norman. Nuvens se formaram ao sul e vieram subindo o rio em nossa direção.

"Será que é uma tempestade?", perguntou Sammy.

"Elas não são tão escuras", eu disse. "Talvez seja só uma chuvinha." Olhei para o mato. "Espero que Norman volte antes que fique muito escuro. Queria amarrar essa madeira enquanto ainda conseguimos enxergar um pouco."

Ficamos sentados e eu devo ter tirado um cochilo, porque acordei no susto, ouvindo gritos. Era Norman. Olhei e o vi emergindo do meio da vegetação próxima ao começo do lamaçal. Chamei o seu nome. Ele nos viu e veio correndo o mais rápido que pôde em nossa direção.

"Henderson!", ele gritou. "É o Henderson!"

Preciso admitir que fiquei com tanto medo que não consegui me mover imediatamente. Ele estava quase na minha frente quando gritou outra vez: "O senhor de escravos está vindo aí".

Vi uma bola de barbante em sua mão e a peguei. Comecei a avaliar a situação. Era o final do dia. Eu tinha começado a perguntar a Norman a que distância estavam nossos perseguidores quando Henderson brotou do meio do mato.

"Vamos lá", eu disse. "Joga o que a gente tem pra dentro d'água."

Tentamos empurrar os troncos e galhos mal afixados para dentro do rio, mas eles se separaram.

"Eles tão ali!", gritou Henderson. Outros dois brancos apareceram. Eles portavam pistolas.

Sammy, Norman e eu jogamos três troncos de bom tamanho dentro do rio. "Se agarrem neles e batam as pernas", eu disse a eles. "Vou tentar nos amarrar na água." O ambiente foi perturbado pelo disparo de uma pistola. "Abracem a madeira", gritei.

Outro disparo.

"Estou escorregando", disse Sammy.

Alguns metros separavam nós três, e fomos nos afastando ainda mais. Da margem, o rio sempre parecia lento e preguiçoso, mas não era. Tivemos a sorte de não haver nenhum tráfego naquele momento, mas não tínhamos controle sobre nada.

Outro disparo de pistola.

"Norman", gritei. Achei que estava vendo o topo de sua cabeça. Ele não respondeu. Olhei de volta para a margem e vi Henderson, furioso, apontando para nós. Eu via que sua boca estava se mexendo, mas não conseguia ouvi-lo. Foi aí que percebi que os homens ainda estavam atirando, mas isso eu também não conseguia ouvir. De alguma forma, consegui bater perna até o tronco de Sammy. Eu a agarrei e a empurrei para cima do seu tronco. Em seguida, usei o barbante para amarrar os dois pedaços de madeira. Foi muito difícil, e eu estava apavorado com a ideia de que o barbante se perdesse na água. Estava apavorado com tudo.

Sammy puxou ar, mas não disse nada. Vi seus olhos por um instante e, depois, eles se fecharam novamente. "Bate as pernas", eu disse. "Vamos tentar pegar o Norman." Norman estava à mercê da correnteza. Eu via que ele não estava batendo perna. Escolhi um ângulo e tentei me atravessar no seu caminho. Estava difícil enxergar qualquer coisa agora. A chuva tinha começado a cair, ainda que não forte. O vento levantava ondas.

Nossos troncos bateram nas costas de Norman. Eu o agarrei e o puxei para cima dos nossos troncos. Ele não disse nada. Então recobrou os sentidos e quase escorregou.

"Te peguei", eu disse.

"Eles atiraram em nós?", Norman disse, incrédulo. "Cadê a garota?", ele acrescentou.

"Aguentando firme", respondi. Olhei para o topo da cabeça de Sammy. Seus braços estavam estirados sobre o tronco. "Sammy", eu disse. Ela não respondeu.

"Eles atiraram em nós", Norman repetiu. "Escravo morto não trabalha. Por que eles estavam atirando?"

"Eles nos odeiam, Norman."

O rio foi nos carregando.

"Nós nunca vamos chegar na outra margem desse jeito", eu disse.

"Quê?"

"Nós vamos ser levados rio abaixo e acabar na mesma margem", eu disse a ele. "Mas está escuro, então, eles não tem como saber exatamente onde vamos parar. Provavelmente vão achar que estamos nadando para a outra margem. De qualquer modo, vamos estar a quilômetros de distância deles."

"Ok", disse Norman. Ele tentou se recompor.

"Sammy", eu disse. "Sammy?"

"Ela está bem?", Norman perguntou.

Fui para trás dela e ergui sua cabeça. Ela estava mole.

"Ela se afogou?", perguntou Norman. "Ela está morta?"

Pus a mão nas costas dela.

Consegui nos manter juntos. O rio fez o seu trabalho, nos arrastando até uma pequena gruta na encosta, coberta de arbustos espinhosos, provavelmente de amora-preta. Os galhos rasgaram roupas e pele conforme fomos nos aproximando de uma pequena praia. Os espinhos se enfiaram dentro dos ferimentos em minhas costas e eu quis gritar, mas estava mais preocupado com Sammy. Eu a protegia com meu corpo. Norman foi o primeiro a se liberar e nos puxou para fora da água. Virei Sammy e olhei para o rosto dela. Seus olhos estavam fechados e eu não conseguia detectar sua respiração.

"Ela está morta?", Norman perguntou.

Deitei-a de bruços para tentar fazê-la expelir a água. Fiz pressão sobre o seu peito e sua camisa subiu, revelando um buraco.

"Isso é..." Norman parou.

Toquei a perfuração escurecida. "Ela levou um tiro", eu disse.

"Meu Deus", falou Norman.

"Ela está morta."

"Nós deveríamos tê-la deixado onde ela estava", disse Norman. "Pelo menos ela seria uma escrava viva. Não só mais uma fugitiva morta."

Examinei o corpo sem vida deitado no chão à minha frente. "Ela estava morta quando eu a encontrei", eu disse. "Ela só morreu de novo agora, mas, desta vez, morreu livre."

"Que papo furado", respondeu Norman.

"É mesmo, Norman?"

Ele olhou para Sammy no chão. "Não sei. Ela está morta."

Fiquei de pé, olhando, junto com ele.

"Ela é tão pequena", ele disse. "Vamos enterrá-la?"

"Você acredita em Deus?", perguntei.

"Acho que sim", ele disse.

"Eu não. Mas talvez Sammy acreditasse. Então, sim, vamos enterrá-la. Não é isso que as pessoas que acreditam em Deus querem?"

"Eu não sei."

"Você gostaria de ser enterrado?", perguntei.

"Não faria diferença para mim", ele respondeu.

"Talvez faça para Sammy."

Encontrei alguns galhos grossos bifurcados e comecei a cavar na praia. A noite estava tão escura que eu mal conseguia ver o buraco que estávamos cavando. Norman cavou com uma energia que eu não tinha. Cavou como alguém que queria acabar logo com aquilo. Ficamos de costas um para o outro e escalavramos o solo como se o odiássemos.

Com os galhos e nossas mãos, abrimos um buraco no mundo e colocamos a pequena Sammy dentro dele. Quando começamos a cobri-la, Norman disse: "Acho que nós devíamos fazer uma oração".

"Ok. Eu faço."

"Senhor, receba Sammy." Norman abriu um olho, me encarando como se estivesse perguntando se aquilo seria o bastante.

"O que mais há para se dizer?", perguntei.

"Acho que deveríamos cobrir a sepultura com pedras", disse Norman.

"Nem se incomode. O rio não vai deixar que ela permaneça aqui", eu disse. "O rio vai tirá-la desse buraco e buscá-la para ele. Ele virá buscar todos nós, quando chegar a hora."

Norman virou-se para olhar para o Mississippi. "É muita água mesmo, né?"

"E isso é o que menos tem aí", eu disse.

"Em poucas horas o dia vai clarear", falou Norman.

"Eu vou te dizer o seguinte: nunca mais vou ser escravo novamente."

7.

Sammy foi enterrada no meio da noite, da chuva, da escuridão. Nossas mãos finalizaram o amontoado de terra que representava sua vida bem quando a chuva parou e as nuvens se abriram, revelando uma lua em formato de unha. Eu não tinha me dado conta, até aquele momento, de que estava congelando.

"Precisamos tirar essas roupas molhadas", eu disse. Embora eu tivesse conseguido ficar com o pedaço de vidro que usava para iniciar fogueiras, sem sol ele era inútil, claro. Entramos mais fundo no matagal, para nos abrigarmos do vento, e nos deitamos encolhidos, perto um do outro. Ajudou.

Acordei e me deparei com o caderno de couro de Daniel Emmett sobre o meu peito. Ele estava encharcado, mas havia mantido seu formato.

"Estava na minha sacola", disse Norman.

"Obrigado." Fiquei com medo de abrir e a coisa se despedaçar toda. "Acho melhor deixar secar."

"E agora?", Norman perguntou.

Olhei para o rio sob a luz da manhã, uma superfície plana e, aparentemente, tranquila. Fiquei repassando a noite anterior em minha cabeça, como se fosse um sonho terrível. A alguns metros de nós, a sepultura da garota parecia-se, de forma bastante evidente, com uma sepultura.

Norman estava sentado ao meu lado.

"Vamos seguir nosso caminho rumo ao sul até encontrar uma canoa ou um barco desassistido para roubar", eu disse.

"Roubar? E se formos pegos?"

"Eu roubo", eu disse. "Se a gente encontrar algum. Talvez a gente possa se esconder num barco de passageiros indo para o norte. Talvez você possa me vender de novo."

"Sim, deu tudo muito certo da última vez."

Concordei com a cabeça. "Agora que todo mundo está com seus cachorros nos procurando em direção ao sul, acho que a gente deveria começar a ir para o norte."

"O que te faz pensar que encontraremos um barco?"

"As pessoas simplesmente os deixam por aí", eu disse. "Não dá pra ficar arrastando seu barco de volta pra casa toda vez que você sai do rio. Nós só temos que ter certeza de que o dono não está por perto. Demora um tempinho pra sumir de vista num barco."

"Hmmm."

Fomos embora dali sem olhar mais uma vez para a sepultura de Sammy. Seguimos andando para o sul pelo meio do mato, mantendo a visão do rio o máximo possível. Eu tinha certeza de que tínhamos despistado Henderson e seus homens, mas não estava tão certo de que as notícias de nossa fuga não tivessem chegado até aqui.

Por volta do meio-dia, nos aproximamos cautelosamente do rio e avistamos uma linha de pesca esticada em cima de um galho. Também havia um esquife amarrado ali perto. Avancei enquanto Norman ficou vigiando. Peguei quatro bagres de bom tamanho da linha e depois entramos bem fundo na mata para comê-los. Finalizamos dois e eu cortei o restante em tiras, e pendurei sobre as brasas fumegantes de nossa fogueira.

"Vamos pegar aquele barco?", perguntou Norman.

"Não. Eles vão vir conferir a linha antes de escurecer e, depois, voltar para casa. A gente pega o barco quando escurecer."

Nos deitamos de costas e ficamos olhando para o céu.

"Você parece muito confortável com tudo isso", disse Norman.

"Eu conheço esse rio. Conheço os brancos que vivem nele." Abri o caderno e desgrudei algumas páginas para que pudessem secar.

Pouco antes de anoitecer, Norman me acordou. Havia barulho de água perto do rio. Nos aproximamos e vimos um homem e um garoto remando até sua linha de pesca. Havia muitos peixes nela, de modo que eles nem suspeitaram que haviam sido roubados. Recolheram os peixes e deixaram o seu barco mais uma vez, amarrado e desprotegido. Levaram os remos com eles.

"Eles só vão voltar de manhã", eu disse. "Nós vamos precisar fazer remos."

Passamos uma hora usando o que havia sobrado de nosso barbante amarrando gravetos pequenos a um galho bifurcado robusto. Nós só tínhamos material para fazer um remo. Estava bem escuro e silencioso quando desamarramos o esquife e partimos. Também levamos os peixes que haviam sido fisgados até aquela hora. A margem oposta estava escura, distante e invisível para nós. Eu não tinha certeza de que conseguiríamos enxergá-la mesmo sob a luz do dia. O barco balançava.

"Essa coisa é segura?", perguntou Norman.

"Descobriremos", eu disse. Então lembrei que Norman não sabia nadar e fiquei pensando no quanto ele deveria estar apavorado. "Ele é seguro. Pode sentar tranquilo que o rio cuidará de nós."

"É com isso que estou preocupado."

"Nós vamos ficar bem."

Eu estava exausto quando chegamos na metade do rio. Estávamos praticamente à mercê da correnteza. Eu não sabia quanto para o sul teríamos de ir até conseguirmos alcançar a margem leste, mas tentava nos conduzir nessa direção.

"Olha", disse Norman. "Luzes."

Olhei e vi as luzes de um barco de passageiros. Ele estava bem distante e navegava rio acima, em nossa direção. Ainda não conseguíamos ouvi-lo, mas eu tive uma ideia. "Norman, venha até aqui", eu disse.

Ele veio engatinhando até mim.

"Preciso que você reme o mais forte que conseguir."

"Ok. O que nós vamos fazer?"

"Eu quero ficar bem na frente daquele barco."

"Você está louco?"

"Se ele só tiver uma roda na popa, eu posso tentar nos amarrar a alguma parte da estrutura para subirmos a bordo."

"Mas?", ele perguntou. "Sempre tem um mas."

"Se a roda for lateral, vai ser mais difícil", eu disse. Não contei a ele que poderíamos ser cortados em pedacinhos.

Ouvimos o barulho da roda conforme ela foi chegando mais perto. Conseguimos ficar exatamente na frente da embarcação. Para mim não fazia diferença se ficássemos a bombordo ou a estibordo do navio, precisávamos nos preparar para as turbulências e os contrafluxos.

Norman estava gritando e fazendo tudo exceto pular fora do esquife enquanto o barco a vapor ia ficando cada vez maior e mais barulhento. As ondas levantadas a estibordo do navio quase viraram nossa embarcação. Rodopiamos tanto que acabamos com a proa apontada para o norte. Norman estava agarrado ao seu assento. Colidimos contra o casco e fomos empurrados para o lado. Eu sentia que poderia ser arremessado para fora do barco a qualquer segundo enquanto tentava encontrar alguma coisa em que pudesse nos amarrar.

"Ai, meu Deus!", gritou Norman.

Olhei e vi que aquela embarcação tinha uma roda lateral e que suas pás estavam batendo na água às nossas costas. Eu sentia a roda nos puxando. A visão das pás destroçando a água era apavorante. Esfolei feio a pele da mão enquanto tentava me agarrar numa corda enorme pendurada na lateral do navio. Consegui pegar a corda enorme do barco de passageiros e nos segurei ali, mas eu não seria capaz de manter aquilo por muito tempo. Quase perdi a sacola que trazia pendurada ao pescoço. "Segura em mim!", gritei para Norman. Eu estava de pé na proa do nosso barquinho. As pás gigantescas nos puxavam com mais força agora, sugando-nos em sua direção. "Segura!" Senti o peso de Norman somar-se ao meu. Puxei-me para a lateral do navio até não conseguir mais aguentar segurar aquela corda. Norman deu um grito. "Pega a corda!", berrei. Senti seu peso aliviar, de modo que soube que ele havia pegado a corda, pelo menos parcialmente. Não precisei dizer para ele subir por ela. Seu medo o fez puxar-se para longe da água, para cima do convés, pisando no meu ombro e na minha cabeça no processo. Era uma escalada curta, porém íngreme, mas as cordas nos forneciam apoio para os pés. Eu vinha atrás dele, empurrando-o com o máximo de minha força. Olhei para trás e vi nosso pequeno esquife sendo estraçalhado pelas pás da roda. Norman também deve ter visto porque deu um salto pra longe de mim, aterrissando nas tábuas do convés. Fiz um último esforço para subir e depois me deitei ao seu lado.

"Ai, Jesus. Ai, Jesus", ele ficava murmurando.

"Jesus não tem nada a ver com nada disso", eu disse. "Nem pro bem, nem pro mal."

"Nós estamos vivos?"

Não respondi. Sentei-me e fiquei olhando ao meu redor. Eu conseguia ouvir muitos passos no piso superior. O teto no andar em que estávamos era baixo, de modo que não podíamos ficar totalmente eretos. Os pés das pessoas lá em cima pareciam estar pisando em nós. Ouvíamos gritos e algumas pessoas comemorando, de uma forma estranha, enquanto elas ficavam olhando para o nosso esquife destroçado.

"Misericórdia!", berrou uma mulher.

"Estão mortos, com certeza!", gritou um homem.

Não havia um gradil na beirada do barco, nem nenhuma proteção. Os sons do rio se revolvendo e das pás batendo n'água produziam uma música assustadora.

"É melhor nos escondermos", eu disse.

Ouvimos alguém se aproximando. Abrimos uma escotilha de madeira e entramos numa peça barulhenta tão mal iluminada por lamparinas que nada era muito discernível. Nos esgueiramos até as sombras e ficamos aguardando. O barulho do motor era ensurdecedor. Se alguém se aproximasse de nós, jamais saberíamos. Comecei a sentir o alcatrão se enfiando por baixo de minhas unhas, causando uma dor terrível.

8.

"Quem taí?", gritou uma voz por cima do ronco do motor. Havia muito barulho de engrenagens, muitos apitos. "Quem que taí?" Um negro de corpo atlético apareceu em meio aos dutos e ficou olhando para mim. "Que qui cê tá fazendo aqui, minino?" Ele estava segurando uma vela num castiçal.

Como eu não sabia se havia algum branco por perto, respondi: "Eu tô siscondendo". Norman estava atrás de mim, atrás de um pilar.

"Num era pra cê tá aqui."

"Eu sabo."

Ele movimentou um pouco sua lamparina e conseguiu ver Norman. "Perdão, sinhô. Num tinha visto o sinhô aí."

Norman estava prestes a tranquilizar o homem, mas eu o interrompi com um meneio muito sutil de cabeça.

"Meu patrão mi trouxe aqui pra mi amarrá", eu disse.

Ele achou estranho eu estar falando e expressou esse sentimento. "Por que qui cê tá falando?"

Norman entrou na conversa e tomou a frente. "Não fale com o meu escravo desse jeito."

"Mil perdão, sinhô." Ele jogou seu olhar para o chão. "Só num tô intendendo pur causa di que qui cês tão aqui embaixo. Num era pra ninguém tá aqui. Preto ô branco."

"O que foi que cê disse, minino?"

"Nada, sinhô."

"Agora, sai daqui e me deixa falar com o meu escravo."

O homem se encolheu e saiu dali. Ficamos vendo-o desaparecer por entre as engrenagens.

"Ele não vai conseguir nos ouvir aqui", eu disse.

"Por quê? Por que eu me passei por branco pra ele?"

"Não sabemos se podemos confiar nele", eu disse.

"Ele é escravo."

"E daí?", respondi. "Tem escravos que não se incomodam de serem escravos. Tomei conhecimento disso recentemente. E se ele for um desses?"

Norman olhou na direção do homem. "Não consigo vê-lo."

"E se ele falar pra alguém? Ele não precisa saber que eu sou um fugitivo. Que nós somos fugitivos. O que vai acontecer conosco?"

"Tem razão. Será que a gente fica esperando aqui embaixo?"

"Você acha que consegue ir lá em cima buscar um pouco de comida para nós?"

"Olhe para mim." Mesmo naquela penumbra, eu conseguia ver que ele estava todo desgrenhado. Além de estar encharcado, suas roupas estavam imundas com o alcatrão do casco. Ficar olhando para ele daquele jeito renovou a admiração que eu tinha pelo poder da cor de sua pele. Ela sozinha tinha sido responsável por constranger e controlar o escravo na sala dos motores. Mesmo parecendo o mais pobre e miserável dos brancos, Norman ainda impunha medo e respeito. Mas ele não seria capaz de resistir ao escrutínio do tropel de brancos no andar de cima — embora eles jamais fossem identificá-lo como negro, o veriam como algo ainda pior: um branco muito pobre.

O escravo que havia nos abordado retornou ao nosso campo de visão. "Mil perdão, meu sinhô, mas eu num posso deixá ocês aqui imbaixo. Eu vô ficá muito increncado por isso", ele disse.

Sussurrei para Norman: "Pergunte a ele onde fica o bagageiro do navio".

"Onde é o maleiro, minino?"

"Quê?"

"Não vem com 'quê' pra cima de mim, crioulo. Cê me ouviu", disse Norman.

O homem olhou para Norman, para suas roupas. Ele estava confuso.

"O porão, minino."

"Isso é lá na frente." Ele fez uma pausa. "Patrão, eu tenho dois trabaio. Um é mantê esse fogo acesso e essa cardeira aí fervendo, e o outro é mantê os pessoal fora daqui."

"Então vai jogar um carvão lá", Norman latiu, com uma autoridade que me surpreendeu e impressionou.

"Se o sinhô Corey descé aqui e pega ocês aqui, ele vai mi jogá drento desse fogo. E ocês dois, porvarvermente, tomém." Ele me olhou de cima abaixo, rapidamente. "Tu, principarmente, ia pará lá no fogo."

"Então não fala nada pra ele. Agora, vai!"

O homem saiu rapidamente.

"Foi bom", eu disse para Norman. "Bem verossímil."

"Eu odiei fazer isso", ele disse.

"Eu sei." Eu o empurrei para a frente. "Vamos encontrar umas roupas para você. Qualquer coisa será melhor do que o que você está vestindo agora."

O tal bagageiro na parte dianteira, no fim das contas, era uma área aberta na proa do navio. As malas estavam empilhadas de qualquer jeito e acumulavam uma camada de fuligem produzida pelo fogo de carvão. Nós só conseguíamos ver e alcançar o topo da pilha mais próxima de nós, já que a única luz vinha das lamparinas muito distantes de onde estávamos.

"Então nós simplesmente vamos abrir essas malas?", disse Norman.

"Você abre. Se ele me vir fazendo isso, vai sair correndo pra contar pra alguém", eu disse.

Norman foi abrindo uma mala após a outra. Algumas, ele abriu com a minha faca. "Tudo aqui é roupa de mulher", ele disse. Fiquei atento à aproximação do escravo da sala dos motores ou qualquer outra pessoa. "Continua procurando", eu disse. "Você vai achar alguma coisa."

Em poucos minutos, Norman soltou um suspiro de alívio. "Encontrei."

"Então veste."

Afastei-me alguns passos e fiquei olhando o homem negro colocando carvão com uma pá dentro da fornalha. O reflexo vermelho e laranja das brasas o deixava com uma aparência estranha — se não de um demônio, pelo menos de um ajudante de demônio. Ele sorria enquanto trabalhava.

Quando voltei na direção de Norman, ele estava mais estranho do que o homem dos motores. Norman havia encontrado as roupas de um homem menor e maior. Um homem gordo com braços bizarramente compridos. As calças mal chegavam à metade das panturrilhas. Os punhos das mangas do casaco cobriam suas mãos. Ele estava enrolando as mangas enquanto resmungava.

"Que foi?", perguntei.

"E se o homem lá de cima reconhecer essas roupas?"

"Deus?"

"Não esse 'homem lá de cima', o homem que é o dono destas roupas." Norman sacudiu a cabeça, quase chegou a rir.

"Não vai", eu disse. "Os brancos são vaidosos. Essas roupas estão horrorosas em você. Ele acha que as roupas dele são lindas."

"Que o homem lá de cima te ouça. Se eu tiver que pular deste barco, estou morto." O nervosismo da situação e o calor extremo do lugar estavam fazendo-o suar profusamente.

Concordei com a cabeça.

Fomos andando até a fornalha, e o homem ficou olhando fixamente para Norman.

"Como eu faço pra chegar lá em cima?", perguntou Norman.

"O sinhô num sabe?"

Norman lhe deu uma encarada severa.

O homem apontou.

Norman virou-se para mim. "Você, espere bem aqui. Me ouviu, menino? Não deixe esse crioulo falar qualquer coisa diferente pra você."

"Sim, sinhô", eu disse.

Norman subiu pela escadinha e desapareceu atrás de uma portinha. Percebi o quanto seus passos eram suaves. Ele se movia como um gato grande. Também percebi como o homem do motor ficou olhando para ele, talvez com ódio, certamente com medo, até que, enfim, entendi que era assombro.

"Então esse aí é o seu sinhozinho", disse o homem.

"Sim."

"Tem alguma coisa estranha nele."

"Qual é o seu nome?", perguntei.

"Brock. Qual é o seu?"

"Jim."

"Bom, Jim, venha até aqui me ajudar com esse carvão."

"Quê?"

"Se você vai ficar aqui, tem que trabalhar. É a minha regra. Ou eu posso ir lá em cima e falar pro sinhô Corey que você está aqui. E aí ele vai descer com o chicote trançado dele e arrancar o seu couro."

Admito que fiquei morrendo de medo daquilo, mas, acima de tudo, fiquei confuso. Peguei a pá e comecei a alimentar o fogo com o carvão. O barulho era tão intenso quanto o calor. O cabo da pá, feito de madeira, estava quente, e era difícil de segurar. Eu tinha que ficar mudando a empunhadura para melhorar meu controle da ferramenta.

"Segue firme", disse Brock. "Segue adiante. Fazendo isso por tempo suficiente, você se acostuma. Começa até a gostar."

"Você gosta?", perguntei.

"Eu gosto", ele disse. "É pro meu sinhozinho."

"Por que você diz *senhorzinho* desse jeito quando fala comigo?"

"Porque é assim que se diz." Ele ficou me encarando. "Não fique achando que eu não sei que tem alguma coisa acontecendo aqui."

"O que você acha que está acontecendo?", perguntei.

"Alguma coisa." Ele pegou uma toalha imunda que estava pendurada num cano no teto e enxugou o rosto e o pescoço. "Tem alguma coisa acontecendo. Quando o sinhô Corey descer aqui, eu vou contar pra ele."

"Eu gostaria que você não contasse", eu disse.

"Por que o seu sinhozinho estava aqui embaixo pra começo de conversa? Como é que você fala com ele desse jeito? Tem alguma coisa acontecendo aqui."

Enfiei mais algumas pás cheias de carvão na fornalha. "Quanto mais eu preciso colocar?", perguntei.

"Nunca é demais. O motor come sem parar. Quanto mais quente está o fogo, mais rápido vai o barco."

"Você nunca descansa?", perguntei.

"Eu descanso entre uma e outra pá."

"E nem dorme?"

"Eu tiro uns cochilos." Ele fez uma pausa. "Entre uma e outra pá."

A fornalha parecia mais quente do que nunca. "Ninguém te ajuda aqui?"

"Você está aqui."

"Mais ninguém?"

"É o meu motor. Eu o mantenho funcionando."

"Pro sinhozinho", eu disse.

Ele ficou ofendido. "Esse motor é meu."

"Você nunca sai desta sala? Não vai lá fora pra mijar ou cagar?"

"Tem um buraco no chão. Lá na proa."

"Não tem janelas aqui embaixo", eu disse. "Como você sabe quando é dia ou noite?"

"Não importa. O fogo está quente e a roda está girando. Uma badalada do sino, eu abro uma válvula. Duas badaladas, duas válvulas. Quatro badaladas, eu fecho estas e abro aquela e jogo todo esse vapor para a roda. É isso que nos faz andar."

"E quando o barco atraca?"

Ele ficou me encarando.

"Quando ele para", eu disse.

"É quando eles jogam mais carvão aqui embaixo e eu limpo as bitolas e toda a estrutura. É quando eles colocam mais água nos tanques."

"É quando o Corey desce aqui."

"Sinhozinho Corey", ele disse.

"Sinhozinho Corey. É aí que ele desce?"

Ele não respondeu minha pergunta. "O carvão desce aqui, e eu faço o fogo de novo, e a roda começa a girar e nós partimos."

"Quando foi a última vez que o sinhozinho Corey desceu aqui?"

"Às vezes a caldeira faz um barulho, tipo um estrondo. Não sei por quê. É um barulho novo. Ela sacode um pouco."

Fiquei olhando para a caldeira gigante, cinza-escura e negra de fuligem e vermelha de ferrugem. Enxuguei o suor do meu rosto e fiquei olhando para a fuligem na minha mão.

"Você respira isso o tempo todo?", perguntei.

"Não tem nada de errado aqui embaixo. Eu respiro muito bem. Mas tem alguma coisa estranha com você e com aquele homem que você diz que é o seu sinhozinho."

O sino deu quatro badaladas.

"Tenho que abrir no máximo", disse Brock, parecendo empolgado. Ele girou algumas manivelas e puxou algumas alavancas.

"Mais carvão", ele disse.

Joguei mais uma pá.

Os canos apitaram e a caldeira sacudiu, produzindo ruídos quase humanos. Eu não sabia o suficiente sobre aquilo para dizer se aqueles sons eram estranhos ou não.

"Ouviu isso?", ele disse. "Escuta. Parece uma mulher chorando."

"Você falou sobre esse barulho para o Corey?"

"Sinhozinho Corey."

"Você falou pra ele?"

"Eu não preciso falar pra ele", disse Brock.

"Escuta, estou cansado. Vou fazer uma pausa."

Brock tomou a pá de minhas mãos e a jogou num monte de carvão.

"Está muito quente aqui." Eu me sentei no chão, com as costas apoiadas na parede. "Você tem alguma comida?"

"Não tem comida."

"Quando você come?", perguntei.

"Quando é hora de comer. Eu levanto, pego a minha bandeja do lado de fora da porta e como. Todos os dias."

"Você nunca sai desta sala?"

"É isso que nos faz andar", ele disse. "O sinhozinho Corey garante isso." Ele passou o punho pela testa. "Às vezes eu como pão de milho."

Fechei os olhos e tentei não sentir o calor. Não consegui dormir, hipnotizado pelos sons do arremesso ritmado do carvão. Em seguida, Brock começou a cantar. Sua voz era grave e nada agradável, toda rouca e desafinada.

Sô iscravo nesse barco,
Hu ia hu ia!
Sô iscravo nesse barco,
Eu faz o barco navegá.

A chuva enche o rio,
Hu ia hu ia!
A chuva enche o rio,
Eu faz o barco navegá.

O barco vai pelo rio,
Hu ia hu ia!
O barco vai pelo rio,
Eu faz o barco navegá.

Sinhozinho Corey mi dá pão de milho,
Hu ia hu ia!
Sinhozinho Corey mi dá pão de milho,
Ele faz o barco navegá.

Abri um dos olhos e fiquei observando-o durante algum tempo, mas depois voltei a fechá-lo porque não gostei do que vi. Infelizmente, nem eu e nem o ronco do motor conseguíamos bloquear o som de sua cantoria tenebrosa.

Horas se passaram. Eu devo ter dormido, muito embora, quando acordei, tenha tido certeza de não o haver feito. O tempo parecia congelado, mas permaneceu congelado por um tempo longo demais. Fiquei imaginando Norman no andar de cima, nervoso, mas, talvez, mais confortável fisicamente, sem passar calor nem estar coberto de fuligem, ainda que, sem dúvida, mais assustado do que eu estava, mais perdido. Fiquei me perguntando se ele estaria com raiva. Fiquei me perguntando se eu, alguma vez, não tinha estado com raiva.

De repente me dei conta de que a cantoria e o movimento de pás haviam cessado. Abri os olhos e vi que Brock estava comendo, com seus dedos sujos, dum prato de metal.

"O que é isso?", perguntei.

"Pão de milho", ele disse.

Olhei para cima, para a escada que levava até a portinha.

"Sobrou alguma coisa?"

"Não", ele disse, e jogou na boca o que supus ser o último pedaço.

"Você nem pensou em dividir?", perguntei.

"Você nem deveria estar aqui pra começo de conversa."

"Você falou sobre mim para o Corey?"

"Sinhozinho Corey."

"Você falou pra ele?"

"Você nem deveria estar aqui."

"Você não o viu. Ele só deixa a comida na porta, como se você fosse um cachorro. Como é, fisicamente, o *sinhozinho* Corey?"

"Ele é o sinhozinho, e fim de papo."

Meu estômago reclamou. Tive a ideia de lamber as migalhas do prato dele, mas não o fiz. Em vez disso, fechei meus olhos novamente.

A porta se abriu lá em cima. Esgueirei-me até as sombras. E se fosse Corey? Eu não achava que seria capaz de sobreviver a mais um açoitamento. Por *sobreviver* queria dizer que eu talvez não me sujeitasse a isso. Sentia, da maneira mais plena, a raiva que vinha cultivando havia uns vinte e sete anos, mais ou menos.

Mas não era Corey, era Norman. "O que você encontrou por lá?", perguntei a ele, sem pensar. A cabeça de Brock girou à minha procura. Eu havia me dirigido a um homem branco sem o uso da língua de escravo.

"Misericórdia", disse Brock. "Eu sabia que tinha arguma coisa aí. Eu inda num sei o que qui é, mas qui tem arguma coisa, isso tem."

Norman ficou chocado com a animação do homem. "Venha até aqui", ele me disse. "Precisamos conversar."

"Misericórdia, meu Sinhô. Qui coisa horríver!", disse Brock.

Fui atrás de Norman, deixando Brock com sua pá. Ele trabalhava com rapidez e força.

"O que foi?", perguntei, assim que saímos do alcance dos seus ouvidos.

"O Emmett está aí em cima."

Olhei para a fornalha.

"Ele não me viu, mas o trombonista talvez sim. Nunca gostei daquele cara." Ele enfiou a mão no bolso. "Eu trouxe um pão."

"Obrigado."

"Tem mais uma coisa", disse Norman. "O barco está lotado de gente. Abarrotado. As pessoas estão tentando voltar para casa, no norte, por causa da guerra."

"Guerra?"

"Os estados de escravos estão tentando se separar da União. Foi o que eu ouvi. Não sei direito o que isso quer dizer. De todo modo, estão assustados."

"Guerra", eu disse.

"O que aconteceu aqui embaixo?", perguntou Norman.

"Em primeiro lugar, este escravo adora ser escravo", eu disse. "Ele parece adorar seu 'sinhozinho', como ele o chama."

"Acho que acontece."

"O lance é o seguinte: eu acho que não existe um *sinhozinho*."

"Quê?"

"Acho que não existe um senhor. Sinhozinho Corey. Ele só fica aqui embaixo fazendo este navio flutuar e navegar pelo rio. O sinhozinho Corey provavelmente está morto. Talvez esteja dentro daquela fornalha."

Norman olhou para Brock atrás de mim. "Olha ele trabalhando."

Virei-me para olhar para ele. Brock estava se movendo freneticamente, usando sua pá que nem um louco, e o fogo parecia estar tentando sair de lá de dentro e pegá-lo. A caldeira deu mais um grito, só que dessa vez foi mais alto e mais agudo. Agudo e contínuo. O motor inteiro tremeu com força e, depois, começou a crepitar. O ritmo do motor parecia fora de sincronia com as batidas das pás da roda do lado de fora.

"Tem alguma coisa errada", disse Norman.

9.

A sala inteira começou a tremer e crepitar. Além do barulho da caldeira, havia um zunido que era mais sentido do que ouvido. O sino deu não quatro, mas seis ou sete badaladas. Fui andando de volta até Brock. Norman veio junto comigo. Brock seguia usando sua pá furiosamente.

"O que significam sete badaladas?", perguntei.

"Num sei", ele disse. "Nunca qui eu ouvi tocá mais di quatro veiz. Num sei o que qui sete qué dizê."

"Por que ele está fazendo isso tão depressa?", Norman perguntou.

"Ele é louco", respondi.

Brock interrompeu seu trabalho. "Por causa di que qui cê tá falando desse jeito cum esse branco? Eu sabia que tinha arguma coisa aí. Cê num é iscravo dele nada."

"Eu não sou branco", disse Norman.

O rosto de Brock ficou sem expressão. "Cumé qui é?"

Lamentei por Norman ter dito aquilo. "Pode sossegar, Brock. Está tudo bem."

"E cê continua fazendo isso!"

"Eu não sou branco", Norman repetiu.

Foi então que a tremedeira da sala tornou-se exponencialmente pior. A caldeira gritou mais alto ainda, os canos apitaram, uma alavanca pareceu começar a entortar. Um rebite saiu voando de algum lugar e atingiu a parede às costas de Norman. Poderia tê-lo matado.

"Jesus", disse Norman, abaixando-se, de olho no próximo. Brock virou-se e olhou para o motor. A alavanca de comando havia ficado emperrada e parado de se mexer por completo. Brock virou-se e olhou para nós com um medo que eu nunca tinha visto em qualquer homem, branco ou preto, livre ou escravo. "Merda", ele disse.

Quando dei por mim, estava recobrando os sentidos na água congelante. Afundar dentro dela foi uma maneira terrível, porém eficaz, de recuperar a consciência. O céu me dizia que estava amanhecendo, mas não fazia a menor diferença. Eu estava cercado por tábuas e malas e cadeiras e gritos, homens e mulheres urrando. Cabeças entrando e saindo da água por toda a parte. Um homem veio boiando em minha direção. Eu o empurrei para longe. O rosto sem vida de uma mulher bateu no meu ombro. Ela parecia estar sorrindo. "Norman!", gritei. Fiquei examinando os olhos e as bocas, mortos e vivos, tentando encontrar meu amigo. Pessoas desapareciam dentro d'água para nunca mais voltar. A margem estava a uns cem metros de distância, talvez mais. "Norman!" Senti o que talvez tenha sido a mão de alguém segurando meu pé e, em seguida, a pressão sumiu.

"Jim", me chamou uma voz.

Procurei por entre as tábuas e malas flutuantes, e percebi que meu ombro estava brutalmente queimado. Os ferimentos em minhas costas pareciam ter se aberto outra vez. Então eu o vi. Norman estava a, talvez, uns trinta metros de distância, entrando e saindo da água e do meu campo de visão. Ele estava agarrado a um pedaço pequeno de madeira. Estava lutando para manter a cabeça para fora d'água. Ele me chamou mais uma vez, tentou acenar com um braço. Estava tentando encontrar alguma coisa maior para se segurar. Ele viu que eu o vi, e pude ver o alívio percorrendo seu rosto aterrorizado. "Jim!", uma outra voz me chamou, uma voz mais fina. Era uma voz familiar. Encontrei o rosto de Huck. Ele estava se debatendo com a água. Sua testa estava vermelha de sangue. Ele também estava a uns trinta metros de mim. Os dois me chamaram, primeiro um, depois o outro. Estavam equidistantes de mim, mas não próximos um do outro. Senti-me como se estivesse num dilema barato de um professor de filosofia. Huck afundou e depois voltou à superfície, estapeando a água. Norman lutava para permanecer agarrado à sua prancha. Fiquei congelado, ali, sem me mover em nenhuma direção, mas tendo que escolher uma delas.

A atmosfera estava repleta de gritos, urros e berros, mas eu só conseguia ouvir dois sons com clareza, duas vozes chamando pelo meu nome.

Parte três

I.

Arrastei seu corpo até a praia pelo fundilho das calças. Eu estava exausto, esgotado, e ele, semi-inconsciente. Mas estava vivo. Ele tossiu um pouco d'água, permanecendo com o rosto na areia.

"Cê tá bem?", perguntei.

"Eu não morri?"

Dei um tapinha em sua perna, desabei de costas e fiquei olhando para o céu azul de brigadeiro.

"Jim?"

"Sim, Huck?"

"De onde cê veio?", perguntou o garoto. "Como é que cê apareceu na água desse jeito?"

"De Hannibal, qui nem ocê. Foi di lá qui eu vim." Olhei para um lado e para o outro pela margem do rio e vi pessoas e destroços espalhados por toda parte. Não vi Norman. "Nóis tem qui siscondê nesses mato." Fui puxando e empurrando o garoto até ele ficar de pé e nos esgueiramos, juntos, por entre a vegetação densa.

"Tô confuso."

"Vai ficá tudo bem."

Nos sentamos numa grama dura e ficamos espiando, por entre os galhos das árvores, ouvindo as pessoas gemerem, chorarem e xingarem na praia. Algumas delas, possivelmente, estavam morrendo.

"A gente num vai lá ajudá esse pessoal?", perguntou Huck.

Fiz que não com a cabeça.

"Mas eles se machucaram."

"Mas nóis num é dotô", eu disse.

"Cê sabe que tem uma guerra vindo aí?"

"Que guerra?"

"Norte contra o sul", disse Huck. "O pessoal no barco tava dizendo que o norte qué libertá ocês escravo."

"É isso qui eles tão dizendo? Mi diz, Huck, cumé qui cê tava naquele barco?"

"O Rei e aquele tal de Bridgewater me levaram pra lá. Tentei fugi deles umas duas ou três vez, mas eles me pegaram. Ficaram sabendo da guerra, e acho que eles deve sê do norte. Só sei que ficaram com medo e quiseram ir pra Ohio. Acho que devem tá morto, agora. Devem tá ali, nessa praia."

"Mais um motivo pra num descê pra lá", eu disse.

"Tinha um homem chamando ocê quando a gente tava no rio", disse Huck. "Quem era esse que tava te chamando?"

"Um amigo", eu disse.

"Um amigo? Que tipo?"

"Só um amigo."

"Qual era o nome dele?"

"Ele si chamava Norman."

"Ele tava encrencado", disse Huck. "Ele afundô. Morreu, com certeza. Num sei o Rei e o Bridgewater."

Assenti com a cabeça.

"Ele tava chamando ocê."

"Eu sei, Huck."

"Mas cê me salvô."

"Acho qui foi, Huck."

"Qual era mesmo o nome dele?", Huck perguntou.

"Norman."

"Cê era amigo dum branco?"

"Ele num era branco, não, Huckleberry", eu disse.

"Por que que cê me salvô, e não ele?", Huck perguntou.

"Foi isso qui eu fiz, só isso. Num dava pra salvá cês dois."

"Por que eu, Jim?"

Talvez porque eu estivesse cansado da voz de escravo. Talvez porque eu estivesse me odiando por ter perdido meu amigo. Talvez porque a mentira estivesse me queimando por dentro. Por todos esses motivos, eu disse: "Porque, Huck, e eu espero que você escute isso sem pensar que eu sou maluco ou estou brincando, você é meu filho".

Huck soltou uma risadinha curta. "Quê?"

"Você é meu filho. E eu sou seu pai."

"Por que você está falando desse jeito?"

"Você está se referindo à minha dicção ou ao meu conteúdo?"

"Quê? Que qui é conteúdo?"

"Deixa pra lá. Sua mãe e eu fomos criados juntos quando éramos crianças. Nós éramos amigos. E aí nós crescemos. E. E você é meu filho."

Huck estava mais confuso do que nunca, e eu não tinha como ajudá-lo. Então fechei os olhos e deixei que a exaustão me colocasse para dormir.

Quando acordei, me deparei com Huck me encarando. Ainda era de dia, mas o sol estava a poucas horas de se pôr, às nossas costas. Eu estava, novamente, no lado do Missouri do rio, o lado em que o escravo fugitivo Jim era conhecido, reconhecível e altamente procurado por diversos grupos mal-intencionados.

"O meu pai sabia?", Huck perguntou.

"Não tenho certeza."

"Ele te odiava pra valê. Cê acha que era por isso que ele te odiava tanto? Por causa de que ele sabia disso?"

"Ele podia muito bem me odiar só por eu ser um homem negro."

"Acho que isso é verdade", disse Huck. "Mas eu sempre achei que ele te odiava dum jeito especial."

"Eu também."

"Jim?"

"Sim, Huck?"

"Então eu sô crioulo?"

"Você pode ser o que quiser", eu disse a ele.

"Eu sô escravo?"

"Quem liga para o que a lei diz que você é? Ninguém mais sabe quem é o seu pai e, portanto, você não é escravo. Mesmo se o seu pai soubesse, ele está morto, agora. Lembra aquela casa no meio da enchente?"

Huck fez que sim com a cabeça.

"Lembra aquele corpo? Aquele que eu não te deixei ver?"

"Papai?"

"Sim."

"Cê andô guardando um monte de segredo."

"Desculpe."

Huck olhou para os seus pés descalços. "Eu sempre odiei o meu pai. Ele batia em mim."

"Eu sei", eu disse.

"O Tom sempre disse que o meu cabelo era que nem rabo de pato, que nunca molhava e ficava molhado", disse Huck. "É por isso?"

Dei de ombros.

"Então cê sempre foi meu pai?"

"É assim que funciona."

"Então a Lizzie é minha irmã?"

"Mais ou menos."

"E o que a Sadie é minha?", ele perguntou.

"Nada."

"E você sempre falou desse jeito?"

"Sim."

"Cê mentiu pra mim esse tempo todo? Cê mentiu pra mim a minha vida inteira?"

"Acho que sim."

Huck ficou em silêncio. Ele fechou os olhos, encolheu-se em posição fetal e atingiu algo parecido com um estado de sono.

Estava escuro quando acordamos. A praia estava em silêncio, embora algumas tochas estivessem acesas. Eu não conseguia parar de ver os olhos de Norman, seu rosto subindo e descendo na água, sua mão acenando quando ele afundava. Ele havia confiado em mim. Agora, estava morto. Todos aqueles rostos brancos e nenhum deles significava coisa alguma para mim, mas o de Norman, com a pele igual à deles, significava o mundo.

"É mió a gente dá o fora daqui", disse Huck.

Fiquei olhando para ele sob o luar.

"Prondi é qui nóis vai?", Huck prosseguiu.

"Por que você está falando desse jeito?"

"Eu sô seu fio, intão sô iscravo por lei."

"Como eu disse, não sei o que a lei diz a seu respeito. Mas pare de falar desse jeito. Fica ridículo. Além do mais, você não conhece o dialeto."

"Então cê vai tê que me ensiná."

"Você não precisa aprender."

"Eu sô crioulo que nem ocê, que nem meu pai."

"Eu não sou crioulo", falei a ele. "Você pode ser o que quiser. Você, principalmente. Pode ser branco ou preto. Ninguém vai te questionar."

"E qual eu deveria ser?"

"Apenas siga vivendo", eu disse. "Lembre-se apenas de que, uma vez que eles te virem, ou me virem em você, você terá sido visto. Sei que você não me entende. Mas vai entender um dia."

Ele não disse nada, apenas ficou me encarando, vendo o que havia bem lá no fundo ou até o que estava além da minha compreensão.

"Apenas siga vivendo", repeti. "Você pode ser livre, se assim decidir. Pode ser branco, se assim decidir. Já eu preciso ir para o norte, conseguir algum dinheiro e mandar alguém de volta para comprar a Sadie e a Lizzie."

"Se o norte vencer a guerra, elas vão ser livres", disse Huck.

"Eu não sei nada sobre essa guerra de que você está falando. Só sei que preciso salvar a minha família. Eu preciso salvá-las da escravidão."

"Eu sô sua família."

"Você não é escravo. Seja o garoto branco que você pode ser, Huck. Volte para Hannibal e guarde o seu segredo. Eu vou para o norte."

"Mas a guerra...", disse o garoto.

"A guerra não fará nada por mim, Huckleberry."

"Eu quero ir com você."

"Você não pode."

"Cê num sabe nem onde cê tá", ele disse.

"Eu sei que o norte fica pra lá." Apontei com o nariz.

"Eu quero ir com você."

"Não."

"Por que cê me salvô se eu num posso ir com você? Cê vai precisá da minha ajuda. Eu posso arrumá comida pra nós."

"Eu te salvei porque você é meu filho."

Huck ficou olhando para suas mãos.

"Elas não vão ficar mais escuras."

"Cê é um mentiroso, Jim. Cê num passa dum mentiroso. Num acredito numa palavra do que cê tá dizendo. Se cê mentiu pra mim todo esse tempo, cê deve tá mentindo de novo agora. Cê mentiu pra mim a minha vida inteira. Sobre tudo. Por que que eu vô acreditá em qualqué coisa que cê me diz?" "Acreditar não tem nada a ver com verdade. Acredite no que você quiser. Acredite que estou mentindo e siga pelo mundo como um garoto branco. Acredite que eu estou falando a verdade e siga pelo mundo como um garoto branco do mesmo jeito. De qualquer jeito, não faz diferença." Olhei para o rosto do garoto e pude ver que ele sentia alguma coisa por mim e que essa era a raiz de sua raiva. Ele sempre havia sentido afeto por mim, se não, de fato, amor. Sempre havia contado comigo para protegê-lo, mesmo quando achava que era ele quem estava tentando me proteger.

"Mentiroso", ele gritou.

Eu aceitei.

"Eu num sô seu filho. Eu num sô criôlo."

2.

Eu tinha ouvido falar de uma rede de rotas secretas de fuga. Queria muito que fosse verdade, mesmo que eu jamais tivesse nada a ver com aquilo. Havia pessoas encontrando um caminho até o norte — era nisso que eu precisava acreditar, e tantos de nós também. Doía pensar que sem uma pessoa branca junto comigo, sem um rosto que parecesse branco, eu não poderia viajar em segurança sob a luz do mundo e estava relegado à mata fechada. Sem alguém branco para me reclamar como propriedade, não havia uma justificativa para a minha presença, talvez até para a minha existência.

De nosso esconderijo, olhei para a praia. Os vivos tinham se arrastado até um ponto em comum mais para baixo do rio. Os mortos permaneciam onde haviam caído. Procurei por um corpo comprido, com roupas curtas e mal ajustadas. Não sei por quê. Eu não queria e nem precisava ver Norman morto. Porém, ao lado de uma mulher gorda falecida, havia um quadrado marrom. Sem me dar conta do que eu estava fazendo, saí andando de nosso esconderijo no alto da colina e atravessei os trechos de grama em direção à praia. Quanto mais eu ia chegando perto, mais eu tinha certeza de que estava me aproximando do meu caderno. Era exatamente isso. Eu deveria ter olhando às minhas voltas, tentado passar um pouco mais despercebido, mas não o fiz. Foi um deslize bobo, uma desatenção.

Alguém gritou: "Ei! Olha ali! Aquele crioulo tá roubando uma mulher morta!".

"Ele tocou nela? Ele tocou nela?", outro berrava. "Misericórdia, meu Senhor, acho que ele tocou no corpo dela."

"Ei, eu conheço ele!" Como um idiota, eu me virei para encará-los, todos, apontando para mim. Um deles era Daniel Emmett. Fiquei assistindo enquanto Emmett ia entendendo a cena à sua frente. "Aquele escravo pegou o meu caderno! Ele não está roubando ela, está roubando a mim!"

Por sorte, as pessoas na praia estavam exauridas demais fisicamente para fazer qualquer coisa além de apontar e praguejar bem alto. Usando o medo como inspiração, saí correndo em disparada. Corri para o norte, pela praia e, em seguida, me enfiei de volta no mato.

Desabei, exausto, sobre o tronco de um sicômoro e tentei recuperar meu fôlego. Eu estava concentrado demais na minha respiração para perceber que Huck estava junto comigo, até levar um susto. Ele esteve no meu encalço o tempo todo.

"Eles não vão vir atrás de nós", disse o garoto.

"Por enquanto." Olhei para ele. "O que você pensa que está fazendo?"

"Cê salvô a minha vida", ele disse. "Seu amigo tava se afogando e cê me escolheu. Cê me salvô."

"Bom, sim."

"A gente tem que ficar junto."

"Isso não é mesmo o que a gente tem que fazer", eu disse. "Eu tenho que ir para o norte e ficar livre. Tenho que trabalhar, juntar dinheiro e enviar alguém para comprar a minha família."

"Eu te ajudo."

"Mesmo eu sendo mentiroso?" Examinei o rosto dele. "Escuta, desce lá naquela praia e, quando o xerife aparecer, você diz pra ele que é de Hannibal e eles te mandam de volta pra casa." Levantei e saí andando. Huck veio atrás.

"O que é isso?" Ele apontou para o meu caderno.

"É um livro", eu disse.

"E cê sabe ler? Eu sabia. A gente num é amigo desde sempre? E cê nunca confiô em mim pra me dizê isso. Que tipo de livro?"

"Em branco. Estou escrevendo nele."

"Tá encharcado."

"Vai secar."

"Cê sabe escrevê? Eu sei mal e porcamente. Que mais cê sabe fazê? Cê sabe voá? Que mais cê num me contô, Jim?"

"Agora eu te contei tudo."

Huck ficou me olhando fixamente.

"Acho que é aqui que nossos caminhos se separam", falei.

"Não, eu vô contigo."

"Por quê? Eu menti pra você. Eu não confio em você."

Ele ignorou essas palavras e disse: "É que nem antes, eu posso dizê que sô seu dono caso um branco te veja. Posso dizê que cê é meu escravo e que a gente tá voltando pra casa, que a gente tava tentando encontrá uma vaca nossa que foi roubada ou se perdeu".

"E, como antes, você é apenas um garoto. Ninguém vai acreditar que eu pertenço a você. Era e continua sendo uma ideia estúpida." Saí andando mais uma vez.

Ele continuou me seguindo. "Cê precisa de mim."

Detestei ser verdade o que ele dizia. Sua história faria sentido a qualquer branco que encontrássemos desde que eu fizesse o papel de escravo devotado. Também havia uma parte de mim que não queria deixá-lo sozinho ali. Então fui andando e ele foi me seguindo. Caminhamos por horas, o rio constantemente ao nosso lado, correndo na direção contrária.

3.

Não conseguimos achar nenhuma linha de pesca da qual poderíamos surrupiar e não tínhamos, também, uma linha nossa, de modo que Huck e eu decidimos pescar bagres usando as mãos e os pés. Era uma tarefa assustadora, não apenas porque bagres tivessem dentes, o que realmente têm, mas porque alguns deles são maiores do que se imagina. Homens crescidos já se afogaram lutando com o peixe errado. Então eu seria o pescador e Huck estaria ali para me ajudar caso algo desse errado. Fomos andando até uma gruta na encosta, onde eu me agachei e comecei a explorar o chão. Mexi os dedos como se fossem minhocas e fui tateando a superfície de barro, procurando por um buraco onde um bagre pudesse se esconder. Eu entendia o princípio da coisa, mas nunca havia feito aquilo. Entendia que quando o peixe tentasse comer minha mão eu deveria enfiá-la na sua goela e puxá-lo para fora da água. Só de pensar naquilo, já senti um arrepio. *Comer minha mão.*

"Não tenta pegá ele", disse Huck. "Se um espinho te espetá, cê tá lascado."

"Espinho?"

"Aquelas coisinha pontuda que eles têm no lado do corpo são venenosa. Então cê tem que fazê eles querê vim pra cima docê."

Só a minha cabeça estava fora da água, agora. Meus dedos se mexiam. Alguns minutos se passaram e, depois, um monte de minutos. "Isto não vai funcionar", eu disse.

"Vai funcioná sim."

"Quais as chances de eu me deparar com uma tartaruga mordedora?"

"Num consigo me acostumá com esse seu jeito de falá", disse Huck.

"Problema seu. Temo que essa questão da tartaruga seja muito provável. Pode ter um castor aí, até onde eu sei. Pode ter uma boca-de-algodão. O que estou fazendo?" Olhei para Huck. "Não vou fazer isso."

"Espera mais um pouco", ele disse.

Senti uma mordiscada no dedo médio da mão direita. "Estou sentindo alguma coisa. Quer dizer, senti alguma coisa. Algo me mordeu." Mexi os dedos mais rápido e outro deles foi tocado. De repente eu estava sendo segurado pelo punho. Foi uma sensação terrível, piorada pelo fato de que quando o puxei, também fui sugado de volta, a boca agora em volta do meu antebraço. Era grande o bastante para fazer com que meu medo de tartarugas e cobras desaparecesse.

"Pegô um?", Huck perguntou.

"Um me pegou", eu disse.

"Puxa."

"Estou puxando."

"Deixa eu te ajudá", disse Huck, e ele veio na minha direção só para acabar com a água acima da cabeça. Retornou à superfície levemente apavorado.

"Volta pra lá", eu disse. O peixe parecia enorme. Eu não conseguia firmar meus pés no chão — eles ficavam escorregando na lama —, de modo que só podia trabalhar com a força do meu braço, que estava bem reduzida depois de um açoitamento e um quase afogamento. O peixe se contorceu.

Imaginei que o peixe tivesse se contorcido porque eu, na verdade, é que estava me contorcendo. O mundo ficou molhado e escuro. Fiquei submerso nas águas lamacentas do Mississippi. Não conseguia ver absolutamente nada. Não conseguia endireitar meu corpo. Não conseguia ouvir nada, muito embora soubesse que Huck estava gritando. Talvez eu tenha sentido uma pressão no peito, mas não conseguiria apontar exatamente onde com um dedo. Lutei muito. Imaginei o rosto de Norman. Lembrei sua expressão na última vez em que vi seu rosto antes de afundar, um misto de indignação, medo, confusão e raiva. Em outras palavras, naquele momento, ele parecia um escravo. Vi o rosto sem vida da jovem Sammy e, em seu rosto, enxerguei minha linda Lizzie. Eu tinha que me soltar e respirar se eu quisesse ver Lizzie e Sadie novamente. E então lá veio John Locke, mais uma vez, aparecendo para mim, na falta de um motivo melhor, para me mostrar que a minha vida estava em risco.

"Você, de novo", eu disse. "Voltou para continuar a sua defesa da absolvição da escravidão?"

"Imagine se estivéssemos num estado de guerra", falou Locke. "Vocês foram dominados e, enquanto a guerra continuar, você será escravo."

"Quando a guerra termina?", perguntei.

"Ela termina? Essa é a pergunta. Quem dirá que ela terminou? Uma guerra continua até que o seu vencedor diga que ela terminou."

"Se eu estiver numa guerra, tenho o direito de revidar. Faz sentido, não? Eu tenho o direito, talvez até o dever, de matar meu inimigo."

"Creio que sim."

"Meu inimigo é todo aquele que poderia me matar. Estou correto, John?"

"Creio que sim."

Puxei o braço e tirei a cabeça para fora d'água. Puxei todo o ar do mundo e vi o céu carregado de nuvens. Reuni todas as minhas forças e puxei com o máximo que consegui. O animal foi arrancado de sua toca enlameada e puxado para fora da água, com cabeça, guelras, rabo e tudo o mais.

"Jesus, Jim!", Huck gritou.

Caí de costas numa água mais rasa, com o braço ainda entalado no peixe.

"Ele deve pesá mais de vinte quilo", disse Huck.

Vi seus bigodes primeiro e o animal, por um instante, não se pareceu em nada com um peixe. Então eu o vi mais claramente e me apavorei de verdade, a maneira como ele me encarava com seus olhos negros e fundos, a maneira como ele insistia em viver. Arremessei o peixe para a margem do rio. Foi só então que meu braço se livrou de sua bocarra. O animal ficou se debatendo na praia. Huck foi engatinhando até ele, pegou-o pelas guelras e o arrastou para a grama.

"Jesus, Jim", ele disse mais uma vez.

Limpei a gosma do braço na água lamacenta do Mississippi. Huck estava correto — aquele peixe devia pesar mais de vinte quilos —, e eu havia conseguido arrancá-lo de sua toca e jogá-lo em terra firme, mas não experimentava uma sensação de completude, nem de alegria, nem de alívio. Huck ficou batendo com um graveto grande na cabeça do peixe até que ele parou de se debater.

"Jantar", disse Huck, ficando de pé.

Deitei-me de costas na margem do rio, com as raízes dos arbustos se enterrando em minhas costas, e fechei os olhos com força, como se os estivesse trancando.

Huck exibia a empolgação de um garoto diante da visão de sua caça. Fui lembrado de que ele era apenas isso, um garoto. Ele poderia ter passado a vida inteira sem ter o conhecimento do que eu acabara de lhe dizer, e ela não teria sido pior por causa disso. Mas entendi, naquele instante, que era por mim que eu havia compartilhado a verdade com ele. Eu precisava que ele tivesse uma escolha.

4.

Vinte quilos de bagre é demais para quaisquer duas pessoas comerem. Eu comi mais do que deveria, pois me via devendo aquilo ao peixe. Uma parte muito grande da criatura seria desperdiçada, já que não teríamos tempo para secá-lo e guardar para mais tarde. Huck enrolou alguns pedaços em folhas, dizendo que os usaria como isca ao longo da jornada. Havia ainda algumas horas de luz, e decidimos descansar para depois caminhar pela margem do rio, à noite. Estava claro que as pessoas das quais escapamos naquela praia não estavam nos perseguindo; elas estavam preocupadas demais em sobreviver. Os brancos costumam dedicar muito tempo a exaltar o fato de terem sobrevivido a esta ou àquela coisa. Fico me perguntando se é porque, normalmente, eles não precisam sobreviver a nada, apenas viver. Não, eles não estavam me perseguindo agora, mas não havia a menor dúvida de que eu seria perseguido, com o roubo do caderno acrescido à minha lista de crimes que não parava de crescer.

Caminhamos pelo escuro, o rio sempre ao alcance de nossos ouvidos, quando não exatamente ao nosso lado. Eu não sabia se Huck ainda estava bravo comigo, mas ele não falava. Aquilo não me incomodava, uma vez que eu estava cansado demais para conversar, com raiva demais para me interessar pelos pensamentos de outra pessoa. Mesmo assim, minha raiva me fascinava. Com certeza não era uma emoção nova, porém sua abrangência, seu escopo e direção, eram coisas totalmente inéditas e desconhecidas.

Concluí que seguir tão próximo ao rio não era o trajeto mais inteligente. Seria muito fácil sermos rastreados naquele solo macio, e também sermos vistos. "Precisamos voltar mais para dentro do mato", eu disse.

"Tá muito escuro", disse Huck.

Ele estava certo sobre isso, e não o contestei, mas eu também estava certo. "Então vamos descansar e voltamos a nos mover na primeira luz do dia", eu disse.

O garoto pareceu entender a minha preocupação. Assim, descansamos. Atingi rapidamente o estado de sono profundo e acho que ele fez o mesmo, porque foi difícil acordá-lo quando o sol nasceu, um pouco cedo demais.

"Tô com fome", disse Huck.

"Eu também, mas temos que seguir em frente", falei a ele.

Caminhamos cerca de um quilômetro em direção ao oeste, onde encontramos uma trilha que corria de norte a sul. Ela havia tido tanta atividade recente que fiquei com receio de segui-la. Fiquei me perguntando se teríamos nos deparado com uma trilha da rede de rotas secretas de fuga. Poucos segundos após esse pensamento, puxei Huck para o meio do mato porque ouvi a aproximação de um grupo grande.

Huck ficou de olhos arregalados enquanto víamos sete homens, todos vestidos iguais, de azul, marchando para o sul. Eles carregavam rifles e mochilas nas costas, com pás e cobertores enrolados. Eram todos jovens e brancos.

"Eles é tudo soldado", disse Huck. "Bem como disse o pessoal do barco. Eles disse que os senhor de escravo tinha atacado a Carolina do Sul. Disseram que isso foi meses atrás, e foi assim que essa coisa toda começô."

"Não gostei daquele monte de armas", eu disse.

"Teve gente que ficô furiosa quando falaram 'senhor de escravos'. Uns até saiu no braço. Um fulano arrancô o dente da boca do outro lá. Foi bem quando o barco começô a se sacudi e se arrenbentô."

Os soldados desapareceram do nosso campo de visão.

"De que lado cê acha que eles tão?", Huck perguntou.

Nós dois congelamos ao ouvir o barulho de alguém se aproximando. Não conseguimos nos esconder antes que o rosto de criança de um soldado branco aparecesse. Ele devia ter ficado para trás do seu grupo. Nos confrontou no meio da trilha. Ficou me olhando fixamente de uma maneira selvagem e, depois, repousou os olhos em Huck por alguns segundos a mais. Ele não disse nada, simplesmente retomou a compostura e saiu marchando, rapidamente, para encontrar-se com os outros. Quase consegui sentir o cheiro do medo nele.

"Uma guerra. Dá pra acreditá nisso?", disse Huck. "Ele num era muito mais velho que eu."

Pensar numa guerra não dizia muito para mim. Eu não sabia o que isso significava. Não sabia quem estava brigando com quem e nem por que eu deveria me importar com aquilo. Refletir sobre o assunto — ou melhor, tentar refletir — fez com que eu me sentisse ingênuo e infantil. Até mesmo a fascinação pueril e romântica que Huck tinha da ideia de uma guerra revelava que ele a compreendia melhor do que eu. A única coisa em que eu conseguia pensar era que tinha que seguir me deslocando para o norte.

"Eu quero ir atrás deles", disse Huck. "Aposto que tão indo pruma batalha ou algo assim."

"Norte", falei.

"Cê num é meu dono", disse Huck.

Fiquei estudando seu rosto, sua cara de bravo. "Não, Huck, eu não sou seu dono. Espero que ninguém jamais seja. Você não gostaria nada disso. Será que você, por favor, caminharia até o norte comigo?"

"Por quê?"

"Porque eu gostaria de saber que você está seguro. Você estará seguro com a sra. Watson e o juiz Thatcher."

"E você? Cê vai se entregá?"

"Não, filho. Eu vou continuar fugindo. Como não posso comprá-las, vou ter que encontrar Sadie e Lizzie e nós vamos ter que fugir para um estado livre."

"E que estado é esse?", ele perguntou.

"Não sei. Talvez Illinois. Talvez a gente tenha que ir até o Canadá."

"E cê não tá nem pensando em me levá junto", ele disse. "Por que cê não qué levá o seu filho com você?"

"Porque você já é livre", eu disse a ele.

"Quem sabe eu num me alisto e luto a guerra", ele disse. "Eu sô livre pra fazê isso, né? Posso fazê o que eu quisé."

"Acho que isso é verdade. Agora, me diga, de qual lado você vai lutar?"

"Num tô nem aí. Aqueles cara tava muito elegante de casaco azul. De que lado será que eles tá?"

"Um lado é igual ao outro para mim. Um lado é contra os senhores de escravo, pelo que você me disse. Eu não sei o que isso quer dizer, exatamente. Pessoas que vendem escravos ou pessoas que possuem escravos?"

"Que diferença faz?", Huck perguntou.

"Não sei se faz alguma."

"Lutá numa guerra", ele disse. "Já imaginô?"

"Isso significaria encarar a morte todos os dias e só fazer o que outras pessoas te mandam fazer?", perguntei.

"Acho que sim."

"Sim, Huck, acho que já imaginei."

Huck ficou examinando os rastros dos soldados que haviam acabado de passar, como se eles tivessem algum significado.

"Acho que precisamos voltar até o rio para que consigamos ver onde estamos", eu disse. "Estes córregos só estão me confundindo. Só Deus sabe pra onde leva essa trilha — pode ser um círculo, até onde sabemos."

"O que cê vai fazê quando a gente voltá para Hannibal?", Huck perguntou.

"Se você não contar pra ninguém, vou tentar fugir com Sadie e Lizzie. Vou me esconder e esperar pelo momento certo. Eu não tenho como ganhar dinheiro e, mesmo que tivesse, um escravo não pode comprar escravos."

"E cê vai me abandoná?", ele perguntou.

"Você vai ficar bem."

"Que que isso qué dizê?"

"Como eu disse, você ficará seguro. A sra. Watson te ama. Todo mundo te ama. Até o juiz Thatcher quer cuidar de você."

Huck ficou em silêncio, olhando para o nada.

"O que você quer? Quer ficar fugindo junto conosco? Quer se passar por escravo? Eu posso te garantir que você não quer isso. Ninguém quer isso. Não tem nenhuma aventura nisso, Huck."

"Mas se o que cê tá me dizendo é verdade, se cê é meu pai, a gente num devia ficá junto?"

"Quando você acreditava que Finn era seu pai, achava que devia ficar com ele? Pense nisso."

"Eu devia sabê, bem lá no fundo, que ele num era meu pai", disse o garoto. "Num acredito que cê num me contô isso um tempão atrás."

"O trabalho de um pai é garantir que seus filhos estejam seguros, tá bem?" Eu me sentia mal falando aquelas platitudes. Na verdade, não tinha a menor ideia do que eu ou qualquer outra pessoa deveria fazer.

Huck não respondeu.

"Vamos encontrar o rio. A gente resolve isso depois." Fui na frente, rumando para o leste pelo meio da mata fechada.

O problema de se perder naquele rio era que, viradas para o sul, as coisas tinham aparências diferentes do que quando estavam viradas para o norte. Era como se fossem dois corpos d'água diferentes. O Mississippi, na verdade, parecia ser muitos rios diferentes. Seu nível estava sempre aumentando ou diminuindo. Sedimento era levado para lá e para cá, mudando a localização de barras e bancos. Ilhas mudavam de formato, às vezes ficando completamente submersas, e velhas formações de terra desapareciam enquanto novas se materializavam do dia para a noite. O resultado disso era que não tínhamos a menor ideia de onde estávamos. Não havia nenhum motivo para procurar um barco para roubar, já que lutar com remos para subir contra a correnteza seria mais lento do que caminhar e exigiria um esforço muito maior. Então, novamente, nos pusemos a caminhar, com o rio à direita, sempre à nossa vista.

5.

Se uma pessoa reconhece o inferno como seu lar, voltar para o inferno seria considerado voltar para casa? Mesmo no inferno, se esse lugar existisse, a pessoa saberia onde as chamas ardem um pouco menos, onde as pedras são um pouco menos pontiagudas. No meu inferno era assim. Minha família estava lá, e as coisas ruins estavam lá, a fossa de dejetos, o capataz fazendo suas patrulhas. Huck e eu chegamos à noite, depois de dormirmos na praia que ficava de frente para a Ilha Jackson. Ficou uma impressão de que fazia muito tempo que havíamos nos abrigado ali, naquela caverna. Com o pai de Huck morto, dava a impressão de que tínhamos menos coisas a temer no meio daquele mato, porém é claro que não era verdade. Eu era procurado por ser um fugitivo e, talvez, também por sequestro, roubo e assassinato. Chegamos nas cercanias da senzala bem depois que o sol se pôs. A fogueira queimava onde sempre queimou, mas não havia praticamente ninguém ao seu redor.

"Vai correndo até a casa da sra. Watson", eu disse a Huck.

"Eu vô ficá c'ocê", ele disse.

O garoto me seguiu pelo pátio em direção à minha casa. O mundo, ali, parecia mudado, diferente de como era da última vez em que eu tinha estado aqui. Estava tudo muito parado, e comecei a ficar preocupado. Apertei o passo.

"Jim?" Era Doris. Ele olhava para mim enquanto diminuía a distância entre nós. "Jim? Meu Deus. Por onde foi que você andou?" Ele tirou os olhos de mim, viu Huck e repetiu a pergunta. "Misericórdia. Ondi é qui cês si meteram esse tempo tudo?"

"Meu Deus, você também, Doris?", disse Huck.

"O que está acontecendo?", perguntei. Eu podia sentir o peso do mundo me esmagando, como se fosse toda a água do Mississippi.

Os olhos de Doris correram para a porta do meu barraco e depois se voltaram para mim.

Entrei empurrando a porta com força. Uma mulher estava parada na frente do fogo, de costas para mim. Um homem estava deitado sobre um estrado de madeira num outro canto. Fervi de raiva. Será que haviam designado um novo marido para Sadie? Era assim que essas coisas funcionavam?

A mulher virou-se para mim. Não era Sadie. Esse fato tanto me aliviou quanto me alarmou. O homem, agora, estava de pé. Ele era alto e largo.

"Quem são vocês?", perguntei à mulher.

Ela olhou para Huck e ficou o encarando fixamente por um bom tempo. "Eu é a Katie. Aquele ali é o Cotton." Ela apontou para o homem às suas costas.

"É o que eu tava tentando falá procê, Jim", disse Doris.

"Relaxem", eu disse. "O garoto sabe."

"Que qui o garoto sabe?", disse Doris.

"Sobre a nossa língua", eu disse.

Doris suspirou. "Que confusão tremenda."

"Falar o quê, Doris? O que você estava tentando me falar?"

"Sadie e Lizzie", ele disse.

"Onde elas estão?" Esquadrinhei mais uma vez o barraco minúsculo.

A mulher olhou para Doris e depois para o chão de terra.

"Doris?"

"Jim, elas foram vendidas."

Eu tinha ouvido suas palavras com clareza, mas falei: "O quê?".

"Elas foram vendidas."

O que aconteceu depois ficou borrado na minha memória, mas me lembro de ficar de joelhos. Eu chorei, chorei pra valer. Percebi que Huck estava me abraçando. Eu conseguia sentir a preocupação dele através de suas mãos. Ergui a cabeça e vi os rostos confusos de Doris, Katie e Cotton. Eu nunca havia sentido uma dor como aquela.

"Quem as comprou?", perguntei.

É claro que eles não sabiam e não podiam me dizer nada.

"Pra que lado, Doris? Em que direção levaram elas?"

Doris sacudiu a cabeça. "Mas elas foram juntas", ele disse. "Isso é uma coisa boa, Jim. Eles não as separaram. É uma coisa boa, não é? O capataz, Hopkins, veio até aqui, pegou as duas e elas desapareceram."

Olhei para o rosto de Huck. Acho que, pela primeiríssima vez em sua vida, ele estava, de fato, me vendo como eu sou.

"Huck, você tem que me ajudar", pedi. "Alguém tem que me ajudar." Eu nunca havia soluçado daquela maneira. "Huck?"

"Que que eu posso fazê?", ele perguntou. Seus olhos estavam tão vermelhos e molhados quanto eu imaginava os meus. "Eu sô só um garoto."

"Depois de tudo que você passou?", eu disse. "Você é um homem, Huck. Você pode descobrir quem as comprou e para onde elas foram."

"Cumé que eu vô fazê isso?"

"Você é esperto. Dá um jeito. Simplesmente pergunte. A qualquer um deles, a todos eles. Vasculhe os papéis na escrivaninha do juiz Thatcher e encontre um contrato de venda. É ele quem cuida de todos os negócios da sra. Watson. Pense em qualquer coisa que você puder. Encare como uma aventura."

Aquilo teve um efeito no garoto, que, de repente, voltou a ser o que era, apenas um garoto. "Talvez o Tom possa me ajudar."

Assenti com a cabeça.

"Você não pode ficar aqui, Jim", disse Doris. "Você é procurado. Se eles te encontrarem, vão te enforcar com toda certeza."

"Isso é verdade", concordou Cotton. "Eles estão loucos atrás de você. Por todo tipo de crime. Eu os ouvi conversando." O grandalhão parecia ter um pouco de medo de mim. Aparentemente eu havia construído uma reputação tenebrosa para mim.

"Huck", falei, "vai correndo até a sra. Watson e diga para ela que você conseguiu encontrar o caminho de volta do mundo dos mortos. E diga para ela que me viu me afogando quando aquele barco de passageiros afundou. Conte uma boa história pra ela."

"Cê qué que eu minta?", Huck perguntou.

"Sim, eu quero que você minta. Não dá para você só dizer pra ela que eu morri e isso se tornar verdade. Sim, eu quero que você minta. Minta bastante. Agora vai."

Cotton inclinou a cabeça para o lado e ficou olhando Huck saindo rapidamente do casebre. "Você deve ser um homem muito ruim mesmo pra estar dando ordens prum caipira branquelo desse jeito. Mesmo ele sendo uma criança."

"Desculpem por ter invadido a sua casa", eu disse a Katie e Cotton. "Eu andei numa pior."

Eles concordaram com a cabeça.

"Vocês se incomodariam se eu dormisse um pouquinho perto do seu fogo?" Consegui ver que ele estava com medo, se não por si próprio, pelo menos por Katie. "Tudo bem. Posso encontrar um lugar para dormir no meio do mato."

"Você está com fome?", Katie perguntou. Ela segurou a mão de Cotton.

"Não, só cansado."

"Tentaremos guardar o seu segredo", disse Doris. "Você precisa ficar escondido. Se o capataz te vir, você é um homem morto."

"E nós também", disse Cotton.

"Eu sei", falei.

Doris suspirou e ficou olhando para a rua, pela porta.

"Tá bom, Doris. Obrigado." Olhei para Katie e Cotton. "Eles não vão me encontrar. Eu prometo."

Cotton concordou com a cabeça.

Deitei-me no chão de terra perto das chamas. O calor era entorpecente, exatamente do que eu precisava. O cheiro da madeira verde queimando trazia a familiaridade de que eu necessitava. Senti meus olhos se fechando. Alguém jogou uma coberta em cima de mim.

6.

"*Nous devons cultiver notre jardin.*" Isso me foi dito por um garoto magro que eu não reconheci. Ele era estrábico e parecia branco.

"Desculpe — eu não falo francês", eu disse.

"E, mesmo assim, eu falei francês no seu sonho."

"E, mesmo assim, você falou", falei, desdenhosamente.

"Imagino que também seja possível, num sonho, reconhecer alguém que eu nunca vi." Numa segunda olhada, pude ver que a pessoa não era nem um garoto e nem branco. Levantei-me para ver para onde esse sonho havia me levado. Sentei-me com as costas escoradas num tronco largo de uma árvore, talvez um carvalho sempre-verde, de frente para um vale verdejante. Havia um pasto salpicado de gado. Os pássaros voavam mais baixo do que o lugar onde eu estava sentado. "Bonito", eu disse.

"Você acredita que a sua família está aí embaixo, em algum lugar?"

Olhei para ela. "Acredito."

"E acha que irá encontrá-las?"

"Acho."

Ela riu.

"Qual é a graça?"

"Não sei. Esperança? Esperança é engraçado. Esperança não é um plano. Na verdade, é apenas um truque. Um ardil."

Ela esticou o *il* dessa palavra, como se estivesse desfrutando do som. "Você está olhando para uma mão enquanto a outra está enfiando um graveto no seu cu. Um graveto pontudo. Acha que eles te querem porque você consegue carregar peso. Acha que eles te querem porque você consegue martelar um prego. Eles te querem porque você é dinheiro."

"Quê?"

"Você foi hipotecado, Jim. Como uma fazenda ou uma casa. Na verdade, o banco é o seu dono. A sra. Watson tem um título, um pedaço de papel que diz que você vale alguma coisa, e você simplesmente vive a sua vida nessa condição. Vive. Você faz parte dos ativos do banco e, portanto, há pessoas em todo o mundo ganhando dinheiro às custas do seu couro negro castigado. Faz sentido? Ninguém quer te ver livre."

"Alguém quer. Tem uma guerra aí."

Ela concordou com a cabeça. "Talvez você não seja escravo, mas não será livre."

"Quem é você?"

"Meu nome é Cunégonde."

Olhei para o vale lá embaixo, para o clichê que era o riacho que o dividia ao meio. "E, mesmo assim, você volta no final da história."

"Qual é o seu ponto?"

"Esconda-se!"

Acordei com Katie gritando aos sussurros comigo. "Esconda-se!" Ela olhava para a porta. "O capataz está vindo. Naquele canto, atrás daquele tonel. Rápido." Engatinhei o mais rápido que pude pelo chão batido e mergulhei nas sombras. Katie pegou uma vassoura de palha e apagou meus rastros.

Katie já estava apavorada e encolhida antes mesmo de a porta se abrir.

O capataz, Hopkins, entrou por ela. Ele passou uma das mãos em seu cabelo seboso.

"Cotton num tá aqui, patrão Hopkins." Katie tremia.

"Ah, mas cê sabe que eu num tô aqui atrás do Cotton coisa nenhuma. O Cotton eu sei ondé que tá." Ele abriu um botão de sua camisa suada, com os olhos fixos na mulher. "Alevanta a saia aí, minina."

Imaginei que Katie tivesse olhado em minha direção, mas ela estava simplesmente olhando para qualquer lugar, menos para ele.

"Fica de quatro, minina."

"Pur favô, patrão Hopkins."

O barulho de suas peles colidindo era terrível, repugnante, péssima música para qualquer ouvido a qualquer momento. Katie implorava para que ele parasse. "Di novo não. Di novo não." Ela chorava, com o rosto imprensado contra a madeira dura da mesa.

Em minha imaginação, eu ia correndo ajudá-la, pegava o monstro pela cabeça e a torcia até ouvir um estalo. Em minha imaginação. No mundo real, permaneci nas sombras. Se eu matasse aquele homem, se atacasse aquele homem, se fosse descoberto por aquele homem, todos os escravos seriam punidos, talvez até mesmo mortos. E os brancos voltariam, de qualquer maneira, para fazer isso de novo com Katie. Vi minha Sadie no rosto jovem de Katie. Vi minha filha. Não desviei o olhar. Eu queria sentir aquela raiva. Estava fazendo amizade com ela, aprendendo não só a senti-la, mas, talvez, também a usá-la.

"Pronto, minina", disse Hopkins. O animal branco vestiu-se e saiu andando do casebre.

Saí do meu esconderijo e me sentei perto do fogo enquanto Katie ajeitava suas roupas. Pus um graveto da pilha nas labaredas.

Eu quis dizer a ela que sentia muito, mas, no fundo, aquilo não faria o menor sentido. Nós dois sabíamos onde estávamos e sabíamos que não havia mais nada que soubéssemos. Nós sabíamos que ela, eu, que todos nós estaríamos nus, para sempre, neste mundo.

Cotton adentrou o casebre e eu me levantei. Não sei dizer se ele sentiu algum cheiro no ar ou se detectou algum sinal mais óbvio de Katie, mas seus ombros desmoronaram. Trocamos um olhar e eu passei por ele em direção à porta. Não me virei para assistir à interação deles, não fiquei prestando atenção em suas palavras e nem em seus sons. Olhei para fora, para o crepúsculo vindouro, não vi mais ninguém e, então, parti.

Esgueirei-me por entre os barracos, fui fazendo um caminho até chegar na entrada da mata fechada e me dei conta de que o melhor lugar para mim era a Ilha Jackson. Eu conhecia a caverna que ficava lá, poderia pescar, poderia ficar esperando até Huck voltar trazendo informações sobre a minha família. Não contei para Doris e nem para ninguém para onde eu estava indo. Eles saberem disso seria flertar com o desastre, para mim e para eles. E, ainda, provavelmente, deviam existir alguns escravos em quem não se podia confiar, escravos satisfeitos de sua condição, como eu havia tomado conhecimento. Eu sentia vergonha por ter me escondido, mesmo que por apenas uma noite, na casa de Katie e Cotton. Havia dado a eles um novo motivo para temerem por sua vida.

Quando Huck retornasse até a senzala e não me encontrasse lá, ele saberia que deveria me procurar na nossa caverna na ilha. Isso, claro, se a sra. Watson, o juiz Thatcher e o resto lhe dessem, ao menos, um segundo para si próprio após o seu extraordinário retorno do mundo dos mortos.

Entrei caminhando no rio e atravessei o canal a nado quando o sol se pôs. Em vez de me arriscar rastejando em meio à densa vegetação à noite, num terreno que poderia ter sido alterado seja pelo clima ou pela memória, dormi na areia da praia. Na primeira luz do dia, achei a linha de pesca de alguém e roubei um único bagre dela.

Com alguma dificuldade, diversos erros de percurso e um desvio por causa de uma boca-de-algodão, encontrei a caverna. Precisei de quase duas horas para conseguir acender uma fogueira usando duas pedras e musgo seco. Tinha perdido o meu pedaço de vidro em algum lugar ao longo da jornada. Assei o peixe e me dediquei ao trabalho da espera. Senti o peso do meu lápis. Ele havia sobrevivido.

7.

Dizer que os quatro dias seguintes se arrastaram seria um eufemismo brutal. Dias de trabalhos forçados sempre pareciam durar semanas. Ser açoitado por vinte minutos levava meses. A espera por algum rasgo na cortina invisível que nos separava pareceram séculos. Na verdade, foram séculos. Mas essa espera por notícias do paradeiro de minha família foi interminável, espaços mortos intercalados por espaços mortos. Ninguém explorava aquela ilha. Não havia nada ali, para ninguém. Só, eventualmente, algum cervo. Havia tantos guaxinins aqui quanto no continente, e por que alguém se arriscaria a topar com um ninho de cobras? Os brancos vinham, de vez em quando, faziam uma fogueira e se embebedavam em alguma praia enquanto ficavam assistindo aos barcos de passageiros passando. Eu pescava, comia, dormia, pensava e escrevia. Escrevia para expandir meus pensamentos, escrevia para acompanhar a minha própria história, me questionando, o tempo todo, se isso seria sequer possível. Meu sono era perturbado pela cena do estupro de Katie. Eu odiava aquele homem. Eu me odiava por não ter interferido. Odiava um mundo em que eu não podia aplicar a justiça sem ter a certeza de que seria retaliado pela injustiça. Odiava que aquele tipo de violência houvesse sido praticado contra minha esposa e seria praticado contra minha filha. Eu odiava saber que o capataz voltaria a fazer aquilo com Katie. De novo e de novo.

Então, uma manhã, vi um esquife cheio de brancos deixar a praia que eles haviam escolhido. Uma canoa ficou para trás e, junto com ela, o capataz, Hopkins. Ele atiçou a fogueira que haviam feito e continuou bebendo da garrafa que o grupo havia começado. Ninguém sabia que eu estava lá. Ele havia sido deixado bêbado na ilha. Cantarolava uma música para si próprio. Todos tinham rido juntos, talvez conversando sobre os estupros e outros crimes que cometeram. Acessei minha raiva e a aticei. Usei o silêncio da mata ao meu redor como refúgio enquanto ponderava sobre o conceito de oportunidade. Ninguém sabia que eu estava lá. Lembrei-me de um jovem escravo que havia se arriscado a olhar para uma mulher branca. A ponta da corda usada para enforcá-lo foi deixada na árvore como um alerta para os outros, durante anos. Eu me lembro do seu rosto, de como a morte o congelou. Ele não se parecia nem um pouco com um garoto depois de ter sido executado. Eu me lembro de Hopkins passando uma descompostura em seus amigos por serem ruins de mira quando as balas disparadas por suas pistolas não conseguiram atingir o corpo do garoto.

Minha raiva foi atingindo seu ápice enquanto eu me aproximava dele. Ele estava quase dormindo, ainda cantarolando, embriagado, sua canção. Peguei a pistola no chão ao seu lado e a pus dentro de minhas calças, do jeito que havia visto os brancos fazendo. Pus um toco de madeira em seu fogo, depois mais um, até que as chamas ficaram muito altas. A parede de calor o deixou desconfortável, e ele acordou e me viu por entre as labaredas.

"Quem é ocê?"

"Eu é só um criôlo, sinhô capataz, patrão."

"E que crioulo que cê é? Eu te conheço?"

"Cê mi conhece, patrão", eu disse.

"Conheço, é?" Ele colocou a mão no chão, procurando por sua pistola.

"Tô cum a tua arma bem aqui, patrão."

"Dá ela pra mim", ele disse.

"Tá cum medo, meu patrão?"

"Me dá minha arma, crioulo."

"Por causa di que qui cê pricisa di arma, meu patrão, capataz Hopkins? Tá cum medo qui eu vá ti dá um tiro?"

"Cê é maluco, crioulo?"

"Qual resposta te assusta mais?"

"Quê?"

"Na verdade é uma pergunta bem simples, Hopkins. O que te assusta mais? Um escravo que é maluco ou um escravo que é são e que te enxerga como você é?"

"Cê num é escravo coisa nenhuma falando desse jeito. Quem qui é ocê?"

Inclinei meu rosto na direção do fogo.

"Crioulo Jim?"

"Em carne e osso", eu disse. "Deixa eu traduzir isso pra você. Sim, sinhô, é ieu, patrão Hopkins." Fiz uma pausa. "Sinhô."

"Mas o que é isso?"

"Eu vou andando até você, agora. Se você se mexer, eu atiro. Se quiser acreditar em alguma coisa, acredite nisso. Agora, fique sentado e parado aí."

Hopkins estava tremendo. Ele queria acreditar que estava tendo um delírio da bebedeira. Dei a volta na fogueira, em sua direção. Ele me acompanhou com os olhos. Eu nem havia tocado em sua arma, seu cabo aparecendo na minha cintura. Fui para trás dele, atrás da pedra na qual ele apoiava as costas. Lentamente, passei meu braço ao redor do seu pescoço, apoiando seu queixo na dobra do meu cotovelo, e comecei a aplicar pressão.

"Para que estes minutos não sejam desperdiçados, capataz Hopkins, quero pedir que você pense em todas as mulheres que você estuprou. Pense em Katie. Pense no medo dela, na voz dela, pense nela implorando para você parar." Aumentei a pressão em seu pescoço. Alguma coisa além da minha força física o estava segurando ali. Era alguma coisa a mais, não era apenas eu. Ele esperneava. "Você está vendo essas mulheres, patrão Hopkins, sinhô? Está vendo elas agora?"

Ele tentou falar.

Afrouxei bem de leve a pegada. "O que foi que você disse?"

"Cê é maluco, crioulo?"

"Possivelmente. Diga-me, qual parte de estuprar Katie você mais gostou? Da sua pele morena e macia? Do seu cheiro doce?" Aumentei a pressão. "Do seu medo palpável? Sim, é isso. O medo. Você gostou de vê-la chorando daquele jeito, não foi? Pode falar pra mim."

Ele esperneou um pouco mais. Eu apertei. Torci. Minha respiração era calculada e profunda. Seus pés ficaram descontrolados e ele começou a chutar a fogueira, arremessando brasas para todos os lados. E, então, tudo ficou em silêncio. Sem esperneio. Sem palavras. Olhei para baixo e vi que ele havia se mijado. Ou talvez não fosse mijo.

"Isso deve ser muito constrangedor", eu disse.

Uma cusparada saiu voando de sua boca.

"Você vai morrer, Hopkins. E sabe de qual parte disso eu estou mais gostando? Sabe? Adivinha."

Hopkins mais uma vez bateu os braços e as pernas loucamente. Senti o cheiro azedo do seu cabelo e não gostei. Seus movimentos ficaram mais lentos.

"Não é do seu medo. Eu sei que era isso que você estava pensando. É do fato de que eu realmente não me importo. A melhor parte de tudo isso é que eu não me importo." E eu não me importava que ele estava morto, incapaz de ouvir aquelas últimas palavras. Ele não significava nada.

Arrastei Hopkins até a canoa. Usando uma pedra pontiaguda, abri um buraco em seu casco. Joguei o homem dentro do barco. Cheguei a pensar em colocar a pistola ao seu lado, dentro do barco. Senti seu peso e me lembrei do que uma coisa como aquela havia feito à jovem Sammy. Lancei o barco à deriva. Fiquei olhando enquanto ele era capturado pela correnteza e afundava.

8.

Mais dias se passaram. Procurei por vozes em meus sonhos, tentando encontrar alguma compreensão do que eu havia feito. Claro que, em certa medida, era tudo muito simples. Eu havia executado uma vingança. Mas por quem? Por um ato ou muitos? Contra um homem, muitos homens ou todo o mundo? Fiquei me perguntando se eu deveria me sentir culpado. Se deveria ter orgulho de meu feito. Será que eu havia praticado um ato de coragem? Será que havia praticado o mal? Matar o mal seria praticar o mal? A verdade era que eu não me importava. Foi essa apatia que me fez questionar a mim mesmo — não por que eu não sentia nada ou se eu era incapaz de sentir qualquer coisa, mas o que mais eu seria capaz de fazer. Não era um sentimento de todo ruim.

Eu estava deitado na mesma cama de folhas onde havia me deitado enquanto me recuperava da picada daquela cascavel. Consegui escutar o sino da igreja em Hannibal, tocando ao longe, e soube que era domingo. Fazia muito tempo que eu não sabia que dia era. Fui até a boca da caverna e fiquei ouvindo os pássaros azuis cantarem. Ouvi passos sobre as folhas secas. Agachei-me no meio da vegetação mais densa e fiquei observando.

"Jim?" Era Huck.

"Huck. Eu sabia que você me encontraria."

"Juro por Deus, eles tá me vigiando que parece uns falcão. Num consigo nem mijá sozinho. Eu só consegui escapá agora porque fugi da igreja."

"Vamos sentar um pouco ali. Alguém viu você remando pra cá?"

"Acho que não", disse o garoto. "Eu num falei nada pra ninguém. Eles me perguntô cinquenta vez se eu tinha visto ocê, mas eu disse não todas ela."

"Achei que você ia dizer que eu estava morto", eu disse.

"Eu num consegui te matá", respondeu o garoto.

"Obrigado, Huck."

"Eles me perguntô ondé que eu andei, e eu contei. Contei sobre o Rei e o Bilgewater. Contei sobre o barco que explodiu. Eles tinha ouvido falar disso. Eles também ouviu falar do escravo que roubô outro escravo. Foi ocê, Jim?"

"O que mais?", perguntei. "Você perguntou sobre Sadie e Lizzie?"

"Tentei, mas eles me olhô dum jeito engraçado quando eu fiz isso. Aquele capataz chamado Hopkins sabia. Disse alguma coisa sobre uma tal de fazenda Graham, mas num sei ondé que fica. E agora ele desapareceu."

"Desapareceu?"

"Diz que ele sumiu. Alguém encontrô o barco dele. Talvez o rio tenha pegado ele." Huck ficou examinando meu rosto.

"Eu me lembro dele", eu disse. "Ele estava sempre pronto pra usar aquele chicote."

"O juiz Thatcher acha que ele se embebedô e fez o que os bêbado faz quando tá perto do rio: caiu lá dentro e se afogô."

Fiquei furioso comigo mesmo por não ter pensado em interrogar Hopkins quando estava com ele. Eu havia deixado que as minhas emoções, especialmente a minha raiva e a minha necessidade de vingança, me dominassem. Prometi a mim mesmo nunca mais deixar aquilo acontecer de novo. De agora em diante, eu nunca mais perderia o controle.

"Espero que eles nunca te encontrem", disse Huck. "Você vai preferi tê se afogado no Mississippi."

"Ah, é?"

"Eles qué te enforcá duas vez."

Concordei com a cabeça. E percebi que não conseguiria sentir mais medo do que já estava sentindo, do que já havia sentido em toda minha vida.

Ficamos sentados, em silêncio, durante um longo tempo.

"Que tal a pesca?", perguntou Huck.

Dei de ombros.

"Eles não me deixa nem ir pescá sozinho."

"Como está indo a guerra?", perguntei.

"Ainda tá indo. O juiz Thatcher disse que eu sô muito novo pra me alistá."

Fiquei pensando sobre a posição dos brancos do norte contra a escravidão. Quanto do desejo de pôr um fim à instituição era alimentado por uma necessidade de reprimir e debelar a culpa e a angústia dos brancos? Será que aquilo era demais para testemunhar? Será que ofendia sensibilidades cristãs viver numa sociedade em que essa prática era permitida? Eu sabia que, qualquer que fosse o motivo para essa guerra, libertar os escravos era uma premissa incidental e seria um resultado incidental. "Você já escolheu um lado?", perguntei.

"Da União", ele disse.

"Eles são a favor ou contra a escravidão?"

"Eles é contra."

Assenti com a cabeça. "Obrigado, Huck. Agora, é melhor você voltar antes que eles deem por sua falta. Tudo que eu não preciso é de um grupo de busca bisbilhotando por esses lados."

Acompanhei o garoto de volta até a praia e fiquei olhando, em meio às árvores, enquanto ele ia embora remando. Fazenda Graham. Eu precisava descobrir onde ela ficava.

9.

Aquela noite, debaixo de uma lua gibosa, andei e nadei por entre canais lamacentos, com rações, caderno e pistola embrulhados num pedaço de pano e segurados bem acima da cabeça. Eu não voltaria para a Ilha Jackson. A noite caiu como um animal diferente, em sua própria temporada. Minha voz, mesmo dentro de minha mente, havia encontrado raízes no meu diafragma, tornando-se possante e encorpada. Meu lápis rabiscava as páginas de meu caderno recém-secado com mais firmeza. Eu via com mais clareza, enxergava cada vez mais longe. Meu nome tornou-se meu.

Hannibal caiu num silêncio mortal assim que o sol se pôs. Os mosquitos me incomodavam. Percorri o caminho até a casa do juiz Thatcher escondido nas sombras. Cães latiam quando ouviam meus barulhos, mas cães estavam sempre latindo. Eu conhecia o cão do juiz e ele também me conhecia, de modo que não fez nada além de levantar a cabeça grande e preguiçosa, dar uma boa olhada para mim e depois deitá-la novamente. A porta dos fundos, a única que um escravo poderia usar, ficava destrancada, já que todas as portas de Hannibal ficavam destrancadas. A pistola no meu embrulho parecia incrivelmente pesada, e seu peso me assustou. Esgueirei-me para dentro da casa e atravessei a cozinha. As tábuas do assoalho resmungaram, porém aquele som se assemelhava tanto ao barulho da casa se acomodando que ninguém estranharia. Relaxei ao chegar na biblioteca do juiz. Fiz uma pausa e puxei o ar, sentindo o cheiro do bolor dos livros, do tabaco de seu cachimbo, da poeira e do papel. Eu já havia entrado despercebido naquela peça muitas outras vezes, me escondido num canto ou outro e lido. Mas não essa noite. Essa noite eu sentei-me à sua escrivaninha e fiquei pensando que aqueles livros eram como uma refeição que me houvesse sido servida quando eu não tinha tempo de comê-la. Encontrei fósforos perto da lamparina e a acendi. Guardei os fósforos em meu bolso. Encontrei uma bolsa de couro e decidi que pegaria o que precisasse. Livros, fósforos, diversos lápis. Encontrei um mapa, mas não sabia como interpretá-lo. Pus na bolsa mesmo assim. Abri gavetas. Eu estava procurando pelo contrato de venda, o documento que me diria onde ficava a fazenda Graham e, portanto, onde eu encontraria minha família. Não encontrei esse documento.

Uma sombra e, depois, um vulto, preencheram o vão da porta. Era o juiz Thatcher. "Quem está aí?", ele perguntou.

Eu não disse nada, apenas me endireitei, sentado em sua cadeira.

Ele deu um passo à frente. "Um crioulo?", ele disse.

Ainda permaneci em silêncio.

"Menino, é melhor você ter uma desculpa excelente, extraordinária para estar sentado aí nessa cadeira", ele continuou.

Minha mão escorregou para dentro do meu embrulho e encontrei a pistola. Enquanto a empunhava, fui lembrado da minha ignorância em relação a essas coisas. Eu só sabia qual de seus lados era o perigoso. Ao mesmo tempo, o lado perigoso dessa coisa falava muito alto e, quando apontei o seu cano para o juiz, ele parou exatamente onde estava.

"Jim?"

"James", corrigi.

"Menino, eles vão te linchar de todo santo jeito, até cansar", ele disse.

Fiquei tão confuso com aquela expressão incandescente de raiva que deixei o cano da pistola baixar. Ele se aproximou lentamente. Sem ameaçá-lo de novo com a arma, eu disse: "Por favor, não faça isso".

Ele parou. Ficou me examinando e, depois, olhou por uma janela às minhas costas, como se quisesse pedir ajuda. "O que você está fazendo aqui?"

"Onde estão minha esposa e minha filha? Eu sei que você tratou da venda delas. Preciso saber para onde elas foram levadas."

"Por que você está falando desse jeito?"

"É atordoante, né?", eu disse.

"Escravos são vendidos. Acontece", ele disse.

"Quem as comprou?" Inclinei a cabeça para o lado. Apontei a pistola para ele mais uma vez. "Sente-se." Acenei com a cabeça para a cadeira na frente da escrivaninha.

Ele sentou-se. "Por que você está falando desse jeito?"

"Eu aponto uma pistola para você e te pergunto sobre o paradeiro da minha família e você está preocupado com a minha fala? Qual é o seu problema? Onde fica a fazenda Graham? É lá que elas estão, certo?"

"Sim", ele disse. "A fazenda fica em Edina."

Fiquei zonzo. Eu escutei a palavra, mas ela não significava nada para mim. "Onde fica isso? É em outro estado?"

"Edina, no Missouri", ele disse.

Joguei o mapa na escrivaninha e o estendi sobre a mesa. "Mostre-me onde fica."

Ele apontou.

Fiquei absorvendo as cores do papel, suas linhas. RIO MISSISSIPPI estava escrito claramente ali. "Estou vendo o rio", eu disse. "Mostre-me onde estamos agora."

"Estamos bem aqui", ele disse, colocando o dedo no mapa. Consegui ter uma ideia do todo. "Marque."

Ele pegou uma caneta, mergulhou-a na tinta e circulou Hannibal e Edina. Hannibal estava escrito no papel, mas Edina não.

"Por que não está escrito Edina aqui?", eu disse.

"Você sabe ler?", ele perguntou.

"Por que não está escrito aqui?"

"É um povoado novo."

"Qual a distância daqui?"

"Crioulo, você está mais encrencado do que é capaz de imaginar", ele disse.

"Por que diabos você acha que eu não sou capaz de imaginar a encrenca em que estou? Depois de me torturar e me eviscerar e me emascular e me deixar para queimar lentamente até a morte, tem alguma outra coisa que você vai fazer comigo? Diga-me, juiz Thatcher, o que é que eu não sou capaz de imaginar?"

Ele se retorceu na cadeira.

"E você, teria sido capaz de imaginar um homem negro, um escravo, um crioulo falando com você desse jeito? Quem é que não tem imaginação agora?"

"Você vai me matar?"

"A ideia passou pela minha cabeça. Ainda não decidi. Ah, desculpe, deixe-me traduzir pra você. Inda num decidi, não, meu patrão."

Nunca tinha visto um branco tomado de tanto medo. A verdade extraordinária, entretanto, era que não era a pistola, mas sim o meu linguajar, o fato de que eu não me adequava às suas expectativas, que eu sabia ler, que o havia deixado tão transtornado e apavorado.

"E agora?", ele perguntou.

"Vamos sair daqui. Discretamente. Não estou familiarizado com a operação desta pistola e posso acabar disparando-a a qualquer momento, então vamos saindo de uma maneira lenta e discreta, por favor. Vou precisar pegar corda e barbante no barracão e depois nós vamos dar um passeio."

Em nossa passagem pela cozinha, em direção à porta dos fundos, peguei alguns biscoitos, maçãs e uma faca. Conduzi Thatcher para fora da cidade, para dentro da mata, para perto do rio. Havia diversos esquifes e canoas no cais flutuante. Escolhi um esquife e botei Thatcher sentado no meio, virado para mim. Ele remava enquanto eu o observava. Remava contra a correnteza, rente à margem, e nós fomos fazendo um progresso lento, porém constante.

"Jim, estou decepcionado", disse Thatcher.

"Perdão?"

"Depois de tudo que eu fiz por você. Eu te alimentei todos esses anos. Pus um teto sobre a sua cabeça. Dei roupas a você."

"Eu sou um escravo." Olhei para ele, ali, remando, fazendo força, e percebi que, agora, era ele quem estava trabalhando para mim. "Olha só pra você aí trabalhando, juiz. Parece que vai ser o meu escravo por um tempinho."

Isso o ofendeu. "Eu não sou escravo."

"Você queria estar remando?", perguntei. "Não", eu mesmo forneci a resposta. "Está sendo pago para remar? Não. Você está remando porque está com medo de mim e do que eu posso fazer com você? Sim, juiz Thatcher."

"Eu não sou escravo."

Apontei o cano da pistola para o rosto dele. "Reme mais depressa", mandei.

Ele o fez.

"Pois é, você é escravo." O velho estava ficando cansado.

"Mais devagar. Você não vai poder remar se estiver morto."

"Onde você conseguiu essa arma?", ele perguntou.

"De um homem", eu disse, sem hesitar.

"É uma Colt Paterson", ele disse.

"Se você diz."

"Tom Hopkins tinha uma pistola como essa."

"Tinha", eu disse.

"Você o matou?"

"Sim." Olhei Thatcher nos olhos. "Mas eu não atirei nele. Eu o estrangulei. Fiquei olhando seus pés se retorcendo enquanto ele morria, exatamente como se estivesse pendurado numa forca. Foi bem feio. Cheguei a me sentir meio mal por ele. Acho que essa é a diferença entre mim e você."

Não era mais a minha dicção que o apavorava. Não era o fato de que eu havia premeditado um assassinato. Agora ele estava apavorado pela constatação de que eu não me importava que ele soubesse do meu crime.

"Eu vi Hopkins estuprando uma escrava", eu disse. "Fiquei só olhando e não fiz nada. Você já estuprou uma escrava? Quando você era mais jovem e saudável, antes de se transformar no escravo que é agora. Você já estuprou uma mulher?"

Seu silêncio foi profundo.

Assenti com a cabeça. "Juiz, eu não tenho interesse em matá-lo, muito embora isso não fosse piorar muito a minha situação, não é? Não posso alimentar a sua fantasia de que você é um senhor bom e gentil. Não importa o quanto você foi gentil dando chicotadas, não importa quanta compaixão demonstrou enquanto estuprava. E daí que dava algumas chicotadas a menos quando aplicava um castigo? Ou costumava nos deixar descansar quando a temperatura subia muito?"

"Eu vou te ver morto, crioulo."

"Sem dúvida."

Navegamos alguns quilômetros rio acima. O sol estava começando a nascer, e precisávamos sumir de vista. Um homem branco remando para um negro certamente chamaria atenção. O juiz estava encharcado de suor. Não realizava nenhum trabalho braçal desde a sua juventude. Fiquei observando enquanto ele começou a puxar o barco na direção de uma praia de cascalho. Eu o instruí para que deixasse o barco à deriva. "Empurra pra lá", eu disse.

Ele o fez.

"Se arrasta pra cá", eu disse. Olhei para as árvores. "Este lugar deve ficar na sombra a maior parte do dia."

"O que você vai fazer?", ele perguntou.

"Eu vou te amarrar nesta árvore."

"Ah, não vai, não."

"A alternativa seria barulhenta e, na minha avaliação, um tanto quanto extrema. Acho que você não gostaria dela."

"Por que está falando desse jeito?", ele perguntou mais uma vez.

"Sente-se logo antes que eu atire em você."

Ele sentou-se e eu o amarrei, bem firme, mas não muito apertado, ao sicômoro. Talvez ele até mesmo conseguisse se soltar sozinho, se realmente quisesse. Não o amordacei. Deixei-o com a sua voz, e ele estava livre para gritar e berrar tanto quanto sua energia permitisse.

Alguém passaria por aquele trecho do rio em algum momento. Tráfego sempre havia. Exceto pela aparição de um urso, ou algum guaxinim ambicioso, ou caso seu coração parasse de funcionar, ele provavelmente sobreviveria.

"O que tem nessa bolsa?", ele perguntou.

"Alguns livros. Acho que você não sentirá a falta deles."

"Que livros?"

"É uma pergunta interessante", eu disse. "Você me surpreendeu. Uma narrativa escrita por um escravo. Este é um deles. Ele nunca foi aberto, então sei que você não sentirá falta. Eu não sei por que é que você o tem, na verdade. *Cândido*. Alguma outra coisa do Voltaire. John Stuart Mill."

"Meu Deus, mas o que é que está acontecendo aqui?"

"Pode chamar de progresso", eu disse.

Ele se contorceu, preso em suas cordas. "Você não pode me deixar aqui desse jeito", ele disse.

"Desse jeito como? Vivo?"

Ele deu uma cusparada, desviou os olhos de mim e ficou fitando a água.

Olhando para o mapa, vi que a tal de Edina ficava a oeste, bem longe do Mississippi, e muito ao norte de onde eu estava.

"Você nunca vai conseguir", ele disse.

"Talvez não."

10.

Foi uma caminhada difícil. Eu não ousava mais restringir meus deslocamentos ao período noturno, agora. Não sabia quando Thatcher conseguiria se libertar ou seria encontrado e contaria a todos o que aconteceu. E ele sabia para onde eu estava indo. Então segui em frente. Percorri uma grande distância e, ainda que me entendesse cada vez mais próximo da minha família, eu ainda estava muito longe delas. Caminhei a maior parte do tempo durante três dias. Acabaram-se os biscoitos e fiquei faminto.

Às margens de uma plantação de milho morta, um homem negro e eu surpreendemos um ao outro. Ele começou a correr e eu o chamei.

"Amigo", eu disse.

Ele parou e virou-se para mim. "De onde você veio?", ele perguntou.

"Do mato. Eu sou fugitivo."

"Não me diga. De onde?"

"Hannibal. Estou procurando pela fazenda Graham."

"O reprodutor?", ele perguntou.

"Como assim?"

"Graham é um reprodutor. Ele cruza os escravos e vende as crias."

"Minha esposa e minha filha foram levadas para lá."

O homem ficou em silêncio.

"Você sabe onde fica?"

"Mais ou menos. Nunca estive lá. Fica perto de um vilarejo do outro lado do vale."

"Edina?"

"Acho que sim."

"Naquela direção?" Apontei. Ele fez que sim com a cabeça e eu o agradeci.

"Você está com fome?", perguntou.

"Estou."

"Espere aqui."

Eu realmente esperei ali. Fiquei feliz por ser um milharal, uma vez que as plantas altas forneciam um bom esconderijo. Fucei na minha bolsa e tirei de lá a narrativa de William Brown. Li e fui acometido por pontadas de culpa e tristeza, uma vez que "Brown" também tinha sido o sobrenome escolhido por Norman. Li as primeiras páginas da narrativa e poderia muito bem ser a minha história. Era, na verdade, a minha história. Fiquei lendo, muito embora eu quisesse mesmo era dormir. Fiquei lendo sobre como ele embarcou num navio com destino aos estados livres, a cidades que ele imaginou serem reais, ao Canadá. Puxa vida, imagine só estar no Canadá com minha esposa e minha filha.

Aparentemente, eu caí mesmo no sono. Acordei e me deparei com o escravo que havia me deixado esperando ali. Ele e uma mulher estavam de cócoras, perto de mim. Sentei-me.

"Meu nome é James."

"O meu é April", disse o homem. "Essa aqui é a Holly."

Cumprimentei-a com a cabeça.

"Trouxemos comida pra você. Pescoço de galinha e um pouco de moela", disse Holly. "Um pouco de arroz."

"Obrigado." A comida era gordurosa e fantástica.

"Há quanto tempo você está fugindo?", April perguntou.

"Já faz um tempo. Estou tentando encontrar minha família, minha esposa e minha filha. Me disseram que elas foram levadas para a fazenda Graham."

Holly sacudiu a cabeça, como se quisesse se livrar de um pensamento ruim.

"Você já esteve lá?", perguntei.

"Não. É um lugar tenebroso, disso eu sei."

Terminei de comer e me levantei. Estava de noite, agora, um bom momento para avançar por dentro do terreno da fazenda.

"O que você vai fazer?", April perguntou.

"Vou buscar a minha família", eu disse.

"Desse jeito? Você vai chegar andando numa fazenda e perguntar por elas?" April ficou me encarando, descrente.

Eu entendia muito bem aquela sua pergunta. Eu a havia feito a mim mesmo, mas não o suficiente para formular uma resposta. "Vou saber o que fazer quando chegar lá."

"Você é maluco", ele disse.

"Você não faz ideia", respondi. "Eu sou procurado por ser fugitivo, e por sequestro, roubo e assassinato."

"E você é culpado?", Holly perguntou.

"E isso importa?", devolvi.

"Acho que não."

"E, sim, sou."

Fui andando em meio à escuridão e atravessei um amplo vale, repleto de lama no meio. Vi as chamas salpicando uma das encostas, imaginei que fosse Edina e torci para isso. Eu estava ouvindo mais sons humanos. Não havia nada mais assustador do que sons humanos. Vozes, risadas, lamúrias. Vi um aglomerado de barracos que imaginei ser a senzala. Senti o cheiro de uma latrina aberta e me afastei dali. Havia um grupo de quatro escravos acorrentados a um mesmo tronco, com uma tigela de mingau no meio deles.

Eles ficaram assustados com a minha aparição repentina, mas pedi que fizessem silêncio. Sentei-me junto a eles e fiquei olhando para suas correntes.

"A fazenda Graham é aqui?", perguntei.

"É, sim", disse um homem grande. Todos eles eram maiores do que eu.

"Estou procurando pela minha esposa e minha filha."

"Mulher é em outra senzala", disse outro homem.

"Por que eles acorrentam vocês?", perguntei.

"Eles têm medo de nós", disse o primeiro homem e, em seguida, todos riram. "Não sabemos. Acho que eles acham que isso nos faz sentir mais como animais. Para que possamos cruzar como animais."

Olhei para as trancas enferrujadas dos grilhões. Eram iguais às trancas da corrente que ficava na porta da despensa da sra. Watson, e eu sabia que uma faca poderia abri-las.

"Homens, vocês querem fugir?" Eu os chamei de "homens" deliberadamente. Primeiro, porque eles eram homens e, segundo, porque eles precisavam ouvir aquilo. "Eu vou buscar a minha família e fugir para o norte." Puxei a faca que havia pegado na cozinha de Thatcher e abri um grilhão. "Eu quero encontrar minha esposa e minha filha."

"Caramba", disse um dos homens. Ficou esfregando seu tornozelo livre.

Soltei todos eles. Ficamos de pé. Eles eram muito maiores do que eu.

"Como é o nome da sua esposa?", o primeiro perguntou.

"Sadie. E minha filha é a Lizzie. Ela tem nove anos."

"Eu vi uma mulher chegando com uma garotinha", ele disse. "Faz umas duas semanas."

"Você sabe onde elas estão?", perguntei.

"Com as outras mulheres, eu acho."

Enfiei a mão na minha bolsa e puxei a pistola de lá. Os homens deram um pulo para trás. "Algum de vocês sabe usar uma dessas?"

"Meu último dono costumava atirar em tudo", contou o que ainda não tinha falado nada. "Eu vi ele atirando. Você tem que puxar aquela coisa com o seu polegar." Ele apontou. "É o cão."

"Tem balas dentro dela?" Eu a entreguei a ele.

Ele a pegou, examinou-a e devolveu para mim como se estivesse quente. "Sim."

Havia uma meia-lua no céu ocidental. Eu sabia que o melhor a fazer seria esperar, ficar observando, ser paciente e só agir quando chegasse a hora certa. Todavia, eu não era paciente. E sabia que a hora certa jamais chegaria. E também sabia que quanto mais eu esperasse, mais provável seria que eu fosse descoberto, ou por azar, ou por conta de um alerta de Thatcher, após ser resgatado.

"Vamos lá", eu disse.

"Esse é o seu plano? Vamos lá?", questionou o maior deles.

"Temo que sim", respondi.

"Quem é você?"

"Meu nome é James. Eu vou buscar a minha família. Vocês podem vir junto comigo ou podem ficar aqui. Podem vir tentar sua liberdade ou podem ficar aqui. Podem morrer junto comigo tentando conquistar sua liberdade ou podem ficar aqui e morrer do mesmo jeito. Meu nome é James."

"Morris."

"Harvey."

"Llewelyn."

"Buck." Esse era o menorzinho deles. "Vamos lá."

II.

Um plano de ação me ocorreu à medida que fomos nos aproximando da senzala das mulheres. Um arremedo de plano. Um branquelo vinha andando pelo pátio, com um chicote preso ao cinto. Ele vinha se pavoneando como os brancos costumavam fazer depois de cometerem um estupro.

"Nós não deveríamos saber onde a sua família está?", perguntou Buck.

"Elas estão aí. Eu sei disso. Consigo sentir. De qualquer modo, nós vamos levar todo mundo conosco", eu disse.

"Todo mundo?", perguntou Morris.

"Todo mundo. Tem uma trilha para o norte?"

"Tem uma estrada", disse Buck.

"E uma trilha", acrescentou Morris.

Olhei para a casa branca gigante ao nosso oeste. A reprodução de escravos parece ser um bom negócio. Ao nosso sul, uma plantação morta de milho, igual àquela em que eu havia me escondido. "Você acha que consegue derrubar o capataz?", perguntei a Morris.

"Eu sei que sim. E eu quero. Quando?"

"Quando ele sair correndo em direção ao milharal."

"E por que ele faria isso?", perguntou Llewelyn.

"Ele vai fazer", eu disse. "Quando a gente der início a essa coisa, não tem mais volta."

Saí correndo, agachado, rente ao chão, em direção ao milharal. Agarrei uma planta e a destrocei com o punho, satisfiz-me com a secura da plantação. Concluí que o vento soprava para o sudoeste. Puxei um fósforo do bolso, risquei-o e pus fogo ao meu redor. O fogo pegou e se espalhou rapidamente. Uma fumaça grossa preencheu a noite. Alguém perto da casa deu um grito. Corri de volta para a senzala. Mulheres vestindo camisolas saíram rapidamente da casa e ficaram olhando e apontando para as chamas. Olhei para trás para ver mais uma vez. Parecia o inferno. Corri até os outros e me deparei com o capataz desacordado no chão. Morris segurava o chicote do homem.

Num canto do complexo de barracos, parada na porta pequena e aberta da menor das estruturas, havia uma mulher de quem eu não conseguia tirar os olhos. Dei um passo, depois outro. Era a minha Sadie. Eu não podia acreditar que era ela. Tropecei e depois saí correndo pelo pátio em direção a ela. Parei à sua frente e nós dois ficamos nos examinando.

"Jim?", ela perguntou. "É você?"

Pus as mãos em seus ombros. Ela me envolveu em seus braços.

Lizzie saiu do casebre. Minha filha. Ela ficou parada, sem acreditar, da mesma maneira que eu e Sadie havíamos ficado. Estiquei o braço e a puxei para mim.

Os homens estavam perto de nós. "Diz pra todo mundo correr pro norte", eu disse. "Peguem toda a comida que conseguirem e fujam!"

O fogo estava selvagem, lambendo o céu. Com certeza era visível por quilômetros. O vento mudou e, agora, as brasas estavam voando na direção da casa. Um homem branco velho, de pijama, saiu e foi juntar-se às mulheres. Ele carregava uma espingarda. Olhou, estarrecido, para o fogo, e depois para nós, escravos. Veio marchando em nossa direção, gritando para que fôssemos logo apagar aquele fogo.

"Crioulo! O fogo!" Quando viu que toda a sua propriedade estava fugindo do fogo, fugindo dele, e entrando no mato, levantou a arma. "Crioulada, aonde vocês pensam que vão?" Parei na sua frente.

"Quem diabos é você?", ele perguntou. Apontou a arma para mim.

Eu apontei minha pistola para ele. "Eu sou o anjo da morte e vim oferecer a minha doce justiça no meio da noite", eu disse. "Eu sou um sinal. Eu sou o seu futuro. Eu sou James." Puxei o cão da minha pistola para trás.

"Mas que josta!" Ele engatilhou sua arma.

O tiro que dei ecoou pelo vale como um disparo de canhão. Ficou ecoando no que pareceu ser para todo o sempre. Todos os que estavam comigo pararam para ver o homem levando chumbo. Seu peito explodiu vermelho no pijama. Ele não caiu como uma árvore. Nada a seu respeito era grandioso assim. Simplesmente desabou, de cara no chão, mergulhando numa escuridão que nenhum de nós era capaz de ver. As mulheres às suas costas gritaram, mas o som de seus gritos se perdeu em meio ao rugido das chamas e da noite. O vento enlouqueceu, atiçando ainda mais o incêndio.

"Vamos", disse Sadie, agarrando meu braço.

Corremos. Corremos para o norte, um pouco pela estrada, um pouco pela trilha. Eu carregava Lizzie no colo. Ela ficava sussurrando: "Papai, Papai, Papai".

12.

Como acontece com os assustados e despreparados, nós nos separamos. Alguns de nós seriam capturados. Alguns de nós seriam mortos. Provavelmente alguns de nós voltaríamos rastejando. Sadie, Lizzie e eu conseguimos chegar até o norte, a um vilarejo que nos disseram ficar em Iowa. Morris e Buck ficaram conosco. Os brancos não pareciam felizes de nos ver, mas havia uma guerra em curso. Tinha algo a ver conosco. O xerife local nos encontrou na rua e nos olhou desconfiado.

"Fugitivos?", ele perguntou.

"Somos, sim", eu disse.

"Algum de vocês se chama Crioulo Jim?"

Apontei para cada um de nós. "Sadie, Lizzie, Morris, Buck."

"E quem é você?"

"Eu sou o James."

"James de quê?"

"Só James."

Agradecimentos

Gostaria de agradecer à minha editora, Lee Boudreaux. Trabalhar com ela neste livro foi o ponto alto de minha carreira literária. Por 29 anos, eu tive a honra, o prazer e a alegria de trabalhar com Fiona McCrae, na Graywolf Press. A liberdade artística e o apoio oferecidos por ela e por todo o pessoal da Graywolf foram uma bênção. Minha agente, Melanie Jackson, é a minha guia, minha protetora e minha primeira leitora. Ela e Fiona fazem parte da minha família. Esta obra jamais existiria sem a minha melhor amiga e esposa, Danzy Senna. Ela e meus filhos, Henry e Miles, me lembram sempre que eu faço parte deste mundo. Por fim, um aceno para Mark Twain. Seu senso de humor e humanidade me afetaram muito antes de eu me tornar escritor. O paraíso pelo clima; o inferno pelo meu muito aguardado almoço com Mark Twain.

James © Percival Everett, 2024
Direitos de tradução no Brasil negociados
com Melanie Jackson Agency, LLC.

Todos os direitos desta edição reservados à Todavia.

Grafia atualizada segundo o Acordo Ortográfico da Língua
Portuguesa de 1990, que entrou em vigor no Brasil em 2009.

capa
Oga Mendonça
composição
Jussara Fino
preparação
Laura Folgueira
revisão
Huendel Viana
Érika Nogueira Vieira

Dados Internacionais de Catalogação na Publicação (CIP)

Everett, Percival (1956-)
James / Percival Everett ; tradução André Czarnobai.
— 1. ed. — São Paulo : Todavia, 2025.

Título original: James
ISBN 978-65-5692-809-8

1. Literatura norte-americana. 2. Romance. 3. Ficção
contemporânea. I. Czarnobai, André. II. Título.

CDD 813

Índice para catálogo sistemático:
1. Literatura norte-americana : Romance 813

Bruna Heller — Bibliotecária — CRB-10/2348

todavia
Rua Luís Anhaia, 44
05433.020 São Paulo SP
T. 55 11 3094 0500
www.todavialivros.com.br

fonte
Register*
papel
Pólen natural 80 g/m²
impressão
Geográfica